大家文存

粤派评论丛书

萧殷集

傅修海 编

本项目受广东省宣传文化发展专项资金资助出版

SPM
南方出版传媒
广东人民出版社
·广州·

图书在版编目（CIP）数据

萧殷集 / 傅修海编. —广州 ：广东人民出版社，2018.1
（粤派评论丛书）
ISBN 978-7-218-12166-6

Ⅰ. ①萧… Ⅱ. ①傅… Ⅲ. ①中国文学—当代文学—文学评论—文集 Ⅳ. ①I206.7-53

中国版本图书馆CIP数据核字（2017）第258073号

XIAO YIN JI
萧殷集 傅修海 编

出 版 人：肖风华

责任编辑：段太彬
装帧设计：张绮华
排　　版：广州市奔流文化传播有限公司
责任技编：周　杰　易志华

出版发行：广东人民出版社
地　　址：广州市大沙头四马路10号（邮政编码：510102）
电　　话：（020）83798714（总编室）
传　　真：（020）83780199
网　　址：http://www.gdpph.com
印　　刷：珠海市鹏腾宇印务有限公司
开　　本：787毫米 × 1092毫米　1/16
印　　张：18.75　　**字　　数**：290千
版　　次：2018年1月第1版　2018年1月第1次印刷
定　　价：88.00元

如发现印装质量问题，影响阅读，请与出版社（020-83795749）联系调换。
售书热线：（020）83795240

“粤派评论丛书”编辑委员会

（按姓氏音序排列）

总　序

近百年来中国文坛，“京派批评”“海派批评”以及20世纪80年代崛起的“闽派批评”已是大家公认的文学现象，但“粤派评论”却极少被人提起。事实上，不论从地域精神、文化气质，还是文脉的历史传承，抑或批评的影响力来看，“粤派评论”都有着独特精神气质和文化品格，有它的优势和辉煌。只不过，由于历史、现实、文化和地域的诸多原因，“粤派评论”一直被低估、忽视乃至遮蔽。有鉴于此，我们认为，以百年粤派文学以及美术、音乐、戏剧、影视等评论为切入点，出版一套“粤派评论丛书”，挖掘被历史和某种文化偏见所遮蔽的“粤派评论”的价值，彰显粤派文学与文化的独特内涵和深厚底蕴，不仅能更好地展示广东文艺评论的力量，让“粤派评论”发出更响亮的声音，而且有助于增强广东文化的自信，提升广东文化的影响力，促进区域文化的繁荣发展。

出版这套丛书，有厚实、充分的历史、现实、文化和地域等方面的依据。

第一，传统文化的影响。岭南文化明显不同于北方文化。如汉代以降以陈钦、陈元为代表的“经学”注释，便明显不同于北方“经学”的严密深邃与繁复，呈现出轻灵简易的特点，并因此被称为“简易之学”。六祖惠能则为佛学禅宗注进了日常化、世俗化的内涵。明代大儒陈白沙主张“学贵知疑”，强调独立思考，提倡较为自由开放的学风，逐渐形成一个有粤派特点的哲学学派。这种不同于北方的文化传统，势必对“粤派评论”的形成起到潜移默化的作用。

第二，文论传统的依据。“粤派评论”的起源可追溯到晚清，黄遵宪的“诗界革命”，梁启超的“小说界革命”的倡导，开创了一个时代的风潮，在全国产生了普泛的影响。上世纪二三十年代，黄药眠在《创造周报》发表大量文艺大众化、诗歌民族化的文章，风行一时。钟敬文措意于民间文学，被视为中国民间文学的创始人。新中国建立后的“十七年”，“粤派评论”的代表人物有黄秋耘、萧殷、梁宗岱等人。新时期以来，“粤派评论”也涌现出不少在全国具有一定知名度的文艺评论家。如饶芃子、黄树森、黄修己、黄伟宗、洪子诚、刘斯奋、杨义、温儒敏、谢望新、李钟声、古远清、蒋述卓、陈平原、程文超、林岗、陈剑晖、郭小东、宋剑华、陈志红等，其阵容和影响力虽不及“京派批评”和“海派批评”，但其深厚力量堪比“闽派批评”，超越国内大多数地域的文艺评论阵营。如果视野和范围再开放拓展，加上饶宗颐、王起、黄天骥等老一辈学者的纯学术研究，则“粤派评论”更是蔚为壮观。

第三，地理环境的优势。从地理上看，广东占有沿海之利，在沟通世界方面具有得天独厚的优势；同时，广东处于边缘，这既是劣势也是优势。近现代以来，粤派学者在中西文化交汇的背景下，感受并接受多种文明带来的思想启迪。他们视野开阔，思维活跃，不安现状，积极进取，敢为人先，因此能走在时代变革的前列。黄遵宪、康有为、梁启超、孙中山等是这方面的代表人物。他们秉承中国学术的传统，又开创了“粤派评论”的先河。这种地缘、文化土壤的内在培植作用，在“粤派评论”的发展过程中是显而易见的。

“粤派评论”有属于自己的鲜明特点。

第一，中国现当代文学史写作，是“粤派评论”最为鲜亮的一道风景线。在这方面，“粤派评论”几乎占了文学史写作的半壁江山，而且处于前沿位置，有的甚至成为中国现当代文学史写作的高地。比如20世纪80年代，钱理群、陈平原、黄子平联合发表的著名论文《论二十世纪中国文学》，其中陈平原、黄子平均为粤人。洪子诚的《中国当代文学史》以方法先进、富于问题意识、善于整合中西传统资源和吸纳同时代前沿研究成果著称，它与陈思和的《中国当代文学史教程》被学界誉为中国现当代文学史的“南北双璧”。杨义的三卷本《中国现代小说史》是比较方法运用在文学史写作的有效实践，该著材料扎实，眼光独到，分析文本有血有肉，堪与夏志清的《中国现代小说史》比肩。此外，温儒敏的《中国现代文学批评史》、黄修己的《中国现代文学发展史》、古远清的港台文学史写作，也都各具特色，体现出自己的史观、史识和史德。

第二，“粤派评论”注重文艺、文化评论的日常化、本土经验和实践性。粤派评论家追求发现创新，但不拒绝深刻宽厚；追求实证内敛，而不喜凌空高蹈；追求灵动圆融，而厌恶哗众取宠。这就体现了前瞻视野与务实批评的结合，经济文化与文艺批评的合流，全球眼光与岭南乡土文化挖掘的齐头并进，灵活敏锐与学问学理的相得益彰，多元开放与独立文化人格的互为表里。粤派评论家有自己的批评立场、批评观念，亦有自己的学术立足点和生长点。他们既面向时代和生活，感受文艺风潮的脉动，又高度重视审美中的文化积累和文化传承；既追求批评的理论性、学理性和体系建构，又强调批评的实践性，注重感性与诗性的个性呈现。

我们认为，建构“粤派评论”，不能沿袭传统的流派范畴与标准，它不是一种具有特定文化立场、一致追求趋向和自觉结社的理论阐释行动。它只是一个松散的、没有理论宣言与主张的群体。因此，没有必要纠结“粤派评论”究竟是一个学派，还是一个地域性的概念，但有一点可以肯定：“粤派评论”已是一个客观存在的文化实体，即虽具有地方身份标识，却不局限于一地之见的文艺理论家、批评家群体。

党的十九大报告指出，发展中国特色社会主义文化，就是以马克思主义为指导，坚守中华文化立场，立足当代中国现实，结合当今时代条件，发展面向现代化、面向世界、面向未来的，民族的科学的大众的社会主义文化，推动社会主义精神文明和物质文明协调发展。广东省委宣传部策划、组织、指导编纂出版“粤派评论丛书”，是贯彻落实十九大关于文化建设发展精神的一项重要举措，是讲好中国故事、传播中国声音、阐发中国精神、展现中国风貌的一次文化实践。我们坚信，扎根广东、辐射全国的“粤派评论”必将成为新时代坚定文化自信、实现中华民族伟大复兴路上其中一块最稳固的基石。

“粤派评论丛书”编辑委员会

萧殷像

编者简介：

傅修海，1976年生，福建连城人，文学博士、博士后，曾任郑州大学直聘教授，现为华南农业大学教授，主要从事中国文艺思想史、中国左翼文学、20世纪中国文学与文化批评等研究。曾获评河南省委宣传部百名优秀社科理论人才、河南省优秀博士后、河南省高校哲社优秀学者、河南省高校哲社研究年度人物、河南省教育厅学术技术带头人、河南省教育厅高等学校创新人才、河南省教育厅高校青年骨干教师等，并曾获河南省人文社科成果二等奖、三等奖，连续两次获河南省教育厅人文社科成果特等奖等。出版专著《现代中国文学研究笔记》《瞿秋白与左翼文学的中国化进程》等。在《文学评论》《文艺研究》《中国现代文学研究丛刊》等发表学术论文近百篇，被《人大报刊复印资料》等全文转载或转摘9篇，论文曾入围第三届唐弢青年文学研究奖终评，美国哈佛—燕京学社官方网站曾刊发其专著的长篇英文学术书评。

目　录

创作论

写作谈

问答录

序 论

文学书简

导论：追逐者·追求者·探索者

——萧殷文论的历史价值与意义

傅修海

萧殷，原名郑文生，笔名萧英，后改为萧殷，小说家、编辑出版家和文学批评家。

1915年，萧殷出生于广东龙川县佗城镇，少孤家贫，初中毕业后在佗城小学任教，1932年开始从事业余写作。此后，在短短几年中，他曾以肖英、何远、黎政等笔名发表短篇小说30余篇。1936年，萧殷弃教往广州读艺术学院，参加"广州艺术协会"，发表多篇杂文，投入抗日学生运动。抗战军兴，萧殷又加入共产党领导的"上海防护团"，任战地记者。1938年，萧殷从武汉辗转到延安，就读于鲁迅艺术学院，同年加入中国共产党，任延安中央研究院文艺研究员和中央艺校教员。1939年，萧殷调到张家口任《新华日报》华北版编委，1946夏接替丁玲担任《晋察冀日报》副刊主编。国共"和谈"期间，他还曾受命在北平主编《解放三日刊》，并兼新华社北平分社采访部主任。1947年11月12日石家庄解放，同月18日《石家庄日报》创刊，随后萧殷便奉调到《石家庄日报》任职。

1949年2月11日，萧殷奉命调离，接受了进京办刊的任务，从此工作岗位由新闻界转向文艺界了。新中国成立后，萧殷把主要精力放在报刊编辑、文艺教学、文艺理论研究方面。他先后担任过《文艺报》编委、主编，《人民文学》编辑部主任，中国作家协会理事、作协青年作家工作委员会副主任兼文学讲习所副所长、兼职中央美术学院文学系教授。1960年，萧殷从北京调广州，任中共中南局文艺处处长、广东省文联副主席、中国作家协会广东省分会副主席、党组副书记，广东省政协委员，中山大学和暨南大学教授，暨南大学中文系主任，《作品》月刊主编，中国作协第一至第三届理事。

萧殷著作丰富，著有短篇小说散文集《月夜》、文学评论集《论生活、艺术和真实》《给文艺爱好者与习作者》《与习作者谈写作》《给文学青年》《鳞爪集》《习艺录》《萧殷文学评论集》《萧殷自选集》《萧殷文学书简》等。1985年荣获广东省首届文学评论荣誉奖，1986年荣获第二届鲁迅文学奖特别奖。

1983年8月3日，萧殷病逝于广州。

一

萧殷是从广东走向全国的文学批评家，也是从北京回归到广东的文学批评家。与此同时，萧殷还是有着丰富创作经验、报导与编辑经验的文学批评家，更是一位与新中国同甘共苦、一路同行的有着实际革命战斗经验的文学批评家。

正因为如此，作为文学批评家的萧殷，他的文论有着鲜明的个人特点和时代色彩，更有着极为显著的实用和实践经验底蕴。正如温儒敏先生所言："萧殷的第二个贡献是文学评论。他不是那种局限于学院圈子的高头讲章的论者，而是深深扎根于现实大地的批评家。他坚信文学源于生活，文学应当有益于社会人生，文学必须是真实的。重读《论文艺的真实性》《习艺录》《论生活、艺术和真实》等论集，可以见到他一以贯之的文学追求和殷实的批评作风。"①

具体而言，萧殷的文论可以从论域和形态两方面得到概括，这也是萧殷文论区别于其他文论家的鲜明特征。从论域上说，萧殷文论大致可分为总体文学评论（文学批评）、创作论和写作谈。从形态上说，萧殷文论除了一些长篇论文外，更大量呈现的是报刊编读往来形成的问答录、书籍的序跋文字以及远

① 温儒敏：《萧殷先生的三大贡献》，载《新文学评论》2012年第4期。

远未能收集完整的文学书简。这些现象，刘伟林先生早有论列，他说：“萧殷的评论，在形式上也不拘一格，有书评、有随笔、有书信、有序跋。把自己的理论、观点寓于多样的形式，自然地写出来。……萧殷为人作序，很注意理论评价。……萧殷给青年作家的集子作序……既热情肯定一个正在成长中的作家的长处，又坦率地指出他的不足。这也是他的一贯的评论态度。”①

当然，这种状况显然与萧殷独特的人生经历和文学批评轨迹有关。萧殷不是职业的文论家和文学批评家，但他却是始终在不同的职业生涯中心系文学的论者和评说者。他没有将批评职业化，却很热诚地在自己的人生历程中把对文学的热爱化入了每一个曾经战斗过的岗位和职业生涯中。这尽管有社会历史的不得已的原因，却更显出了萧殷始终的文学批评自觉。

作为一个独树一帜的文论家，萧殷无疑是他那一代人的时代语境下的文学批评家的典型。我们不能用过于学术和学理层面的规范要求他，但我们可以怀着历史的温情与敬意，尽量贴近语境和心境，去聆听他的文学发现与体悟，去辨析他的理论洞见与智慧闪现，去感受他的点点滴滴的融入与掘进。

如此，我们便可以在这个典型的时代语境下的文学思考者和批评家的文字中，感受到生长在实际革命层面的文学识见，体会艰难存留于高度政治化的社会历史环境下的文学情怀，进而理解他的真与美。一定程度上，或者也可以称得上是别一种善。

二

毫无疑问，作为当代中国某一段历史语境下成长起来的本土文学批评家，作为一代中国人的文学工作同行者和文学事业建设者的萧殷，他的文论是有着自己鲜明特点。当然，这也是那一代文学从业者文论上的典型特征。

萧殷曾经写过不少小说、散文和特写，也从事过新闻记者的工作，算得上是有着较为丰富创作经验的文论家。因此他的文论自然就能按照文学创作自身的特点来总结和提升，说到点子上，也想到了文学本身。这一点，便是萧殷

① 刘伟林：《萧殷的文学评论》，载《学术研究》1984年第5期。

文论的文学本位特征。

也就是说，萧殷文论从谈文学开始，以论文学和写作为鹄的。在一定意义上，萧殷文论的文学本位特征，也可以说是他的文学写作主体意识浓烈的一个体现。萧殷始终没有忘记自己论文学、说文学、讨论文学的目的、基础和前提，核心都在于把一篇文字写好，把文章写好，把文章写得像文章，有文采，有文学意味。你只要看看他的论著的情形，《给文艺爱好者与习作者》《与习作者谈写作》《给文学青年》《鳞爪集》《习艺录》《萧殷文学书简》……大量的文字都是在提点他人要怎么写，怎么样写才会好。尤其重要的是，萧殷在说这些道理的时候，他不是居高临下的教训，而是时时刻刻注意到自己在与别人“谈”写作，讨论、对谈和切磋，这便是萧殷作为一名文学从业者的朴素态度，也是他对待文学批评的本位态度，更是他文论言语中自然而然追求的文学本位工作意识的呈现。

说起萧殷文论的文学本位，并不意味着萧殷文论没有理论深度，没有理论色彩。相反，这恰恰表明萧殷对于文学的理论性的融化态度和深度。如果说深入浅出和浅入深出是理论从业者的两种路径，那么萧殷的文论算是第三条道路——浅入浅出。但就在这两头的浅中，我们却反而看出萧殷独有的文论的深功夫。那就是萧殷文论的一个特征——理论普及性、现实性和原则性。而关于这个问题，刘伟林先生早有论列，他说：“萧殷的文学评论除上所论， 还有许多特色。如所持观点的一贯性、评论逻辑的严密性、以具体作品说明理论的具体性、评论语言的通俗性，以及褒不溢美，罪不加过，实事求是的评论作风，等等。这些特点和作风的形成，不仅同他具有创作作品和欣赏作品的审美能力有关，从根本上说，是他具有较高的马克思主义思想理论素养和社会责任感。他十分强调文艺工作者认真学习马克思主义的重要性，强调一定要用马克思主义去指导文学评论和创作……可能是由于长期从事行政工作和长期患病的关系，使得他的评论比较缺少鸿篇巨制，又往往是指出存在问题的多，从正面给予理论上阐明的少。”[①]“强烈的现实感和坚定的原则性，是其主要特色。他的评论文章、总是能抓住当前文艺创作和文艺思潮中的一些主要倾向，从理

① 刘伟林：《萧殷的文学评论》，载《学术研究》1984年第5期。

论和实践的结合上，给予生动具体的说明，从而使他的文学评论富有现实意义和战斗气息。”①

萧殷文论的理论普及性、现实性和原则性，事实上是紧密联系在一起的问题。由于萧殷长期担任党的文艺战线上的领导岗位，在他看来，无论是工作需要，还是自己的文论底色，都要求他必须时刻关注文学的现实功用，文学的社会功能。一段时间以来，关于文学本位的讨论，似乎走向另外一个极端，仿佛文学与社会剥离得越干净，分开得越远就越文学本位，越有文学的纯度，恨不得在二者中间塞进十万八千里的绝缘体才好。这显然是一种偏见纠正另一种偏见。

事实上，文学的社会性也正是文学本位的一部分，正如我们不能拔着头发离开大地。因此，萧殷关注文学的社会功能本身，并不是与其强调文学本位矛盾的事情。但萧殷无法脱离和超越自己所在的历史语境，他仍旧过于单一、直接地理解着文学的功能。例如他对“伤痕文学”、“朦胧诗”等文学思潮的看法，便是自觉将自己作为文学战线领导者和文学批评者角色统一起来的实践。刘伟林曾有回忆说：“记得1980年11月，我到他的梅花村寓所拜访他时，在侃谈中，他表露出为当时有些青年诗人以写‘朦胧诗’为正路而担心，还敦促我们(与我同访的还有蔡运桂同志) 撰文给予劝导， 他还十分不主张一些大学文艺理论教师，脱离当时社会现实的理论和创作实际问题而进行经院式的教学和研究。”②鉴于这种理论普及的现实需要和岗位角色，萧殷的文论往往便从特定社会历史时期的理论和创作实际出发，强调使文学评论与时代生活和作家的创作同步前进。

一方面，我们看到萧殷对于文学的由衷的热爱，他对文学自身执着的理解与追求。另一方面，我们也注意到了萧殷对文学的理论力量的普及努力，对文学批评的现实性的注重，对文学参与现实社会政治历史进程的介意。前者固然是艺术、是美和远方，后者则是现实、是立足、是眼前，二者很难不发生为难与错位。萧殷自然也难于置身其外。更何况，萧殷自己就是彼时现实政治潮

① 刘伟林：《萧殷的文学评论》，载《学术研究》1984年第5期。

② 刘伟林：《萧殷的文学评论》，载《学术研究》1984年第5期。

流与历史进程的实践者与亲历者。当我们读到萧殷文论中不少类似的论说与周全时，萧殷文论的另一特征便是特别鲜明的，那就是萧殷始终注意到了自己文论中的原则性。

诚然，对于萧殷来说，其文论的原则性就是他所处的那个时代最为看重的某种政治品格的代名词。他十分强调文艺工作者认真学习马克思主义的重要性， 强调一定要用马克思主义去指导文学评论和创作。自然，萧殷文论的原则也就是马克思主义，没有任何理由能够让他放弃这个原则。既然如此，萧殷文学观的基础便是当代文学史上曾经占据相当长一段时期的“文学反映论”，他说：“应该从生活出发， 要按照辩证唯物主义反映论来反映生活。辩证唯物主义的反映论， 是不能停留在对于现象或偶然事物的反映上， 而是要从中反映出生活的本质和规律性。”[1]萧殷文论的这一特征，在讨论长篇小说《金沙洲》中是呈现得最为充分的一次。[2]不难理解，以文学反映论为呈现的萧殷文论的马克思主义原则，恰恰是萧殷能成为一代人的当代文论家代表、一个时期的文学批评家的重要人物的原因。

三

作为一代人的文论家代表，萧殷文论无论是文学本位意识也好，理论普及性、现实性和原则性也罢，归根结底都可以概括为一点——就是问题意识，尽管在萧殷所处的时代和语境下，解决问题的套路和模式是那么相对的一致。

萧殷的文论是针对具体文学问题和文学现象的，它们是生活事实中出现的实实在在的作家、作品和文学思潮，或者是切切实实发生的文学争议、讨论与分歧。萧殷文论的指向，是介入并主导讨论的走向，是切入并分析透彻问题与争议的所在，是归结问题的解释或解决的方案、方法与思路，尽管最终引向的却是早已规定好的某一个原则性的政治概念、哲学理念和意识形态的共识。

---

① 萧殷：《当前创作中的几个问题》，载《萧殷文学评论选》，湖南人民出版社1983年版，第174页。

② 萧殷：《典型形象——熟悉的陌生人》，载《萧殷文学评论选》，湖南人民出版社 1983年版，第1—20页。

但答案的非个人性和凝固性，并不能否认引向答案的过程的艰难与真诚。萧殷文论的问题意识的价值就在于此，他始终谨慎而自觉地希望自己从文学走向文学，以文学或者写作的思路引导问题的讨论属于文学或者艺术，再不济也应该是写作的。在那个语境里，即便如此的小步慢走式的文论掘进，也显然是难的。试看看《分析作品能“先政治、后艺术”吗？》《图解不是艺术方法》之类的文字，也应该对萧殷的稳健与勇敢多少生出些敬意罢。

然而即便如此，要概括萧殷文论的特色，与其从文论本身在论域分布上呈现出来的思想特征来凸显，事实上还不如从它在文体或文类形式上的观察更为直观简洁。

萧殷文论在形式上也不拘一格， 有书评、有随笔、有书信、有序跋，这更形象生动地呈现出萧殷文论的现实性与问题性的特色，也更可以实实在在地感受到萧殷作为某一代人的文论家典型所真正从事的工作方式与贡献。肯为他人作嫁衣裳、肯为人师，一个“肯”字蕴含着多少赤忱而朴素的、甘为人梯的奉献精神啊！而这恰恰就是萧殷为这个民族、这个国家和那个时代的文学文化事业，为一个时代的文学批评事业所能做出的最大的、难能可贵的贡献。天之骄子、不世英才、时代巨人固然可敬，但萧殷这种切切实实推动民族群体进步、推动他人前行的文学教育者和辅导者，同样不应该被忘记。

可以想见，“在40余年的工作中，曾经担任过八个报刊编辑”、“为编辑部写给文学青年的复信不计其数”、“大约用了三分之二的时间在看稿子写复信”①的萧殷，他的文论展开方式是极为独特的，也是极富有生命高洁色彩的。也正因为如此，萧殷才得以多姿多彩的多渠道的文学批评方式，从各个方面、各个层面深度而全方位地融入了一个时代、一代人的文学事业，用自己既具有普及性的通俗化的文学知识、写作知识开启了下一代人乃至下几代人的文学之门，拓宽了他们文学成才的大道和小路，甚至在一定意义上改变了许许多多从业文学者的人生命运与现实道路。萧殷文论的这种实践品格，无私的“公谟”原则，有历史时代的规定性，但也有其自身的人格魅力和品格在。

也许正是在这一点上，程文超先生对萧殷文论和文学人生的前后两种评

---

① 陶萍：《萧殷文学书简·后记》，载《萧殷文学书简》，花城出版社2009年版。

述，以微妙的表述差异，深刻地传达出了他作为同样卓越的文学批评家对另一位前辈文论家惺惺相惜的理解、敬重与同情。在早先写作的一篇论文中，程文超显然对萧殷这一类“在追逐中失去”的人生历程和思想状况有所保留，认为“这也许是萧殷人生的宿命，却更是全部人生和文化的警示”。他写道：

> 一个热烈憧憬并用生命与热血去培育那憧憬的人，却在追求中走进了自己怎么也想不到的语境之中，而“走进”这种语境又并非没有自己的作用，这不能不令人感动，萧殷早年作品《疯子》里，有一个颇有意味的情节：弟弟追哥哥，为把他从疯癫之中救出来。这一情节的关键动作是：追。追的目的是得而救之，其结果却是：失去。因哥哥摔下了悬崖而使他彻底失去了哥哥。在追逐中失去。这一意象被青年萧殷为渲染悲惨而写了下来，不想却成了某种人生和文化问题的隐喻。这也许是萧殷人生的宿命，却更是全部人生和文化的警示。萧殷的“在追逐中失去”的人生历程并不是孤立的，他同他同代甚至几代的追求者、探索者走过了相同的路径。这便不仅仅是一个人的人生问题，它提交了一个值得历史学家、文化学家认真研究的“过程”。[①]

然在另一个场合中，程文超却转而对萧殷这一类的文学评论家的“令人颤栗的人生过程”有了更体贴人情的判断，他说：

> 在无可回避的特定历史、文化过程中，作为一个文学工作者，萧殷是杰出的，也是平凡的。重要的是，他思考过。他在思考中同祖国和人民一道，迎来了新的历史时期。思考，作为一个行动，是萧殷真正意义上的人生完成。对他来说，这就够了。对我们来说，更是一笔宝贵财富。这笔财富给我们诸多启示。拂去表层观照，今天重读萧殷的创作和萧殷的人生，要使我们从具体的人生过程去思

---

① 程文超：《谈萧殷的文学创作》，载《中山大学学报（社科版）》1994第3期。

考广博的文化过程。[①]

程文超先生对萧殷作为“文化现象”的观照，自然也包括他对萧殷文论的基本理解和判断。然而，他两次评价的差异所呈现的普遍性，却恰好在对比之中写出了萧殷文论的基本特征与理解萧殷文论的根本原则。那就是，无论是作为时代洪流的追逐者，还是革命事业的追求者，还是文学战线的探索者，萧殷都是属于一个时代的一代文学人、文学从业者的劳作楷模、探索者代表！如果说文学道路上有技与道两种层级两种境界，那么在技的习得进程中，在从技到道的升华进程中，萧殷都是有功于时代、有功于一代文学人的文论家的典型，这是毫无疑问的。

是故，我们应该怀念萧殷！

---

① 程文超：《令人颤栗的人生过程——萧殷的文学评论》，载广东省作家协会编《风范长存——萧殷纪念与研究文集》，暨南大学出版社1994年版，第244页。

文学论

论小说中的故事和人物

一

最近在兰州《新民主报》的《新文艺》周刊上，展开了关于人物与故事问题的争论。争论的焦点是：在小说中人物重要呢，还是故事重要？

有一种意见，认为："人物是主，故事是副，就它们的相互关系来说，故事是因人物而展开，并不是为故事而塑造人物。"

另一种意见，则认为"在今天应注重故事性，不应偏重人物刻画，'英雄造时势'正是唯心论者"，说"最好的作品是人物服从故事"。

读了他们的争论之后，我认为有几个问题值得讨论一下：

（一）文学作品里为什么要写人物？

（二）人物与故事的关系怎样？

（三）强调人物在作品中的作用是否就是"英雄造时势"的唯心论者？

二

小说不是写社会生活、写事件吗？为什么要写人呢？有许多人，不都是从事件或故事感动（爱或憎）开始，才去写作吗？

这一连串的质疑，从表面上看来，好像都是事实；但如果深入地思索一下，你就知道这些质疑还有值得商讨的地方。

我们可以先这样肯定地说：小说的描写对象，是社会现象，是人的活动——人与人（主要是阶级与阶级）的关系，人与事物相接触所发生的现象——是错综复杂的矛盾与斗争，是故事。但是所谓故事，决不能离开人的活动，因为一切的所谓故事，都是由人的思想所支配的行动，以及由这种行动（人与人之间的关系、矛盾或斗争）的连续所构成。因而，离开人的性格——思想、感情等人物内在精神的描写，所谓故事或事件，就将成为不可理解的东西。

我们绝找不到专门描写植物萌芽、发叶、开花过程的文学作品，也没有专门去描写煤的变化过程的文学作品，但我们却可以找到描写人如何从事改变植物（动物或矿物）的文学作品。

这说明了一个什么问题呢？那就是：如果离开人的作用，单纯去解释自然现象，顶多只能成为自然教科书，绝不能成为文学作品。

那么，有人也许会拿某些动人（能引起爱憎）的神话或童话来反驳我，说："希腊神话以及像萨尔蒂科夫那样描写鱼呀兔呀的寓言、童话等，为什么又那么亲切动人呢？"我认为：虽然它们的外表是神或兔儿，而其实，它们的性格特征却是人的。作者是从社会生活中抽出了某些人的特征，通过神或动物来表现的。读者所以感到亲切、真实，就是因为它们的基本特征是人，是人的活动，是社会（或阶级）关系的真实反映。

在我们的书刊中，像下列的现象并不是没有。譬如有些作品连篇累牍地描写生产的技术经验或工作的方式方法，完全不去注意描写人的活动和人与人（主要是阶级与阶级）的关系，更不注意去描写人的精神面貌。试问，这样的"创作"，还能有什么鼓动人心的力量？

也许有人会这样说："我并不是说故事里没有一个人，我只是说，应着重故事的描写，而不应偏重人物的刻画。"但是，如果照这样的说法，那就等于说：故事中可以不要深刻地描写人物，人物在小说中只担任扮演"故事"的角色而已。如果是这样，那么，所谓"故事"中的人物，顶多只是个傀儡，哪里还谈得上有血肉、有个性的生命呢？这种不受人物的思想支配的"故事"不是成了无源之水？它又怎么能够使人信服呢？

三

一个作者可以由某种社会现象或事迹（社会斗争或与自然斗争的现象或事迹）所吸引，所感动，进而引起要艺术地表现它的欲望，这完全是可以理解的，而且是合理的。但不能以单纯的记录故事梗概或现象为满足，而应该通过人物的活动、通过人物与人物之间的关系来表现。就是说，作品要把某种社会现象或事迹生动地真实地表现出来，又要使事件（故事）表现得合情合理，且具有感染读者的力量，就一定要使故事的发展和结局，成为人物性格与环境的关系、性格与性格互相关系的合乎逻辑的结果。我们倘要把小说的情节（故事）的发生、发展、结局说出一个“所以然”的原因，就非深入地描写人物的性格不可，非深入地描写故事主人翁的性格与社会环境的关系不可。如果忽视了性格与性格，或性格与环境的关系的描写，读者就无从知道故事“为什么”要这么发展，更不知道故事“为什么”一定要这样结局。这几个“为什么”如果不能从人物性格得到解释，那么，这个故事不管怎样曲折离奇，它仍然不会有使人信服的力量，因而，也就不会有感动读者的力量。

为什么说故事应该是性格与环境（主要是指主人翁周围的人物）互相关系的合乎逻辑的结果呢？举阿Q为例来说明吧。阿Q的最后结局，正是他的性格和他所处的具体环境相互关系、相互冲击的必然结果。由于阿Q所处的经济地位，使他对地主阶级有些不满，但他很无知，有一种毫无根据的自负心理和一种精神胜利法，常常用来哄骗或麻痹自己；在平时，遇到比他强的人，就吃些苦头，遇到比他弱的人，就占点小便宜，但不管胜利或失败，最后他总是在精神上取得了胜利的。这性格发展到辛亥革命时，看到革命党“使百里闻名的举人老爷有这样怕”，阿Q不免有些“神往”，但想起“白盔白甲的人明明到了，并不来打招呼，搬了许多好东西，又没有自己的份”，阿Q又“满心痛恨”。在这无知的思想支配下，他的周围又是一个“只改名称，官还是照样”的地主土豪与军阀统治的社会环境，这种环境与这样的性格互相矛盾、冲击；结果，阿Q的“大团圆”是必然的。试设想一下，如果这社会真正变革了，地主与土豪的势力彻底扫清了，阿Q的结局一定又是另一个样子。但是如果只写出当时的历史社会环境，而不深刻地写出这人物的性格，读者还是不知道故事为什么要这么终结。

为了把问题说得明白起见，不妨再举《死魂灵》中乞乞科夫与玛尼罗夫进客厅的一节为例子：

> ……他们都站在客厅的门口，彼此互相谦逊，要别人先进门去，已经有好几分钟了。
>
> "请呀，您不要这么客气，请呀，您先请。"乞乞科夫说。
>
> "不能的，请罢，保甫尔·伊凡诺维支，您是我的客人呀。"玛尼罗夫回答道，用手指着门。
>
> "可是我请您不要这么费神，不行的，请请，您不要这么费神，请请，请您先一步。"乞乞科夫说。
>
> "那可不能，请您原谅，我是不能使我的客人，一位这样体面的，有教养的绅士，走在我的后面的。"
>
> "那里有什么教养呢！请罢请罢，还是请您先一步。"
>
> "不成不成，请您赏光，请您先一步。"
>
> "那又为什么呢？"
>
> "哦哦，就是这样子！"玛尼罗夫带着和气的微笑，说。这两位朋友终于并排走进门去了，大家略略挤了一下。

这个情节的发生，不是作者为了"写得有趣"而随意编造出来的，这是乞乞科夫与玛尼罗夫两种性格的人相遇在一起时一定会发生的。因为乞乞科夫是个虚伪的，对谁都恭维的人物；而玛尼罗夫呢，却是个"在应酬和态度上，总显出些竭力收揽着对手的欢心模样来"的人物。具有这两种性格的人物碰在一块，彼此互相"谦逊"至好几分钟之久，最后相持不下，只好并排挤进客厅，是当然的事。我曾这样设想过：如果其中一人的个性比较纯朴些，那么，这个近乎滑稽的情节，就不会发生；如果这个门宽一点，就不至于"略略挤了一下"。但我也曾设想过：万一这个门再小一点，这个情节也许比现在还逗人发笑，但果戈理没有把这情景写得更滑稽些，因为如果把地主客厅的门写得再小些，就有些不真实了。

从这里，我们得到一点认识：作品中的故事，不是作者主观的产物，它应该是根据人物性格与性格、性格与环境的关系之逻辑的发展。因此，故事不能随着作者的“意欲”而随便“编造”，作者必须尊重人物的性格与环境的条件，要尊重这两者互相关系的逻辑的发展，只有这样来处理故事的发生、发展和结局，故事才可能是合理的、真实的和可信的。

有些伟大的作家，常常在腹稿时打算把一个人物写得活下去，但在写作过程中，作家发现人物周围的环境，的确很难让人物活下去，最后作家不能不让他的人物死去。鲁迅先生在《〈阿Q正传〉的成因》一文中说过：

> 《阿Q正传》大约做了两个月，我实在很想收束了，但我已经记不大清楚，似乎伏园不赞成，或者是我疑心倘一收束，他会来抗议，所以将“大团圆”藏在心里，而阿Q却已经渐渐向死路上走，到最末的一章，伏园倘在，也许会压下，而要求放阿Q多活几星期的罢。但是“会逢其适”，他回去了，代庖的是何作霖君，于阿Q素无爱憎，我便将“大团圆”送去，他便登出来。待到伏园回京，阿Q已经枪毙了一个多月了。

“其实‘大团圆’倒不是‘随意’给他的。”这是说：根据阿Q的性格与客观环境的关系发展下去，阿Q走向死路已一天比一天接近，虽然孙伏园先生想要求让阿Q多活几个星期（意思是把情节拉长些——引用者）也不可能了。

然而，有些作者却忽略了这些，常常凭主观臆想“随意”去虚构故事，他们不是让人物按照他们的性格去行动，而是牵着人物的耳朵强迫他们去行动。这些作者在作品中所述说的故事，往往不是人物性格与环境互相关系的必然发展，而是作者先凭空捏造故事，然后强迫人物去扮演故事。结果，使读了这类故事的读者，不能不发生这样的怀疑：“按照作品中人物的性格与环境条件，故事并不一定非这样发展下去不可呀？”一个故事如果使读者发生了这样的怀疑，那么，作者企图通过故事显示给读者的教育意义，其效果就可以想象了。

像这样的故事，不仅不可能写得合情合理，就是人物本身也只会变成无血无肉的木偶。有时为了迁就故事（指凭空捏造出来的故事），甚至把一个原来有点性格的人物弄得越来越模糊，越概念化，有的甚至把性格弄得前后相矛盾。

我案头上有一篇这样的小说，故事是这样：

在游击区里，有一对农民青年男女，男的是民兵，他父亲被匪军杀死，他很仇恨敌人，一向勇敢作战，即使在最艰苦的环境，也经常和一群青年小伙子向敌人作顽强的斗争。女的是村妇女会主任，很爱他的勇敢、顽强、有骨气的性格，于是彼此有了爱情。但有一天，男的去赶集，忽然在半路上被蒋匪抓去，强迫他当了匪军。在匪军中，他情绪低落，常常想起妇女会主任。男的被抓之后，妇女会主任很伤心，但努力工作，不幸某夜敌人来围村，女的又被俘去，因匪军内有同村人，知道她与那个民兵的关系，匪军一再强逼她悔过，无效，最后匪军命令她的爱人把她枪毙了。

这个故事显然是作者在追求离奇情节的心情下凭空捏造出来的。作者在写作过程中，可能已经发现了这样的结局，有点不符合人物性格，可是，又觉得"由'她的爱人'亲自把她枪毙"这结局，太富有戏剧性，太富有悲剧效果了，舍不得！于是作者不管民兵的性格如何顽强、有骨气，作者硬强迫他亲自把爱人枪毙了。不仅这样，作者为了创造这结局的条件，也不管那个民兵的顽强、勇敢、有骨气的性格，硬叫他服服帖帖地当了匪军。这样描写的结果，那个有血有肉的民兵性格，完全被破坏了：一个对敌人如此顽强，如此有骨气，而且曾经勇敢地向敌人作战的民兵，他难道可能服服帖帖地去当匪军？难道他可能执行匪军的命令亲自枪毙自己的同志与爱人吗？说这个民兵在匪军中已经变坏了吧，但在作品中并无交代；更何况这个民兵性格的形成，首先是因为对敌人仇恨。难道这种仇恨，在被抓之后，反而能够消除吗？显然是不可能的。像这样的故事，大概是够曲折了吧？但即使是最天真的读者，也会怀疑它的这种发展与结局的可能性吧。这样的"故事"，不仅不能真实地反映现实生活，而且也不能给读者以任何有益的启发。

说到这里，问题已经很清楚了，最好的作品，绝不是人物服从故事。凡是较成功的作品（主要指小说），都是由于作者深刻地理解了并描写了人物的性格特征，同时深刻地理解了并描写了人物所处的历史社会环境的特征，并且按照这两者的关系的发展法则去处理事件的发展。在文学作品中，我们固然不能离开一定的历史社会的特征来理解一定的人物；但同样，离开了形成一定人物性格的时代特征来反映一定的历史社会，也是困难的。离开了阿Q所处的历史社会的特征的描写，我们固然无法理解阿Q的性格，但是离开了阿Q性格的描写，我们也很难理解阿Q所处的历史社会。这两者是互相影响，互相关系，互相作用的。缺少了任何一方面的正确描写，都不可能正确地反映社会的真实面貌。

四

就算你的故事是符合人物性格与环境条件的发展法则吧，就算你的作品情节的梗概很有教育意义吧，但是如果仅仅只写出故事的梗概，还是不能入情入理地吸引读者和感动读者的，当然更谈不上激起读者的爱憎了。必须深入去写人，必须展开人物性格与精神面貌的描写，去说明故事发生、发展与结局的内在因素。这样，作品才可能具有感染力和说服力。

许多艺术巨匠为什么敢于把故事的梗概写在序言里，其理由就在这里。譬如荷马吧，他史诗的《序诗》常常就是整个故事的梗概；虽然如此，他的作品仍然有力地吸引着读者。因为读者所要求的，绝不是简单的故事梗概或简单的故事结局；读者所要了解的是：事件为什么会这样发生，而不是那样发生，为什么会产生这样的结果，而不是那样的结果。

请设想一下吧，如果人物不为读者所了解，如果在事件结束以前，作品中的人物只表面地与读者见见面，读者对人物的欲望、感情、品质、观点、爱好、脾气、为人、作风……并不能从事件发展的过程中得到较深的理解；那么，不管那个人物在结局中发生如何“不平凡”的事故，读者也不会在情感上被打动的。

在解释之前，请允许我提出一个简单的问题：“当你听了某工厂发生了火灾，在火灾中两个你不认识的工人被烧死了，这消息，会不会使你非常难过？”你一定会说：“若从理性上去考虑，觉得工人死了是损失，是一桩不幸的事；但在感情上却没有什么波动。”

又比方说，有一个你很熟悉的善良农民，通过你与他平时的接触，你了解他的性格——为人、作风，你对他有了一定的感情；但忽然听说这人被敌人杀害了，你在情感上就不免要发生很大的波动，甚至非常难过。

从这两个例子中，我们可以想到这么一个道理，那就是：只有你对某人的性格有了感性的认识，只有他的思想、作风以至行动曾深刻地给你留下印象，并判明了这些思想、作风等与你的利害关系，你才会在感情上去爱他或者去恨他。这样的人，在平时你已对他有了爱或恨，而当他忽然遇到大变故时，你在感情上就一定会引起波动。

但也有一些革命者，我们并没有机会与他接触过，也没有和他谈过话，可是当我们知道他不幸牺牲了，却不免要难过，这又是为什么呢？

这和上节的理由一样。虽然你没有直接接触过他，但他的伟大的革命品质，他在革命事业中的为人与作风……通过他的事业的社会影响，以及关于他的种种传说，再通过他的言论，你已直接间接地接触到他的思想感情和他心灵的深处。这样，你对于这人的理解，已不再是抽象的，实际上，你的思想感情已与他发生了联系，你对他早已发生了敬仰与热爱。

作品也是这样：不管故事的结局如何“不平凡”，不管故事的主人翁在结局中发生怎样“不平凡”的事件，但如果在这以前，读者不能从形象的感受中去认识主人翁，那么，小说作者所企图在故事结局时产生读者感情上的效果，是不可能达到的。

也许有人会提出质问：“在结局之前，读者怎么会不认识主人翁呢？难道有小说在故事结局之前，主人翁完全不登场的吗？”可是，人物登场，并不等于读者就能理解他；譬如他只拿面孔、姿态，或者一些极表面的动作给你看，你能了解他的为人吗？你能因为看过他的面孔、姿态，就了解他的内心面貌吗？你能因为看了这些表面的相貌、姿态，就爱他或者恨他吗？

我曾看到一篇这样的作品，作者企图以一个纯朴的农民，因被地主欺压而自杀的悲剧来激起读者去反对地主阶级。作者的意图是很积极的，作品中对于“欺压”场面的描写，也很生动，但作者对那个纯朴农民性格的描写却很表面：只写他与他儿子一同锄草，写他在灾荒中吃糠咽菜，反而让主要的篇幅去描写地主如何压榨他的儿子。这样一来，作为这篇作品的主人翁的那个农民，以及他的性格特征，反而模糊了。作者既然没有很好地去描写这位农民的纯朴性格，也没有通过他纯朴的行动让读者去认识他，也就是没有让读者在感情上和他发生联系；那么，读者怎么可能去爱这个人物呢？等到那个农民自杀时，读者怎么会感动呢？正因为读者不能从形象的感受中去爱那个农民，所以也不会因为他的自杀而去憎恨那个地主。因为对一方面没有强烈的爱，哪里能对另一方面有刻骨的恨？

读者对文学作品中的人物之爱或憎，反对或者拥护，是直接从艺术形象直观之下所引起，而不借助于作者言辞的解释。就是说，作者要在作品中反对什么或拥护什么，不是直接用言辞去告诉读者，而是通过艺术形象来体现，让读者在形象的感受中去接受作品所企图表达的思想。有人认为："观众看了戏不恨戏里的地主，是因为观众的立场有问题。"我以为问题不能看得那么简单，观众的阶级立场的不同，固然会使他们对作品产生不同的看法，但有些读者（或观众）在认识上的确认为地主阶级可恨，但当他们看了某些描写地主压迫农民的作品时，却不感动，这是什么道理呢？我以为主要的原因是，作品没有从人物与环境关系的内在因素中去说明故事为什么要这样结局（而不是那样结局），同时作者没有能够通过艺术形象直接激起读者的爱憎。

我可以举出一个另一方面的例子，在《平原烈火》中，描写一个游击队的中队长周铁汉，曾这么处理了一个变节分子尹增禄的：

> 周铁汉一步跨出，抓住尹增禄的脖领，死猫一样拖进门来，通的摔在地上："我叫你投降！……"周铁汉嘴唇哆嗦着，气梗在嗓子上，肺也快憋炸了。他右手一甩，盒子枪响了一声，尹增禄的半个后脑被掀了下去，花红脑子喷出去溅满门槛和墙壁。周铁汉又把他翻个身，照胸上肚上又一连两枪，见那尸上各处都冒着血，才插了盒子，捧起一把土，狠狠地搓着手上的血污。（见十六页）

为什么这样结束了尹增禄呢？为什么周铁汉这样狠狠地对付他呢？如果在处理这人物的结局之前，不把尹增禄这人物的自私、怕死的可憎的性格活生生地表现出来，如果不把当时残酷的环境描写出来，读者就会觉得这样的结局太悲惨，周铁汉太残酷了，周铁汉的做法就不可能获得读者的理解，作者对于尹增禄这人物的憎恨，就不可能引起读者的共鸣。

事实上，作者不仅描写了环境，也描写了尹增禄的性格。当时的环境是在敌人的重重包围中，敌人以优势兵力，在追击这支游击队；在突围的战斗中，许多同志作了壮烈的牺牲，当大家正同仇敌忾，奋勇杀敌，拼命突围的时候，尹增禄却慌张地从战场上往回跑；“左手拖着枪苗子在地上拉，右手只管一掀一掀摘掉身上的东西，米袋子、背包早扔光了，正往下摘手榴弹”，准备临阵脱逃。周铁汉严厉地阻止了他，并问了他大队在什么地方，接着直跟着他的脊梁，把他带进村去；目的是与大队会合，共同打击敌人。但他怕死，他怕经过大街碰上敌人，企图绕过刚才大队与敌人相遇的十字街，“迷迷瞪瞪把队伍引进了一条死胡同，当发觉房上鬼子正架着‘歪把子’等在那里的时候，一、三班已经卡在里头。敌人的机枪夹带着轰隆爆炸的手榴弹，蒙头盖顶直浇下来，许多战士还没有弄清楚子弹从哪里来的，便倒在血泊里了。五尺宽的过道，登时染满鲜血。”许多战士都把愤怒的眼光射到尹增禄脸上来，但敌人就在眼前，先对付敌人要紧，战士们正在跟敌人拼命，有的正冒着鲜血，这时，一颗手榴弹在墙角爆炸了，尹增禄竟撒手扔掉手中的枪，扑身倒下去，“一个苍白的面孔，绝望地看着天上，双手作揖似的向上伸去，狗一样跪卧在门外的墙角下”。尖叫着，“不要打啦，我，我投降！……”

尹增禄是个贪生怕死、毫无民族气节的家伙。正当周围的战士与敌人展开你死我活的战斗，许多人正在为民族解放而倒在血泊里的紧张情况下，他反而自私地想临阵脱逃，甚至无耻地向敌人投降。对这样的人物，你能不恨之入骨吗？周铁汉不正跟你一样地恨透了他吗？作者没有求助于言辞的解释，只通过人物的行动去暴露他的为人和卑鄙的精神面貌，让读者在形象的感受中去认识，去憎恨他，然后才“狠狠地”打死了他。这样，不仅情节发展得入情入理，而且也能唤起读者感情上的共鸣。

只简单地叙述故事梗概，而不深刻描写人物性格的作品，就不可能表现得那么真实，那么入情入理和那么动人。

就是民间口头文学创作吧，凡是能够深深地感动听众，能激起爱憎，而且能使这爱憎的对象深刻地印在听众记忆里的作品，没有不是深刻地描写了人物的。譬如《梁山伯与祝英台》吧，就是通过人物精神面貌的描写来展开故事的，否则，这两个人物，无论如何不能这样长久地这样深刻地印在人们的记忆里。

情节由人物而产生，人物由情节而表现。

只有情节而无人物，而又能深刻地感动读者的作品，现在还找不到恰当的例子，只有人物而完全没有情节的作品，也不易找到。不过，在艺术性较高的小说中，其故事性有强有弱，有的容易讲得出，有的却不易讲得动人，也是事实。

五

最后，附带谈到“强调人物在作品中的作用是否就是‘英雄造时势’的唯心论”的问题。

我以为把“英雄造时势”和“强调人物在作品里的作用”这两个观念连在一起当问题来提出，就不很妥当。

的确，从前曾有些唯心论者认为：世界的面貌是按照几个“英雄”的主观愿望面随意改变的，认为可以不受历史的客观条件的限制，要怎么改变就怎么改变。这就是所谓“英雄造时势”的涵义。这种谬论早已被历史事实所粉碎，也为历史唯物论的学说所驳倒。这不过是反人民的统治者及其御用学者们杜撰出来的花招，企图以此证明：只有他们几个人才是“英雄”，至于千千万万的劳动人民只是奴隶而已。

但我们却不能因此得出结论，说根本就无所谓英雄，或一概地否定了英雄的作用。

英雄还是存在的，英雄的作用也是不容否定的。但人民的英雄，与唯心论者口中的所谓“英雄”，是根本不同的。真正的英雄，不是自封的，而是人民公认的。这种英雄不是凭主观愿望去行事，而是根据事物发展的法则，按照客观规律有计划有步骤地去改变社会或改变自然。单凭主观愿望去改造世界，是行不通的，只有根据实际情况，遵循客观法则，有计划有步骤地去解决矛盾，才能逐步地改变世界面貌，使社会不断地向前推进。

一定的英雄是从一定的时代与一定的条件下产生的。斯达汉诺夫式的英雄不能在资本主义国家里产生；魏来国式的战斗英雄不能产生于帝国主义国家的军队中。……因为那样性质的时代和那样性质的国家，还没有条件产生这样性质的英雄。我们从这样的观点出发，所以我们认为英雄是由“时势”所造成，也即是“时势造英雄”。

但是仅仅理解“时势造英雄”这一面，还是不够的。凡是善于掌握事物发展规律，善于运用这规律去解决矛盾，使运动不断前进的英雄，事实上，都是反转来作用于社会，也作用于世界。谁能掌握事物发展法则的，谁是真正的英雄，谁就一定属于人民。

我们为什么要反对唯心论者的所谓“英雄造时势”呢？主要是反对他们“不按照事物发展法则，只凭几个‘英雄’的主观愿望就可以改变世界面貌”的谬误观点。也就是反对他们的所谓“主观意识决定客观存在”的谬论。

那么，在文学艺术的创作上，我们强调人物在作品中的作用，是否就是唯心论呢？是否就是等于强调“主观意识决定客观存在”的作用呢？不是，绝对不是。

我不打算再重复我对人物与故事的关系的话。前面已经反复说过，文学艺术作品中的情节（或叫做故事），是由人物的性格与性格之间、或人物性格与客观环境之间互相关系、互相发展的逻辑的结果。如果作家不根据人物性格，不根据人物所处的历史社会条件，不根据它们之间的内在的关系去处理作品情节（故事），反而只凭作者自己的主观愿望去“捏造”故事，那么，很显然，这样的故事是作家头脑里空想出来的产物，它不可能是人与人的关系的真实反映。这种作法，恰恰是违反了历史唯物论的基本精神，不知不觉地掉进“主观意识决定客观存在”的泥坑。

一九五〇年八月八日于北京

论艺术的真实

一

据说，有一次一个有经验的电影老导演，在拍摄一部影片的战场背景时，把百十门大炮排列在一起，集中在一个小面积里；一位有经验的人民解放军看见这种情形，就提出意见说："这是不真实的，战场上的大炮哪能这样集中呢？"电影导演回答道："那是现象的真实，我们要创造的是艺术的真实，即通过影片的艺术安排把生活的真实面貌表现出来；因此，我们不能机械地照着生活表面的样子去照抄。"

这位老导演的话，是意味深长的。他告诉我们：生活外表上真实的东西，未必就是艺术上真实的东西。艺术的真实应该比生活现象的实有状态更有组织，更集中，更典型。

类似这样的情形，在文艺读者（观众）中间也是存在着的。有不少读者或批评家常常狭隘地根据个人片面的见闻或经验，或根据某一地区的特殊经验来衡量作品的真实性，凡是符合他所经验过或者见闻过的情况的，都以为是真实的；否则，统统被斥为不真实的。当然，符合他经验的作品，也未必就是不真实的作品，我只是说，仅仅凭这点点狭隘经验来作为衡量作品是否真实的根据是不够的，因为用这种标尺来衡量文艺作品，只会使我们的判断陷入错误。

一篇作品是否真实，不在于它"如实地"描写了事实或现象，关键在于它是否通过了事物的现象透视到事物的本质，是否通过生活现象的描写反映了生活的真实面貌（本质面貌），是否反映了一般事实的逻辑的真实。如果不是这样，尽管你所写的事实或现象十分逼真，读者仍然会认为这篇作品所反映的生活是不真实的。鲁迅先生之所以能在《一件小事》中，通过一个场景的描写，勾绘出劳动人民的崇高品质；高尔基之所以能在《我的旅伴》中，通过一个旅行伴侣的描写，写出了市侩主义者的形象……主要是由于他们并没有停止在现象的描写上，而是通过现象，看出这现象背后所隐藏的、要经过深深思索之后才能发现的更深刻的意义。我们有好些作者常常过于相信自己的眼睛和耳朵，认为自己耳目所经验的，就是真实的，他们不仅满足于表面现象的观察上，而且也满足于表面现象的描写上。有的人甚至这样说："描写我自己亲眼看见的事实或现象，其真实性是不容怀疑的。"但事实上，这样的作品却常常引起人们的怀疑；于是他们说："你怀疑，那是由于你不了解情况，我反正是真实地反映了生活。"实际上我们的耳目所接触的，常常是现实生活的表面现象或片面现象，有时甚至是偶然现象，对于这些事实或现象，如果不经过发掘、深化，就算你描写得很生动吧，但是它能引导读者去认识生活本质吗？不能。能让读者通过你的描写看到历史的真实面貌——历史发展的逻辑吗？也不能。既然这样，那么，有什么理由说自己的作品反映了生活的真实呢？

二

我这样强调艺术真实与生活中实有的现象的区别，是否可能给读者造成一种印象，以为我贬低生活对于文学创作的重要性呢？不是的，我完全不是这样的意思。我只是说：机械地描摹生活中的实有现象，很难真正地反映出生活的真实面貌，也就很难创造出艺术的真实。

杜勃罗留波夫说过："艺术家所创造出来的形象，是实际人生中各种事实的集中表现。"这里所谓"实际人生中各种事实"，就是社会生活中的各种存在的现象和事实，对于一个初学写作者来说，首先要求他准确地描写出"实际人生中各种事实"，是十分必要的，正如对一个初学绘画者首先要求他准确地描绘出某人的肖像一样。因为，如果我们不能准确地描写生活中实有的东西，我们就谈不到"典型地"去表现它们。也就是说：如果我们不能首先生动地精确地写出生活中实有的状态和面貌，要创造艺术的真实就将无从谈起。写得"像"，应该是一切文艺写作者最起码的要求。但对于一位艺术家来说，仅仅写得“像”是不够的，艺术家的任务，应该在现实生活的基础上，在共产主义理想光辉的照耀下，创造出能够反映生活本质面貌以及发展趋势的艺术形象。

我相信，没有人会怀疑现实生活对于创作的重要性，恰恰相反，现实生活正是作家创造艺术真实的最重要的原料，离开了深入生活或离开了斗争实践，作家就会失去创造艺术真实的任何可能。

但是，生活只是艺术的源泉，它本身并不等于艺术；因此，机械地描写生活的现象不能造成艺术；事实和现象的如实描写，也不能创造艺术的真实。

为什么呢？

人们的生活，从表面上看，是杂乱无章的，譬如一个英雄吧，除了他的英雄事迹之外，仍然有许多偶然的，非特征的琐事夹杂其间，倘若我们不善于选择，不善于通过各种的现象找出他的基本特征，而又不从这基本特征的各个侧面去描写他，反而“如实地”去记录他的日常生活，那么，可以想象，这样“记录”的结果，不仅不可能真实地写出这英雄性格，反而会因其他枝节的描写而掩盖了这人物的基本特征。

社会现象也是这样，它是形形色色的，散漫的，杂乱的，如果我们不认识构成这些社会现象的阶级矛盾，我们就很难理解纷纭万状的社会现象。自然主义的作家就是只满足于现象的描写，他们主张“实有物底承认和描写”，他们排斥艺术真实的创造，主张对社会事物不加评价和判断。现在，为明了起见，不妨举出左拉的小说《失业》作为例子，并加以简要的分析。

在《失业》中，左拉描写了一个工人失业后的悲惨生活的情景。这小说不仅细腻地描写了工人失业后痛苦的经验与心情，同时也以同样细腻的笔触描写了工人的家庭——工人的妻子和七岁的女孩——的饥饿、悲苦的惨象。它所描写的生活细节确是很逼真的，但这小说到底告诉了读者一些什么呢？作者只描写了工人失业后的浮面现象，它不能告诉读者：造成工人失业的基本原因是什么。甚至对于工厂主的描写，也是表面的。厂主说：

——我不是只顾自己的私利者，不是的，我与你们发誓，我的情况也是一样的可怕，或许比你们的更可怕……我本来想襄助你们度过这不好的岁月，但是现在已经完了，我已仆地了；我再没有与人平分的面包了。

既然这样，那么，造成工厂倒闭，工人失业的原因是什么呢？左拉竟丝毫没有透露，也丝毫没有加以判断。他的全部描写，都是局限于表面的事实和现象上，这样，他（左拉）给读者提供了失业的假象，把工厂倒闭与工人失业写成为一种不可理解的东西，一种莫名其妙的灾难。因此我以为，这样的文学作品，只配称为事实和现象的“如实”记录，它还没有在艺术上创造出什么真实来。

类似这样的作品，我们所以说它不真实，或者说它虚伪，主要是因为它“把现实生活中一些偶然的，虚假的现象当作它（社会）的主要的特征来描写”。

三

文学是通过个别来表现一般，也就是通过有血肉有个性的行动着的人物、通过他们之间的关系来表现社会关系（阶级关系）及其矛盾发展的真实面貌。

要达到这样的目的，只“如实地”描写现象和事实是不行的。那么怎样通过个别的人来表现社会面貌呢？只按照个别人物或个别现象原有的样子来描写吗？这样写，个性当然可以写出来，但能真实地反映现实社会的面貌吗？恐怕不是每个个别现象或人物都包含着同样深刻的内容。那么，从社会全局去描写吗？这样写，当然可以勾画出社会的一般状态，但能写出活生生的形象来吗？肯定是做不到的。如果没有活生生的形象，那么所谓“社会状态”，肯定只会变成抽象的和没有感染力的。

前面已提到过，艺术形象的创造，是实际人生各种事实集中的表现。但所谓“集中”，并不是机械地集中，不是数学加法式地集中；假如离开社会历史的具体条件来空谈集中，是很荒唐的。因为离开了具体的社会环境，人物的性格就无法捉摸。离开了一定历史的（阶级的）矛盾及其发展的真实状态去表现某种性格的形成与发展，无论如何是做不到的。

为什么呢？

我们试举《孔乙己》为例吧。孔乙己所以是文学上的典型人物，正因为鲁迅先生认识了科举制度给孔乙己所造成“不会营生，好喝懒做”的性格，又因为他没有进学，而他生活着的社会又是那样“世态炎凉”，人们除了拿他开心，谁对他也没有兴趣，他愈来愈穷，终于偷起别人的东西来了，结果被打折了腿，最后死去。

因此，所谓“典型环境中的典型性格”，其含义，一方面要求通过典型的性格去反映现实中的矛盾及其发展的典型状态；另一方面，又要求作家严格地在现实矛盾与发展的典型状态中去把握人物性格。愈能反映出一定社会矛盾发展状态下所形成的一定性格，其典型意义就愈高。否则，一切离开典型环境影响的性格，都不能算是典型的。

但是，要求通过典型人物反映典型环境，并不是放弃局部社会生活的观察、发掘与描写；相反，应从局部去反映全部，从个别去反映一般。因为所谓全局或全面是由各个局部或各个方面所构成，局部就是全局的一部分，而局部之间又互相联系，彼此之间存在着某些共同的本质的东西。虽然部分与部分之间有着共同的东西，但并不是什么都完全相同，仍然各有各的特点，也许有一种现象在这部分很突出，而在那部分还很晦暗；也许在这部分已发展得相当成热，但在那部分却还停留在萌芽状态中。艺术家要创造典型，就必须深入各局部生活，从中把握全局性质的特点给以艺术的概括。

但是部分与全部是对立又是统一的，实际上，部分的社会环境是直接影响人的生活方式、生活态度、思想作风的直接条件。这部分的社会又是全社会与个人的联结点，所以通过这部分社会的真实描写，就可能真实地反映出全社会的基本特征。如果局部生活中的矛盾及其发展具有全局的性质，那么，这个部分生活的单独描写，就足以创造艺术的真实——艺术典型。某些“真人真事”的写作，所以还有它一定的典型意义，理由也就在这里。

四

高尔基说：“艺术底基本的使命，是要站在比现实更高的地方，从新人类的创造者——无产阶级所建树的光辉的目标的高处，来看今日的事业。”所谓“站在比现实更高的地方”，并不是离开现实基础去幻想，而应该是从现实深处看出它发展的趋向和发展的前景。如果文学艺术家有崇高的革命理想，有开拓未来和缔造未来的热情和愿望，他就有可能从目前洞察到未来的远景。因而他们就有可能去反映一眼不能看透的现实发展的趋势。所谓发展趋势，并不是按照社会科学的概念，使人物事件图式化、划一化，而应该通过对个别事物与个别人物的深刻观察，透视到现实生活的实质，从实质的描写中透视到未来的发展。瓦希列夫斯卡的《虹》所以被苏联誉为“社会主义现实主义的典范作品”，不是偶然的。她不仅写她观察到体验到的事迹和人物，而且也写她思索到、预见到的事迹和人物。就是说，她不仅把她的耳目所经验的事实，加以艺术的概括，使之更集中、更典型；更重要的，是她能本质地认识了现实斗争中苏维埃人民不屈的斗争意志与毅力，由于这种认识，所以作者能深一层的认识了战争发展的道路与前途。《虹》是1942年写成的作品，那年夏天，德国法西斯在苏联南方集中了大批的军队与飞机坦克，并且从法、比、荷、意、匈等国调来了大量兵力，利用这庞大军队，由1942年5月到8月，占了顿河及库班的广大区域，攻占了南方的重要工业城市：伏洛希洛夫格勒、诺佛切尔卡斯克、沙哈特、罗斯托夫、阿马威尔、迈伊考普……虽然当时的情势如此险恶，但瓦希列夫斯卡在《虹》里，却预见地描写了在乌克兰的胜利反攻。这种大胆的描写，不是出于幻想，不是凭空虚构，而是作者深刻地认识了现实，把握了现实的实质，从而清楚地洞察到战争的发展道路与远景。那远景就是红军的胜利，德寇的败亡。以后（1943—1945年）的事实，也证明了她预见性的描写，是符合事实发展的规律，是写出了“逻辑的真实”的。

由此，我们认识到：只有深刻地理解了并真实地描写了“现有的”那个样子的生活面貌，才可能写出“它应该有的”那个样子的生活面貌。离开了“现有的”基础去幻想将来，是不合适的。

因为离开“现有的”生活的真实描写，就不可能理解现实生活的基本特征，抓不住这基本特征，就无法理解它的发展法则，也就无法预见它的未来。关于这，高尔基说得最清晰，他说：“在得自事实的思想上，我们加上点什么，把思想发展得更远一点，并依照逻辑的假设，在形象上加添一点可以想望得到的东西，——那么，我们就有了浪漫主义。”

但是爬行的经验主义者，不管他如何生动地描写了生活现象，仍然不可能看到事物运动的法则，不能预见到未来。一个作家能不能抓住现实生活的基本特征，这取决于作家站在什么立场上和对革命事业所抱的态度。

一个富有革命热情、且富有政治敏感的艺术家，他总是善于捉住一切萌芽状态的东西。所有刚萌芽的东西，往往不是一眼能看透的，而常常是在大多数人的意识之外的。艺术家的责任，就是要善于捕捉并描写这些萌芽状态的、新生的东西，并加以肯定。法捷耶夫告诉我们，应该“从新的因素的种子上，看出这新因素已经在获得胜利”，而且要善于“发现和艺术地去描写正在发展中和在远景中的这个新因素”（如高尔基《母亲》中尼洛芙娜的形象的创造），要善于捕捉并描写人民要求提出、但还没有提出的问题（如考涅楚克《前线》中戈尔洛夫形象的创造）。

文学艺术家创造艺术真实的过程，是一种概括、提高的过程。艺术的真实，应该比生活中实有的事实更有组织，更集中，更理想和更典型。

凡是善于发掘群众生活中的根本问题与提出群众的根本需要的，哪怕这问题还没有为群众所明确认识，只要及时给以艺术的概括，群众不仅乐于接受，而且能引导他们去思考，去行动。

所谓艺术的真实，它是比现实生活中所实际存在的现象更提高了一级的东西。一切还不为人们所自觉到或群众还没有明确认识的问题，要求文学艺术家敏锐地明确地认识它，并描写它。只有如此，文学艺术才能帮助读者深入地认识生活。

像这样的作品，我们还不是很多。目前，在我们文艺作品中，记录事实与现象的作品，要比深刻地反映生活、说明生活的作品多得多。我们新文艺的历史还很短，经验还不够丰富，因此在开始阶段，较多的记录生活现象，也是一种自然的现象，这是一时难免的。但是这种情况不应该长久继续下去，为了使文艺能更好地为人民所利用，更有力地去推动现实前进，文艺工作者应该从记录生活事实的现状下提高一步，去创造更多富有艺术真实性的作品，似乎是时候了。

一九五一年三月二十五日于北京

向文学汲取精神力量

——为《文艺学习》讨论“作品内容与自己生活没有直接关系，读了有什么用”问题所写的总结

一

青年读者喜欢阅读描写自己比较熟悉的生活的作品，是一种很自然的现象，这本来没有什么可以反对的，但现在，我们为什么用这么多的篇幅来讨论这个问题呢？

其实，问题倒不在于是否喜欢阅读描写自己熟悉的生活的作品，问题在于由此而轻视或拒绝阅读那些所谓“与自己生活无直接关系”的作品。因为这牵连到文学任务的性质问题，牵连到文学作品的作用问题。所以展开一次讨论，把问题的实质弄清楚，还是很必要的。

据《文艺学习》编辑部统计，参加这次讨论的来稿共有三千五百多件。可见问题不是个别性质的，而是相当普遍地存在于青年读者的头脑中。这次讨论所涉及的问题很广，也很复杂，如果加以归纳，大约有如下四个问题：

（一）向文学作品学习什么？

（二）除了具有社会主义精神的正面人物足以作为榜样之外，有人认为其他人物（如反面人物或有缺点的人物）的描写，都没有什么价值和意义。

（三）作品的现实意义应怎样理解？

（四）什么是社会主义的精神？

在这篇文章里，我们打算试谈一下这几个问题，因为这是许多读者之所以产生片面观点的症结所在。如果对这些问题在观念上能有粗略的认识，那么

存在于读者中间的一些片面的，狭隘的甚至错误的看法，也许可以得到初步的澄清。不过，我们还必须声明一下：我们不可能把讨论中所牵涉的每个具体问题都谈到，但我们将尽可能地把所有具体问题中所包含的论点都加以粗略的讨论与分析。

二

文学的任务是什么？应向文学作品学习些什么？这虽然是属于常识性的问题，但许多青年读者还没有弄得很清楚，以至于对文学作品提出一些“额外”的要求，或对文学作品作一些极片面的理解；结果，妨碍了我们正确地去理解文学作品，甚至妨碍了我们以正确的态度去接触文学作品。

在这次讨论中，读者对于这个问题的意见是极其纷纭的。

斯大林说：“作家是人类灵魂工程师。”意思是，作家应该把改造人的灵魂与提高人的道德品质的责任担负起来。事实上，我们许多作家为完成这光荣的任务，曾不断地进行着严肃的刻苦的劳动，他们的作品也确曾给予人民以深刻的教育和巨大的精神力量。这已经是谁也不会怀疑的事实了。

然而，一直到现在，还有人把文学作为消遣品，这些人不承认文学是教育人民的工具，否定文学作品的社会作用，认为：要学习还不如读理论书籍或名人传记。

这种“消遣”的观点，正如另一位读者所指出的，“显然是资产阶级的文艺欣赏观点”，既然读者一眼就识破了它，我们暂时就不去谈它了。值得讨论的，倒是理论书籍与名人传记能否代替文学作品的问题。

有人说过这样的话：“文学是教育人民的一种方式，但是如果文学不懂得它必须用与职业学校和政治学校不同的方式来完成这个任务，如果文学不懂得利用它特有的教育方法，那么它就没有完成它的使命。政治教育、职业教育、报纸专栏所进行的教育，这些都是很重要的。文学没有任何理由轻视这些教育方式。可是这些教育不能代替文学所给予、也只有文学才能给予的教育。”（见约·里瓦伊的《作家的责任》）

这是一段非常中肯的意见。如果推论一下，我们也可以这样说：我们没有任何理由轻视理论教育的巨大作用，但也绝不能因此而忽视文学教育的特殊意义。各种教育方式都有它自己的长处，可是谁也不能代替谁去完成其所担负的使命。

那么“文学所能给予、也只有文学才能给予的教育”是什么呢？文学的“特有的教育方式”又是什么呢？

文学的任务是改造人的心灵，提高人的道德品质，它所使用的方法是形象感染。在基本任务上，它与伦理学有点近似，但彼此的教育方式却完全不同：一种是用道理去教导人民，另一种是以活生生的形象——有血有肉的、有个性的人物以及他们的遭遇去影响人民。理论，需要经过认真的消化之后才能变成血肉的思想，才能影响人的世界观，可是缺乏生活经验的青年读者，却常常不容易完全理解它和消化它，这也是事实。而形象则不同，它是直觉的，用生活本身那样生动的形式，把生活本身所内含的真理传达给读者，如果形象打动了读者，它就会在读者的心灵里发生作用，经过潜移默化，逐渐会影响读者的世界观。形象是通过人们的性格、行动、关系等等来表现的，因此它易于为缺乏经验的年轻人所接受和理解。

我们相信，理论在推理及逻辑性上是有巨大力量的，它对人们的教育作用是无可怀疑的，但是无论如何，它不能代替文学。

文学是用形象来帮助人们认识生活的。但作家描写的对象不是生活的全面，而是选择生活的某一个侧面来进行概括与描写，因此它给予读者的不是抽象化了的生活概念或生活规律，而是有血有肉有心灵的人物、是生活原有样子的情景与活动。通过这些，我们就看见了生活某一侧面的真实状态，不仅看见了栩栩如生的场景、气氛和人物的活动，而且也看见了人们的精神面貌等。

形象的特征还不仅仅是可感可见的感性形式，同时它还是提高了和深化了的生活现象的综合，形象不是生活现象的“如实”描绘，而是集中了许多同类现象的特征，经过深化和艺术的概括，所塑造出来的个别化的有生命的活动着的艺术典型。因而，它不仅能真实生动地表现生活，而且还能揭示生活的本质与规律性；它不但有感染人的力量，同时也有发人深省的思想力量。

这就是文学的特性。这种特有的教育方式，不仅理论不能代替它，即使任何其他的教育方式也不能代替它。

那么名人传记呢？应该承认，一些采用了文学方法写出来的优秀的传记，的确是有感染人和扣人心弦的力量，这是因为它们写得深刻、具体和生动，即是用形象的形式表达了某些生活和某种精神。但并非所有的传记都是如此的。另外有些传记，只是把一个人一生的经历平铺直叙地记录下来，这样的传记固然能够扩大我们的历史知识和政治知识，如事迹本身动人，也能或多或少地感染我们和打动我们的心灵，但如果能以艺术方法表现出来，我想，它感染与感动人的力量就会更大了。所以我们认为，想拿一般的“平铺直叙”的名人传记代替文学作品去完成“武装心灵”的使命，是有困难的。

★　　★　　★

有一些读者，对一些描写“异国情调”的、“完全不熟悉”的生活的作品或“奇闻异录”一类的读物很感兴趣，而对那些与他的“生活太接近的作品”，反而觉得“没有什么意思”。他们的理由是：“它所写的既然是自己接近的生活，当然是自己早已熟悉的，它里面所要说明的道理我们已经学习过了，而且现在我们在党的教育下，一般都能够明确工作任务，认识生活，何必再去读描写这些生活的小说呢？”

我相信，只喜欢阅读描写“陌生生活”的作品的人，大概不会太多，可是这种观点——即（一）以为文学作品只是为了满足好奇心的观点，（二）以为文学作品只是传授工作方法或“讲道理”的观点——却不是个别人的。

关于第二个问题，暂时按下不说，下一节我们将专门来讨论它；现在先来谈谈第一个问题。

一个人，想知道一些新鲜的东西，这种欲望本来是不错的，但单拿这来对待文学作品却不妥当。首先它会妨碍我们正确地理解文学作品，其次它会引导我们光是去追求“新奇”的东西，这显然不是阅读文学作品的主要目的。

许多青年读者在开始接触文学作品（小说）时，总是喜欢追求热闹的故事，这是很自然的；但应该告诉他们，文学作品的内容，不一定非热闹故事不可；更主要的是真实地描写生活，从生活描写中反映生活本身所内含的真理，如果生活矛盾是尖锐的，情节自然紧张和变化多，故事性就强。可是，并不是每篇作品都非有强烈的故事性不可。有些极有价值的文学巨著，能使人百读不厌，但是情节并不紧张，故事也不奇特，例如契诃夫的许多短篇小说。可见好的作品未必都是故事性强的作品；反过来说，情节紧张，变化多端的，也未必就是好作品，例如从前好些投机书商出版的侦探小说。作品的好坏，主要取决于它所描写的生活的深度与概括的广度，即取决于它是否能通过活生生的人物及其活动的描写，真实地深刻地反映了现实生活中的典型状态。

因此，文学不是“奇闻异录”，而是现实生活典型化的反映。虽然某些生活的描写（如探险队的生活、潜水艇中的生活等等），可能给不熟悉这方面生活的读者一些新鲜的印象与认识，但是这不是文学主要的目的，这不过是作者在描写生活和人的精神世界时不能不涉及的环境描写而已。（在这些描写中，可能会出现一些读者不熟悉的机器、奇异的鸟兽，也可能出现一些异样的植物与样式别致的房屋等等。）如果我们把这些看作是文学作品的主要内容，而且孤立起来欣赏这些“新奇事物”，那我们就不可能正确地理解文学所揭示的社会内容与历史内容。

更严重的问题，是这种观点影响了人们不爱阅读描写“自己接近的生活”的作品，这些读者的理由是这些生活是“自己早已熟悉的”。实际的情形却不一定都是这样，自己接近过的、见闻过的，甚至经验过的生活，未必就是自己已经认识了的。我们虽则观察过不少的生活现象，广泛地接触到生活的表层，但却不能说我们就认识了这种生活。生活本质不同于生活现象，它不是一眼就看得清楚的，必须经过反复思考、再三分析研究之后，才能发掘出来，作家从事文学创作并不像照相那样简单，它是艰苦的创造性的劳动，是经过不断观察、不断感受、不断研究和不断概括的过程，然后才认识了事物的本质与规律性的，这说明文学作品不是表面现象的简单的“再现”，更不是“见闻”的记录，它是通过人的活动及其关系的描写，来反映现实生活的本质面貌的东西。

但是有些人满足自己的“见闻”，满足自己的一点经验，她们把“见闻”与“认识”两个概念混为一谈，把看见过或者经验过的事物，认为就是自己认识了的事物，其实他们很可能只认识了事物的形状或者事物进行的简单过程，面对于事物的实质以及它的发展法则却不一定有什么认识。

如果这意见是对的话，那么我们有什么理由说自己“接近的”事物都是“早已熟悉”了的呢？

如果承认文学能通过形象揭示现实生活的本质，那我们有什么理由轻视那些描写自己常常接触的生活的作品呢？

许多优秀的文学作品，它所描写的对象常常是我们时常接触的现象，可是当我们读了作品，不仅觉得它写得真实，而且还觉得它揭示出我们所没有意识到的问题，至少是我们还没有明确地意识到的问题。作家就是担负着这样的任务：把社会现象的实质揭示出来，不管是好的或是不好的，都从根源上给以揭发，使人们进一步认识现象的奥秘以及现象的社会根源或历史根源。正因为这样，所以人们常常觉得好的文学作品能帮助人理解许多东西：使不明确的明确起来；使认识不深刻的深刻起来；使没有意识到的鲜明起来；使那些只看见现象的，能看到现象的实质。这样的作品，不管它所描写的是你所熟悉的生活或者是你所不熟悉的生活，它都有一种力量，它能够帮助你深一层地认识生活，并引导你去爱这种生活或者憎恨这种生活。

★ ★ ★

另外有些读者认为读文学作品，主要是学习书中的人物怎样进行工作，用什么具体方法解决具体问题，他们称文学作品为“工作教科书”或“工作指南”。

这种意见对不对呢？我以为是不对的。另外，所谓“实用主义”或“实用性”的说法，也是不妥当的。

文学是有力的教育手段之一，这是大家都承认的。但是它与“学到就用”的某种技艺不同，与专门指导领导方法、思想方法或工作方法的读物也不同。文学的首要任务，不是教人用什么方法去工作，而是教人用什么精神和用什么态度去工作，去生活，去斗争和去做人；也就是说，它给人以精神的力量。它的内容主要是写人，写人的精神和性格；而不是写工作方法和工作过程。即使作家有时也写到方法，但其最终目的不是传授工作方法，而是通过方法来表现人的精神与品质；从而集中地反映出现实生活和斗争的面貌，揭示社会的实质。

因此，把文学作为传授技艺或方法的教科书的观点，只会妨碍我们正确地去理解文学。我们既然承认作家是“人类灵魂工程师”，并承认文学作品能给人以精神的力量，那么我们就不能不承认描写人的活动、人的关系以及人的精神状态，才是文学的主要内容。理由很简单，要提高人的心灵，就必须写出人的心灵；不如此，文学就不能在人的心灵上发生任何影响，它就没有可能完成它的“武装心灵”的使命。

所谓“心灵”、“精神”或者“品质”，都不是抽象的、不可捉摸的东西，它们决定着人们对生活和对社会的态度。因此要反映人的精神与品质——他们的心灵世界，就不能不描写他们的生活，特别是他们与社会的关系以及现实社会对他们的影响。我们不能把写人与写人的生活理解成两回事，因为现实生活影响着人的思想和品质，又由人的思想和品质所支配，而人的品质或精神，只有通过生活的描写才能表现出来。

人的生活也是多样而又复杂的：有家庭生活，有社会生活，有工作，也有政治活动。只要具有特征的，都可以描写，而且应当描写。描写这些生活的目的，是为了从多方面去表现出人的性格，使它包含更丰富的社会内容，具有更广泛的概括性。

性格越有广泛的概括性和越有社会内容，读者就越感到亲切，越容易被感动；而读者在心灵上所受到的影响就越大。

现在，我们大概可以明了文学任务的性质了：我们不是向文学吸收工作方法或领导方法，重要的，是向文学汲取精神力量。

★　★　★

在这次讨论中，许多读者都强调所谓“与自己生活有直接关系的作品”读起来才会感到亲切，才有直接的教育意义。理由是：“（一）容易理解书的内容，读起来也感兴趣；（二）对读者的帮助教育作用大，能够实用。……”因此认为“大学生们读《三个穿灰大衣的人》《大学生》，就比读别的作品起的作用大；矿山、工厂的同志们读《远离莫斯科的地方》就比读《金星英雄》作用大；部队同志们读《日日夜夜》就一定比读《红楼梦》要强得多；农村干部读《暴风骤雨》就比读《水浒传》帮助大。”

现在，我们不打算具体地来讨论某本书对某部门的人的作用如何，另一本书对该部门的人的作用又如何。这种比较是无意义的，而且这种“比较”的本身就包含着片面的观点。我们不否认一部描写着某人“所熟悉的生活”的作品，会对他产生巨大的影响；但是如果因此而抹煞了那些描写“与自己生活无直接关系”的作品的教育作用，或因此而否认这类作品对他自己的教育作用，却是不妥当的。

主要问题是由所谓“直接关系”或“直接教育”而来的。依照这些读者的理解，只有那些在工作性质上与自己相同的生活，跟自己才有“直接关系”，也只有描写这种生活的作品，对他才有“直接教育”的作用。他们之所以有这样的看法，主要是由于他们只想机械地效仿书中人物的某些个别行为，而不是从这行为中所体现的精神去汲取力量来武装自己。就是说，他们只会在同一性质的事情上去作呆板的模仿，而不善于把这种精神贯彻到其他活动中去。譬如说，书中的人物用刻苦的精神去钻研功课，某些读者就认为这种作品只对学生有用处，对正在钻研功课的人才会感到“亲切”和有“直接教育”的作用。好像这种刻苦精神对于任何别的工作都不需要似的。

据我们所知，凡是优秀的作品，都不会只描写一种行为或一个动作。作家为了鲜明地表现他的人物的精神面貌和性格，常常需要描写一连串的行动和情景。有些读者为什么孤立地去欣赏某些个别行动，而忽视了由许多行动所体现出来的人物的精神面貌呢？为什么不从人物的精神上去汲取力量，单单去计较人物的个别表现呢？有人读了《普通一兵》之后说：“我觉得这本书对我没有什么用处，现在已经没有战争，将来我也不想当战斗员。”难道由这一连串的英雄行径所体现出来的高度爱国主义精神，以及由此而产生的自我牺牲的高贵品质不能贯彻到别的工作中去吗？马特洛索夫的伟大品质难道只有在战场才能发挥它的作用？显然不能这样来理解问题。

说起来，道理似乎很简单，也很容易明白。可是，正是因为有些人还不十分了解这样简单的道理，才有所谓“直接关系”与所谓“直接教育”的说法。

前面我们已经说过，文学是生活教科书；而革命的现实主义文学，还能按照共产主义的道德标准来改造人的心灵（品质）。它所描写的社会现象尽管是多种多样，而某些现象、活动和环境尽管对某些读者来说是比较陌生的，但是并不会妨碍文学去传达作者的理想、主张和对生活的判断，也不会妨碍读者去理解书中人物的思想感情。

在人类社会中，尽管有各行各业，尽管有各种不同的机械和它们不同的运动过程，但总是人在操纵着，而且在起着决定的作用。而人的品质、意志、作风、态度等，一般说，是能够互相理解的。不说别的，就说读者常常提起的保尔·柯察金吧，他的生活和斗争，也并不是所有读者都经验过或者都熟悉的，然而绝没有因为不熟悉就妨碍我们去理解保尔·柯察金的不怕任何困难、顽强斗争的意志和精神。事实上，我们不仅能理解这种精神与意志，而且深深被感动了；有些人，因为受了这艺术形象的伟大感召，还激起了行动的热忱，发挥了积极性与创造性。

因此，所谓“隔行不隔理”，是有它的道理的。

既然文学不是传授技术经验的读物，可见它并不强调各行各业的特殊技术的描写。即使偶尔写到，也不是为了传授技术经验，只是为表现人物和环境所必需。如果从这样的前提出发偶尔描写一下操作过程，也绝不会像某些读者所说的那样“读不下去”和难以理解的。

事实上，的确也有一些专写某一行业的“文学作品”，这种作品里写着那一行业特有的许多术语、窍门、技术，使外行的人简直读不懂，没有办法弄清楚它说的究竟是些什么。这确是使人不易理解和不感兴趣。但是造成这种不易理解和枯燥乏味的原因，绝不是像某些读者所说的“是由于作者描写了我们不熟悉钓生活”，不是的，主要是由于作者抱着传授技术经验或传播工作方法的错误目的去写作：这类作品不惜连篇累牍地罗列机器名称，并不厌其烦地叙述着操作过程，至于操纵着机器的人却完全看不见，完全被机器的描写或事件过程的描写淹没了，不仅读者摸不清人的精神面貌，甚至连他们的模样、姿势、神情等也闹不清楚。像这样的作品，读者怎么能充分理解并感兴趣呢?

三

在这次讨论中，由于有些读者还没有弄清文学的性质，因而对于作品的现实意义的问题，也产生了一些片面的狭隘的看法。其中有一种比较普遍的意见，认为今天中国人民的革命，已进入社会主义革命阶段，只有揭露资产阶级的丑恶思想与作风的作品或直接告诉人们如何走向社会主义社会的作品，才有现实意义。同时认为离开了这些内容的一切其他文学作品，都“已失去现实意义”。

这样的观点，显然是不正确的。用这么狭隘的眼光来理解作品的“现实意义”，是有害的。这种观点不仅会使一切优秀的古典文学巨著被抹煞，甚至总路线宣传之前的许多优秀的文学作品，也会被一笔勾销。

经验告诉我们，对于文学不能采取这样的态度，直到现在，苏联人民不仅热爱着法捷耶夫·绥拉菲莫维支的作品，同时还热爱着列夫·托尔斯泰、契诃夫、果戈理、普希金、莱蒙托夫、谢德林的作品。就是说，苏联人民不仅热爱一切洋溢着社会主义精神的优秀作品，同时也热爱着过去一切洋溢着民主主义精神的优秀的作品。不仅因为它们反映了当时的现实斗争的真实状态，而且还从那些作品中汲取精神力量来武装自己。

毫无疑问，描写社会主义改造时期的生活与斗争的作品，只要它描写得真实而深刻，它当然会产生巨大的教育作用；但却不等于说：除了描写这样的生活内容的作品之外，旁的作品都没有现实意义。

我们不能把文学作品的现实意义理解为直接的处理问题的方法，即不能从方式方法上来理解文学作品的现实意义；不然，我们就会曲解它甚至埋没它。重要的是，应当从精神上去理解文学作品的现实意义。

凡是站在时代先进思想的立场来观察并描写生活，真实地反映了社会生活的作品，不管它所反映的是什么时代的生活或什么性质的革命斗争，这些作品对于现在的我们，都有激励斗志和帮助我们具体地认识生活的作用。

《牛虻》那本小说就是一个例子，这本小说所描写的斗争，显然不是社会主义革命，可是它却能给生活在社会主义社会里的人以深刻的教育。卓娅和保尔·柯察金都曾被这本书的主人公及其事迹感动过，他们的心弦都深深地被牛虻的坚贞不屈的英雄气概打动了。我们许多青年读者不是也同样被牛虻的高尚品质感动过吗？牛虻所进行的革命虽不是社会主义性质的，然而，他的伟大的爱国主义精神，他为了理想而自我牺牲的崇高品质，以及他对于腐朽势力所进行的不屈不挠的斗争的坚强意志等等，都是我们所喜爱的，应当当作精神财富的精华加以继承和发扬的。没有一个人能够说出这样的话：“这种精神只有牛虻时代才有积极意义，对于正在建设社会主义社会的我们却已丧失了它的积极意义了。”既然这样，那么我们还有什么理由去否定那些站在时代先进思想立场的作者所写的代表着一定人民利益的文学巨著的现实意义呢?

社会是不断向前发展的,旧的事物不断被推翻,新的事物不断地建立起来。因此,鼓舞人们前进,激励人们去消灭一切阻碍前进的落后现象或反动事物的精神与意志,无论在什么时候都是我们所需要的。具有这种精神与意志的文学作品,不管到什么时候,都会被人民所热爱,人民也能从这些作品里获得精神力量。我们的民间传说《白蛇传》为什么一直到今天还为广大人民所喜爱?主要原因是由于它忠实地表达了人民的愿望,歌颂了人民的斗争,揭露了黑暗势力的罪恶。这样的作品,不仅恶势力存在的时候有它的教育意义,即使恶势力不存在的时候也仍然有它的教育意义:因为反对腐朽事物无论在什么时候都是必需的;否则,社会就不可能继续向前发展。

既然那些作家是站在时代最先进的思想立场,无疑他们的看法是与当时广大人民的利益相一致的,至少是大部分相一致的,既然作家站在这样的立场来观察和描写生活,其作品的精神和倾向必定与人民的某些愿望相吻合。这正是我们能够从中汲取精神力量的基础。

如果我们从这样的意义上向文学作品汲取精神力量,不是比从方法上或从技术上可以获得更多更有价值的东西吗?从这样的角度来理解文学作品的现实意义,不是更恰当些吗?

★ ★ ★

有一些读者只承认作品中具有社会主义精神的人物才有教育作用,认为其他人物(如反面人物)的描写,都毫无现实意义。能不能这样理解呢?显然不能。

如果拿这样的观点来对待文学作品,结果不仅过去一切现实主义的作品会被一概否定,甚至五四以来的某些优秀作品也会被一笔抹煞。因为这些作品的主人公只有民主主义的精神与品质,而没有社会主义的精神与品质,至少是没有充分地表露社会主义的精神与品质的。

谁都承认,正面的、具有社会主义精神的艺术形象,可以作为我们的榜样和效仿的对象;创造这样的形象,是目前我们的作家所应当努力完成的光荣使命。可是却不能把这一点作为要求一切文学作品的准尺,特别不能拿这作为要求古典现实主义作品的准尺,实际上,真实深刻地揭露了腐朽事物与反面人物的作品，也同样能教育人民。只要作家能通过艺术形象揭露了社会现象的本质，它就能提供出丰富的历史内容与社会意义。

革命是要消灭一切腐朽的事物，为了要消灭它，首先必须清楚地认识它的真面目，因此揭露落后现象或反动现象，使它们的原形完全暴露在人们的眼前，并不是没有积极意义的。

一切伟大的古典现实主义作家所揭示的丑恶的社会现象和反面人物，对我们都有教育意义；通过那些作品，我们能更加具体地理解反动阶级所统治的社会面貌，以及生活在这具体历史环境中的人们的精神面貌。我们对于腐朽社会理解得越深刻，消灭它的意志就越强烈，对于类似的腐朽事物就越能敏锐地感觉到和认识它。反动的社会制度，在我国虽已被消灭，但反动阶级遗留下的意识和作风还没有绝迹，它的余毒仍然会在长时期内存在着，并继续毒害着人们的意识；必须认真地识破它，揭露它，使它原形毕露，使所有的人都认识它和痛恨它。而古典现实主义的作品，曾较充分地描绘了它的祖宗的原形，这正可以帮助我们更深刻地认识它的余孽。

要求所有作品、特别是古典现实主义作品的主人公具有社会主义的精神和品质，是不可能的。理由很简单：古典作品产生在各个不同的时代和各个不同的社会阶层，作家因为时代的和阶级的限制还没有可能认识社会主义的世界观，更何况出现在古典现实主义作品中的人物也不可能是无产阶级革命时代的新人，因而作家不可能凭空赋予作品的主人公以社会主义的精神与品格。

四

现在，有许多青年读者为培养和提高社会主义的精神与品质，认真地去阅读文学作品，特别是具有社会主义精神的作品很受欢迎，应该说，这是好现象。可是在这次讨论中，还有一些青年同志对于社会主义精神的含义还不很了解。因此简要地谈一下还是必要的。

什么样的作品才有社会主义精神呢？

有人认为：“只有描写社会主义国家人民生活的文学作品，才有社会主义精神。”理由是：“只有在这样的国家中的人，才能按照社会主义的生活方式去生活，只有那些生活现象才可能有社会主义的精神。”又说：“如果作家所描写的根本不是社会主义社会环境中的人和事，难道作家还能凭空制造些社会主义精神装进他所描写的人物和事物中去吗？譬如写今天中国的农村生活，还能写成集体农庄生活吗？”

很明显，这位读者把社会主义的精神和社会主义的生活方式、社会主义社会的现象几个概念混为一谈，把这三者看作是一个东西，好像离开了社会主义的生活方式的描写根本就不可能有社会主义精神似的。实际上，这种看法是不全面的。

不错，社会主义现实主义文学是社会主义革命历史范畴里的产物，真实地描写社会主义国家的社会生活，能够更充分地更具体地体现社会主义的精神，这是毋庸置疑的；但是却不能由此得出结论说，只有描写社会主义国家的社会生活，作品才可能有社会主义的精神。

一篇文学作品是否有社会主义的精神，不完全决定于它所描写的对象是什么；更主要的，是决定于作家用什么样的世界观和站在什么立场去观察生活与判断生活。如果作家的头脑里塞满了非社会主义的或反社会主义的思想和情绪，即使他描写的是社会主义国家的社会生活，仍然不可能在他的作品里出现社会主义的精神。曾经受到批评的左琴科，他难道不是生活在社会主义社会环境中吗？他日常的所见所闻，不都是按照社会主义方式生活着的人们吗？然而他笔下的苏联生活以及苏联人民的精神状态却没有社会主义的精神，这就清楚地表明：即使是生活在社会主义社会的国度里，作家本人是否有社会主义的崇高理想以及是否有为这理想而奋斗的坚强意志，仍然是决定作品是否有社会主义精神的关键。

相反的情形有没有呢？有的，譬如高尔基的《母亲》就是一个明显的例证。当高尔基写作这部小说时，他的祖国虽然还没有建成社会主义社会，可是《母亲》却是一部洋溢着社会主义精神的巨著。什么原因呢？原因就是由于高尔基是一个坚强的无产阶级的战士，他怀着实现社会主义的强烈愿望，为实现他崇高的理想而进行不间断的斗争，因此他能够在亲身参加的俄国社会主义革命运动当中，站在布尔什维克的思想高度，观察和发掘出俄国无产阶级革命势力日益成长壮大的最本质的特征，创造出维拉索夫母子两代先进的英雄形象。

高尔基不仅把斗争原有的样子表现出来，同时把斗争应走的方向也表现出来了。就是说，他不仅把大量存在的现象典型化，同时也把萌芽状态的先进现象典型化了。

如果上述论点正确的话，那么描写今天中国农村生活的作品为什么就不能有社会主义精神呢？是的，我们不能凭空地把过渡时期的中国农村写成集体农庄；可是不描写集体农庄，并不会妨碍社会主义精神的表达。那我们有什么理由说，描写社会主义改造时期的农村生活，反而不能有社会主义精神呢？

所谓社会主义的精神，主要是指作品鼓舞人们走向社会主义、激励人们为实现社会主义而斗争的热忱与意志，而绝不是凭空地“想象”出一个社会主义社会的远景。只要作品能有一股鼓舞人们为实现社会主义理想（而不是旁的什么理想）的力量，激励人们为实现社会主义去扫清各种障碍物的斗志，激发社会主义建设热情的……我们都承认它有社会主义的精神。

至于社会主义精神是否表现得充分，那是另一问题，这要看作者对生活的本质和规律性理解的深浅，以及对人物典型化的程度来决定。但不管其充分的程度如何，这类作品具有社会主义精神，却属无疑。

不过，我们也不同意另一种“放宽尺度”的看法，这种看法认为：凡是能引导人们向前走的作品，都是有社会主义精神的，因而把《水浒》也看作是社会主义现实主义的作品。

这明明是一种错误的意见。

在古典现实主义的宝库中，无数伟大的作品都曾起过并将继续起着推动历史、推动社会前进的作用，但我们却不能说它们是社会主义现实主义的作品。为什么呢？

因为社会主义现实主义与一般旧现实主义（或叫批判现实主义）所代表的革命性质是不同的。只有贯注着社会主义精神、鼓舞人们缔造社会主义社会的作品，才有条件称做无产阶级现实主义的作品。

谁都知道，在不同的历史阶段中，各有不同的历史任务。当封建制度妨碍着生产力的发展，而民主主义文学起来攻击封建制度时，毫无疑问，民主主义文学是引导人们向着历史应走的道路的；当资本主义制度已经腐败，资产阶级文学已发展到反动的地步，而社会主义的文学起来揭露资产阶级的罪恶，为建立社会主义社会扫清各种思想上的精神上的障碍时，无产阶级文学显然也是引导人们向着历史应走的道路的。虽然在“引向前进”这一点上是相同的，但为什么我们只称前者为民主主义的文学或资产阶级民主派的文学，而不称为社会主义文学呢？换句话说，为什么我们只称它为批判现实主义，而不称它为社会主义现实主义呢？原因就是由于这两者所导向的革命在性质上是不相同的，彼此所追求的社会制度也是不相同的。

把这两者混淆起来，只会模糊我们的意识，松懈作家对于充分表达社会主义精神的努力。

★ ★ ★

综上所述，可以很清楚地看出，许多读者之所以对文学作品存在着片面的、狭隘的看法，主要是因为他们还不很理解文学的任务与特性。不要认为这是常识而忽视它，广大青年读者确实还懂得太少，从这次讨论中所暴露出来的问题就是证明。

今后如果各文艺刊物能在这方面进行较有系统的教育，对于帮助青年提高文学知识，将有莫大好处。

一九五四年十月于北京西郊

生活应当和思想感情相融合

——为《文艺学习》纪念毛泽东同志的《在延安文艺座谈会上的讲话》发表十五周年而作

一

远在十五年前，毛泽东同志谆谆地教导我们：要创造真正为工农兵的文艺和真正无产阶级的文艺，文艺工作者的思想感情必须和工农兵的思想感情打成一片；否则，你虽有一套大道理，群众并不会赏识它；因此，知识分子出身的文艺工作者，要使自己的作品为群众所欢迎，就得把自己的思想感情来一个变化，来一番改造。没有这个变化，没有这个改造，什么事情都是做不好的，都是格格不入的。我们既然必须和新的群众的时代相结合，就必须彻底解决个人和群众的关系问题。就一定要把立足点移过来，一定要在深入工农兵群众、深入实际斗争的过程中，在学习马克思主义和学习社会的过程中，逐渐地移过来，移到工农兵这方面来，移到无产阶级这方面来。……

一直到今天，这些智慧的语言仍然闪闪发光。时间虽已过去了十五年，然而毛泽东同志的教言，对于目前我们的现实仍然具有巨大的指导意义。

尤其是当党中央提出了“百花齐放，百家争鸣”的方针以后，认真地重温一遍毛泽东同志的这些教言，是非常必要的，而且是有益的。

在这篇短文里，我不打算讨论更多的问题，我只想谈谈作者的思想感情和生活素材相互融合的问题；同时，连带地谈到思想感情的改造与形象思维的关系。

二

在创作竞赛的过程中，我相信，能反映生活真实的、又能打动人心的优秀作品，一定会逐渐地多起来，这是毫无疑义的。但是现在的情况，却还不能使人都满意。好的作品，固然不少，但干巴巴的枯燥乏味的作品，也不能说不多。在一部分青年作者所写的一些作品中间，以生活的浮面现象或表面细节来图解社会学概念的“作品”，似乎并没有减少；冷漠地摹写生活表象的“作品”，也仿佛还没有敛迹。

这种种现象之所以发生，一方面，固然是由于有些作者脱离了生活，不理解生活；另一方面，则是有些作者虽然掌握了一定的生活素材，但却无法融化这些材料。

生活素材既然没有与作者的思想感情相融合，自然就谈不上艺术创作了。毛泽东同志曾说过：“一切种类的文学艺术的源泉究竟是从何而来的呢？作为观念形态的文艺作品，都是一定的社会生活在人类头脑中的反映的产物。革命的文艺，则是人民的生活在革命作家头脑中的反映的产物。”这就清楚地告诉我们：文学作品，既不是脱离了社会生活、纯粹由作家头脑里空想出来的东西，也不是脱离了作家头脑的作用、只机械地描摹生活表象的东西。文学创作必须经过这两者（作者的思想感情和客观现实生活）相互融合、相互渗透的过程，然后才可能通过艺术形象，把作者最深切的感受和对生活最广泛的概括表现出来。也只有这样，文学创作才算完成。

可惜的是，我们有不少青年写作者，在进行写作的时候，常常没有经过这种“融合”过程，至少，是“融合”得非常不够。这倒不是说这些青年作者有意这样做，事实上，这种情况是由下列两方面的原因所造成的。

一方面，有些青年作者错误地把文学作品与一般的宣传品等同起来。因而，当他们进行构思的时候，只为表达某一个概念而虚构一些情节，这情节只要能够把某一个概念传达出来，他们就很满足了，似乎用不着更多更复杂的劳动，也用不着什么“融合”，概括和创造的过程。……

另一方面，有些同志曾接触了一些生活中的先进事物和先进人物，从理性上，他们认为这些事物和人物应当表现出来，可惜在他们心灵深处，还缺少与这些先进事物和人物相融洽的思想感情。虽然他们在政治上是拥护社会主义新事物，但在他们的心灵世界里，却还保留着好些与这些新事物格格不入的或者是不完全和谐的美学观点或社会观点；因而，他们对于这些新事物还缺少饱满的热情，对于新事物的感觉或感受，也不可能有较灵敏的感应。有时候，还可能对真正先进的品格没有感觉或感觉很浅，而对于沾在先进人物身上的某些缺点，反而感觉敏锐，甚至被鲜明地、突出地感觉到。正因为这样，所以这部分作者尽管承认社会主义先进事物应当歌颂，但由于上述的原因，他们却不能从先进人物身上获得较深的较动人的生活内容。既然这样，人物和事物的先进特征靠什么来体现呢？其次，即使这些同志有时也取得一些能表现先进特征的具体内容，但由于他们的心灵深处存在着那种与先进特征不相和谐的思想感情，因而，摆在他们眼前的这些特征现象，也不过仅仅是一堆冰冷的材料而已。作者的思想感情与先进的特征现象仍然是两种互不相干的东西，没有融合，也很难融合。因此，写作起来，只是一堆缺乏生命的现象或一些事件的轮廓。作者既无法把自己心灵深处的热情渗透在作品中间，也无法对先进人物或事物的先进特征给以想象的补充，结果，作品自然就显得枯燥无味，缺乏血肉了。

这样的作品，不仅不可能有打动人心的艺术力量，而且也不可能有发人深省的思想力量。

三

大家都明白，写作者在进行写作的时候，是不能完全依靠他所搜集的材料；更主要的，是依靠他自己的感受。一个写作者如果对生活没有丰富的感受，就想进入创作过程，那肯定是十分吃力的。这样“创作”的结果，自然不能创造出个性化的有生命的形象。然而，文学一旦失去了形象的具体性，失去了个性鲜明的形象，那么，作者还能通过什么来表现他对生活的判断呢？

有些人把个性化的形象只看作是作家表现概念、规律或范畴的一种手段，或一种方式；这看法，显然是错误的。根据这种看法，作家自己仿佛可以不去认识生活，只消把别人对生活所确定的概念、规律或范畴拿来，用“个性化”和“形象化”的技巧“装扮”一番。事实上，个性鲜明的形象绝不是文学的手段，更不是“装扮”的方式，它应当是作家对生活现象进行典型化创造的实质。

作家认识生活与社会学家认识生活，在思维方法上的不同，是大家早已知道了的。作家在认识和表现生活的过程中，不仅不抛弃事物的个别形态，而且通过个别形态来揭示生活中的本质和典型特征。因此，作家在接触生活的时候，不能满足于一般的认识——轮廓的或数量的认识，而是需要深入到个别人物里面，一直深入到人物的心灵深处。

要做到这一层，只靠冷眼旁观是办不到的；仅仅向有关的人间接地“搜集”材料，也同样不能真正了解人的性格和精神面貌的。除了深入地观察和深入地感受之外，其他办法是没有的。

然而所谓“感受”，并不是完全为理智所能驱使的，“感受能力”就像软片上的感光质，如果没有感光质或感光质失去了作用，你硬要它对光和影有所感应，是办不到的。作者的感受能力也是如此，如果在作者的心灵深处没有那种思想感情（爱或恨），面硬要他对那种事物有灵敏的感受，同样是不可能的。

只有依靠你的心灵，依靠你精神仓库里储藏得最深最厚的、与你的身心结合得最牢固的思想感情去感受，你所感受的，才可能是有具体血肉的、深刻而细致的、带着激情和思想的情景和细节。也只有经过这样感受来的生活材料，才能与作者的思想融合起来，才可能创造出有血肉、有生命、有灵魂的形象。

当我们进入艺术创造，进入体验，认识人物的心灵世界的时候，同样应当以我们的全副的爱憎深入到人物的心灵里；否则，我们就很难理解他们的精神世界，更无法表现他们的精神世界。

我再说一遍：没有强烈的爱憎，我们就不可能有灵敏的感觉和感受，同样也就不可能深刻地体验人物的精神世界。爱憎的感情如果衰退了，我们的联想和对生活的概括能力，也会跟着衰退。

这说明了作者自己的爱憎感情以及作者灵魂深处里的一切，对于艺术创造具有多么重大的影响！

四

但是我们还得弄明白，创作的规律虽然告诉我们，作者的心灵必须与生活素材相融合，才能进行艺术的创造，可是却不能由此得出结论说，无论用什么样的心灵和什么样的思想感情去融合，都能产生优秀的作品。

譬如说，用资产阶级的思想感情或者用某些小资产阶级知识分子所鼓吹的人性观点和感情去融合，就不能达到这样的目的。由于这种思想感情，“是脱离人民大众或者是反对人民大众的”，“实质上不过是资产阶级的个人主义”。虽然这类作者也能通过他感情的熔炉熔化了并提炼了他所接触到的某些材料，甚至创造出较生动的形象，但是我们能期待它来教育我们正在从事社会主义建设的人民吗？能奢望这种形象会有社会主义的精神吗？我想，这是谁都能明确回答的问题。

充沛的社会主义精神，只能在献身于社会主义事业的作家的作品中表现得最充分和最动人。没有为社会主义事业献身的满腔热情，反而希望在自己的作品里洋溢着社会主义的精神，那只不过是一种不准备兑现的空谈而已。

我在这里所指的，不是一般的政治观点和政治态度。毫无疑问，我们的无数的青年作者在政治态度上，是明确的，是拥护共产党和社会主义事业的；在哲学观点上，他们一般的是拥护辩证唯物主义的。然而在他们的灵魂深处却不能说都已推翻了“小资产阶级知识分子的王国”，都已建立起为无产阶级事业而斗争的世界观。有些人，的确已改变了灵魂深处的状态，成为坚强的、满腔热情的社会主义事业的战士和创造者；但有些人，却还保留着“小资产阶级知识分子的王国”，在这些人的心灵深处，资产阶级的审美观和生活观……还相当活跃；有时候，特别是当他们进行艺术创造的时候，当他们深入到人物的精神世界，以全心灵去体验人物的精神状态的时候，他们的审美观和生活观就会冒出头来，有时候甚至还起着主宰的作用。正是这样，所以某些有害的思想因素或感情因素，在某些作品中流露出来了。

还有另一种情况，那就是有些人隐藏了自己的心灵，隐藏了自己灵魂深处的爱与憎、美与丑的感情，只从皮毛的理论知识出发，就企图写出有进步意义的作品来，可是由于他们还缺少与先进事物相融合的思想感情，不能以自己的心灵去体验，感受和认识先进事物，不能从生动活泼的现实生活中间去汲取题材和提炼主题，因而，他们只能以最一般、最表面的细节去图解某些社会学概念或政策条文；其用心良苦，但其结果却不佳。

改变这种状况的根本方法只有一个，那就是将灵魂深处的原来那一套“来一个变化，来一番改造”。如果在这个根本问题上还犹豫不决，那么，不管你怀着多么高的抱负，也不管你对无产阶级现实主义的定义背得多熟，你的作品都不能获得以血肉生活“饱和着”的社会主义的精神，至多它只有一些社会主义的概念或者一些有关社会主义的词句。

因为所说的社会主义的精神，并不是在人物事件之外附加上去，而应当是从生活真实的描写中间体现出来。而生活的真实，又必须是对生活现象进行广泛的概括并通过个别形态才能生动深刻地表现出来。但是，不管是什么样的生活现象，如果，离开了作者的熔炉——作者的思想感情——的熔化过程，不仅不可能塑造出性格鲜明的呼之欲出的艺术形象，同时也不可能有什么社会主义的精神。

因此，归根到底，思想改造还是最根本的问题。如果思想感情变化了，爱憎的感情改变了，那么上述的问题，也许就比较容易解决了。

不错，有些作品的确是由于作者的艺术技巧不够或对文学特点认识不足，影响了作品的思想内容与艺术效果，甚至形成了公式化概念化，这是事实，也是值得注意的问题；但是，就目前的情况来看，我以为生活素材与作者的思想感情没有融合，或融合得太差，仍然是主要的问题，也就是作者的思想感情还不能更好地“和新的群众的时代相结合”的问题。

这个问题一定要彻底解决！

毛泽东同志的《在延安文艺座谈会上的讲话》，虽然发表已经十五年了，但下面这段话，仍然是我们文学艺术工作者时刻都要牢记的座右铭：

……但是时间无论怎样长，我们却必须解决它，必须明确地彻底地解决它。我们的文艺工作者一定要完成这个任务，一定要把立足点移过来，一定要在深入工农兵群众，深入实际斗争的过程中，在学习马克思主义和学习社会的过程中，逐渐地移过来，移到工农兵这方面来，移到无产阶级这方面来。只有这样，我们才能有真正为工农兵的文艺，真正无产阶级的文艺。

一九五七年四月于北京

一定要把立足点移过来

——纪念《在延安文艺座谈会上的讲话》发表三十五周年

一

远在四十年代初期，伟大领袖和导师毛主席就在延安文艺座谈会上的讲话中，向我们提出创造真正无产阶级文艺的课题。同时指出，要完成此项任务，文艺工作者一定要把非无产阶级的世界观改造过来，把立足点从“小资产阶级知识分子的王国”里“移到工农兵这方面来，移到无产阶级这方面来”，并指出“要彻底地解决这个问题，非有十年八年的长时间不可。但是时间无论怎样长，我们却必须解决它，必须明确地彻底地解决它”，“只有这样，我们才能有真正为工农兵的文艺，真正无产阶级的文艺”。

自毛主席发表那次讲话以后，广大革命文艺工作者，在光辉的毛泽东文艺思想的指引下，经过多方面的努力（包括深入生活、深入斗争实际和学习马列主义、学习社会等），在世界观改造方面取得了不小的进展，在创作上也产生了一些较好的作品。但在进城以后的一段时间，因受到修正主义文艺路线的干扰，在创作中出现了一些不好的作品，在工作中也有过这样或那样的缺点和错误，到了“文化大革命”时期，那些错误理所当然地受到严肃的批判，使广大文艺工作者经受了一次严格的阶级斗争和路线斗争的教育，在政治觉悟上得到了普遍的提高，但还来不及把提高的觉悟在艺术实践中体现出来，即还来不及把认识付诸实践，而“四人帮”却篡夺了文权，控制了文艺阵地，对年老的和年青的革命文艺工作者，进行了史无前例的践踏和迫害。虽然老妖婆江青之流曾高唱过什么“塑造无产阶级英雄典型”，其实他们是在挂羊头卖狗肉。

他们从来不敢提一句深入生活，也不敢说一声思想改造。是的，那个老妖婆曾胡诌过什么“我要从艺术实践中把你们的世界观拉过来”，这是句什么话？她要把人们“拉”到什么样的精神世界去呢？只要看看她自己朝夕所醉心的是什么生活、什么趣味，你便什么都明白了。如果还不很明确，那就看看他们在文艺领域中肆意扩张资产阶级法权、拼命扩大等级差别，大搞“三名三高”、用“高官厚禄”“封官许愿”作为诱饵去腐蚀、分裂文艺队伍的种种勾当吧！事情已经十分清楚，他们的目的是培植资产阶级精神贵族，为篡党夺权准备反革命吹鼓手和拉拉队。还应当看到，在他们“拉”的过程中，绝大多数的革命文艺工作者一直保持着清醒的头脑，坚持着“威武不屈，富贵不淫”的可贵的革命品质，不上钩，不上当；可是也有一小撮利欲熏心的小丑，想讨得主子欢心，竟不择手段，上蹿下跳；竖起两耳，吠形吠声；偶有所闻，即掐头去尾，张冠李戴；写黑信，告黑状，终于成了反革命黑帮的哈巴狗。这类家伙大概还是“炮制”赵昕、江涛一类反革命“英雄”和“内奸典型”的能手，因为他们自己和他们的主子都是惯于搞阴谋诡计，惯于制造事端、嫁祸于人的人，对这方面的生活何止熟悉，简直是每条神经的跳动他们也了如指掌。但是，只有白痴才会把创造无产阶级文艺的神圣职责寄托在这些灵魂肮脏、品德恶劣的哈巴狗身上。因而，从老妖婆之流的狗嘴里所吠出的什么“塑造无产阶级英雄典型”，纯粹是骗人的鬼话，是捞取政治资本的鬼蜮伎俩。

值得欢欣鼓舞的是，那几条横挡在文艺大道上的拦路毒蛇——“四人帮”已被敲碎了脊梁骨，像几条死蜈蚣那样被踢到一边。阻力已除，形势大好！值此纪念《在延安文艺座谈会上的讲话》发表三十五周年之际，我们特别振奋！特别高兴！伟大领袖和导师毛主席所提出的创造真正无产阶级文艺的课题，应当是我们全体革命文艺战士全力以赴的工作，我们应当在英明领袖华主席为首的党中央领导下，在广大工农群众的帮助下，努力把无产阶级文艺的思想力量和艺术力量，都推到一个更新的水平上。

二

真正的无产阶级文学，才是社会主义革命和社会主义建设所需要的文学。这种文学应当是社会主义社会生活在革命作家头脑中的反映的产物，因此，它首先要求我们在党的基本路线的指导下，真实地正确地反映这个历史时期新旧更替的新社会的生活面貌：不仅朝气蓬勃的社会主义的新事物、新人物和新思想应当得到热情的歌颂和深刻的描写，当然，在反映生活上这是主导的重要方面；此外，那些在新事物、新人物的较量之下而衰败下去或消亡下去的旧社会余孽，也应当予以适量的反映，当然不应当孤立地去描写它们，而是在斗争中、在消灭它们的过程中去“暴露他们的残暴和欺骗，并指出他们必然要失败的趋势”，因为反映腐朽力量的灭亡，正可以显示革命阶级的胜利，描写旧事物的必然失败，正是歌颂新事物不可战胜的生命力，其目的是长无产阶级的志气，灭资产阶级和一切阶级敌人的威风！对于那些正在变化、发展的事物以及那些在新社会影响下，由蒙昧状态逐渐觉醒的人们，也不应排斥于文学之外。毛主席说过：“农民和城市小资产阶级都有落后的思想，这些就是他们在斗争中的负担。我们应该长期地耐心地教育他们，帮助他们摆脱背上的包袱，同自己的缺点错误作斗争，使他们能够大踏步地前进。他们在斗争中已经改造或正在改造自己，我们的文艺应该描写他们的这个改造过程。”描写他们的目的，正是引导、鼓励他们向无产阶级靠拢，接受社会主义改造，最后达到共同走社会主义道路的目的。毛主席接着又说：“……我们所写的东西，应该是使他们团结，使他们进步，使他们同心同德，向前奋斗，去掉落后的东西，发扬革命的东西，而决不是相反。”

无论是反映哪方面的生活，但有一点必须是一致的，那就是都必须从无产阶级的根本利益出发。——因此，必须有助于社会主义革命和社会主义建设，必须有利于巩固共产党的领导。从作品来说，作者必须用无产阶级世界观去观察生活、判断生活并描写生活。只有这样，你对人物命运以及对矛盾冲突的处理，才可能是正确的，才可能恰当地代表无产阶级的利益和观点，因而才可能使读者得到社会主义精神的鼓舞。

这样的文学，不单要求正确地反映社会主义时期新旧更替的生活和斗争，而且还要求它们能反转来教育人们更加热爱社会主义制度，并激励人们更加仇视一切破坏革命事业的阶级势力和反动意识。

这种带着浓烈的无产阶级感情和意志的文学，只能产生于具有无产阶级世界观的作家之手。因此毛主席教导我们："要使自己的作品为群众所欢迎，就得把自己的思想感情来一个变化，来一番改造。""如果不把过去的一套去掉，换一个无产阶级的世界观，就和工人农民的观点不同，立场不同，感情不同，就会同工人农民格格不入。"既然和工人农民格格不入，彼此就没有共同的语言，连话也没法谈得拢，谁还愿拿心里的话跟你说？这样一来，你便无法摸清工人农民的内心世界，也就没法进入创作过程。就退一步说，你可能在一个很偶然的场合得到一些很不错的生活素材，可是由于你的世界观没有改造，思想感情还是旧的，试问，这种旧思想、旧感情如何能同革命新事物、新人物的素材相融合？主观的思想感情与客观的生活素材，如果不是水乳交融地融合，形象怎么能创造出来呢？艺术构思——包括矛盾冲突的发生、发展和结局的处理——又如何进行呢？这种种情况说明：要创造真正无产阶级的文学，作者就一定要把过去陈腐的那一套去掉，非换一个无产阶级世界观不可，否则，所谓创造无产阶级文学，只是空谈而已。

马克思主义经典作家指出："革命之所以必需，不仅是因为没有任何其他的办法能推翻统治阶级，而且还因为推翻统治阶级的那个阶级，只有在革命中才能抛掉自己身上的一切陈旧的肮脏东西，才能成为社会的新基础。"（着重点是引用者加的）

这说明要把旧的一套抛掉也不是容易的，只有在剧烈的革命运动中才有可能，但也只是"可能"而已，还不敢说每个人都能在这过程中把陈旧的东西抛掉。因为所谓陈旧的感情或肮脏的思想，通常是指资产阶级的唯利是图、利己主义和强烈的占有欲等等，（谁敢说自己处在剥削阶级统治下没有受到过这类思想的影响呢？谁敢说即使在剥削阶级统治被推翻、而其影响还存在的今天就没有这种影响呢？）而这些思想恰恰是革命者应该抵制的，不利于革命运动的。当革命烈火向这类陈腐思想猛烈地燃烧过来时，有一种人这类思想比较严重，对革命又不那么迫切，面对着这场革命烈火，他始则畏缩，继而动摇，最后离开革命完事。另一种人，也有这类思想，但比较轻微，而对革命的要求却很强烈，面对着这场革命烈火，开始感到有点不习惯，经过内心斗争，最后果敢地摔掉这思想包袱，奋勇向前。

不管在改造的道路上还可能遇到什么情况，而我们革命的文艺工作者，

“一定要把立足点移过来，一定要在深入工农兵群众、深入实际斗争的过程中。在学习马克思主义和学习社会的过程中，逐渐地移过来，移到工农兵这方面来，移到无产阶级这方面来”。

三

一切非无产阶级的思想、感情、观点和情绪，都是创造无产阶级文学的障碍，因为这些思想感情代表着与无产阶级相对立的另一个阶级的利益和立场；是与无产阶级思想体系相对立的另一种思想体系所派生的。譬如地主资产阶级人性论，只符合剥削阶级的需要，与马克思主义的阶级斗争学说是不相容的。倘若用这种所谓普遍人性的观点去塑造新的英雄人物，显然只会牛头不对马嘴，结果很可能衣服是无产阶级的，灵魂却是地主的或资产阶级的。用这种观点去观察新社会的新事物，不仅不能正确地判断事物和反映事物的本来面貌，反而可能受到严重的歪曲：因为所谓普遍人性与无产阶级的阶级性是不相调协的，从人性观点去看社会斗争（主要是阶级斗争），这种斗争对推动社会发展的积极作用，不但不被理解，反而可能被看成是社会的黑暗面，甚至被当作丑恶现象加以恶意的渲染，这哪里还谈得上正确地反映我们新社会的面貌和歌颂我们时代的新人物呢？

又譬如资产阶级个人主义，也是与我们社会主义以集体为核心的思想不相容的，这是两个阶级两种世界观的根本标志，一种为他自己和他一小撮人的私利奔走，一种则为绝大多数人谋福利。如果从个人主义角度去观察、描写社会主义的新事物和新人物，当然得不到正确的反映，因为从个人主义角度去看人，他们就认为人有私心是天经地义的，追求个人舒适也是人之常情。因此，在这些人的心目中，“公而忘私”的人是没有的；只为别人、不为自己的人也是不存在的。但他们认为这样的“先进人物”大概是有的，那就是既有进步思想，也有落后意识；既有社会主义观念，也有个人主义欲望。在他们看来，也只有这样的“先进人物”才是可信的，倘用这样的观点来判断和描写我们社会的新人物，岂非笑话？

其他，如悲观厌世思想，田园风味或牧歌情调之类，都不是无产阶级思想感情，都不可能正确地认识和反映工农兵的斗争生活。

现在的确有些人很警惕人性论或个人主义之类的思想侵入创作，这些人在抽象的概念上也懂得一些新事物、新人物的主要属性或主要特征，可是他们旧的一套思想感情却没有甩掉，革命的无产阶级世界观又还没有建立起来，因此当他们提起笔来，却很少真情实感。他们笔下的人物，只会说些作者要他说的话和做些作者需要他做的事，除了表面，却触不到人物的内心世界，更感不到一个有个性的、有独立思考能力的血肉丰满的人物形象。如果是诗，除了高昂的激情的辞藻之外，也触不到动人的意境，总之，一切都很一般化，也很概念化。

是什么原因呢？前面已约略谈到，关键还是由于作者的思想感情没有改造，立场还没有移到无产阶级方面来，因而不能用无产阶级的心灵去吸收、提炼、融化生活素材，当然也就不能创造出既有阶级特征又有鲜明个性的形象了。

实际上，从深入生活到进入创作的整个过程中，无论是感觉、感受、选择、概括、提炼、构思、塑造或描写……都离不开“心灵”的支配和作用。在这里我为什么不直接用“思想、观点”，反而借用“心灵”这个词儿呢？不外是想强调表明：我想说的思想观点不是那种只停留在口头上的，而是一种经过自己消化、同自己的感情、情绪水乳交融在一起的思想观点。

所谓“心灵”作用于素材，是什么意思呢？这两者的关系就像高炉同矿石的关系一样，如果没有高温的熔炉，并经过熔化过程，尽管再好的矿石，也不能转化为铁。又像蜜蜂身上的蚁酸那样，尽管花粉很好很多，但如果没有蚁酸与之融合，花粉还是无法转化成蜂蜜。同样的道理，如果没有无产阶级世界观，没有革命的“心灵”，尽管好的生活素材十分丰富，也无法塑造出既有共产主义灵魂又有鲜明个性的艺术形象。

“没有正确的政治观点，就等于没有灵魂。”对于一个社会主义时代的作家来说，就更是如此。一个作家如果缺乏远大的革命理想和抱负，他就根本不可能有什么革命浪漫主义。这样，他就只能像一架装着蹩脚的彩色胶卷的照相机那样，虽然面对着许许多多的英雄人物和英雄事迹，可是由于胶卷上缺乏某种感光质（比如红色），它对客观事物或人物的某种（红）色素，已失去感应作用，结果，虽然按了“快门”，胶片还是无法把事物的面貌正确地反映出来。凡是优秀的胶卷，都具有灵敏的感应作用，这种良好的感光质，就像生根在你“心灵”里的广阔的胸怀、宏伟的气魄、远大的理想、极端信任群众、必胜的信心、藐视困难、乐于革命、勇于斗争、灭旧建新的光荣感等等一样，只有这样的“心灵”（无产阶级世界观），对出现在社会上的带着共产主义因素的新人物、新性格、新关系和新风气……你才能灵敏地感觉到，才能经过形象思维，经过集中概括以及典型创造的过程，把崭新的人物性格栩栩如生地表现出来。

诗也是如此，只有你在心灵深处有一股炽烈的热望，把革命战争看作不仅能把奴隶从剥削制度下解放出来，而且还能打出一个新世界来，只有在这股热望之下，你才会满腔热情地去歌颂革命战争，才会把革命战争看成为最壮美、最诗意的场景。也只有在这样欢悦的情绪下，才可能写出“战地黄花分外香”、“当年鏖战急，弹洞前村壁。装点此关山，今朝更好看”和“山下山下，风展红旗如画”，“踏遍青山人未老，风景这边独好”一类歌颂革命战争的诗句。只有对革命满怀信心、怀着一往无前的豪情壮志，才可能产生“为有牺牲多壮志，敢教日月换新天”，“不到长城非好汉，屈指行程二万”等等的豪迈诗句。

不管是艺术形象或者是诗的境界，都不是靠华丽的辞藻，激昂的高调或动人的口号，而是靠深厚的人民生活的积累和作者无产阶级的思想感情，靠这两者水乳交融的融合，有了这两者的融合，才可能有典型形象的塑造，才可能有真正的无产阶级的文学。因此，只有下决心把旧的一套丢掉，把立足点移到无产阶级这方面来，然后，我们才有可能真正为工农兵服务，为无产阶级政治服务，为社会主义服务。只有如此，真正的无产阶级文学，才可能顺利地发展起来和繁荣下去。

一九七七年三月二十六日于广州

典型形象

——熟悉的陌生人

长篇小说《金沙洲》的讨论，是广东文学界的一件大事。这次讨论所显示出来的问题，已经远远超越了《金沙洲》这部作品的范围，而涉及文学理论与文艺批评上一系列原则的问题。典型问题就是其中一个具有普遍意义的问题。在这个问题上，读者曾展开热烈的争论，其中不乏正确的立论，同时也有极其片面的见解。但无论如何，这种针锋相对的辩论，对于今后如何进一步深入探讨艺术典型问题，却提供了很好的基础。正是在这种讨论的启发下，我们也想发表一点粗浅的意见，千虑之一得，目的是抛砖引玉，希望大家批评指正。

一种不宜忽视的阻力

在这次讨论中，有些文章表现了这样一种倾向：即要求艺术的典型形象必须与总的时代精神相一致，甚至在典型形象与社会的阶级的本质之间，简单地划一等号。这种倾向，在不同的文章中各以不同的形态表现出来，加以归纳，突出表现如下几个方面：

其一，把艺术典型仅仅归结为社会的、阶级的本质特征，而丢掉了典型的个性特征。但其表现形态不一：有的以阶级本质的抽象概念来阉割人物的个性，有的直接以自己主观设想的某种政治条件来鉴定人物；有的拿国内一些优秀作品的主人公跟自己评价的人物简单地加以对照。

其二，把艺术典型的共性与个性看成是数学的总和，两者只有外在的联系，而不是有机的统一体。因此在进行艺术分析的时候，就舍弃了个性而空谈共性。

其三，把典型性格与典型环境割裂开来，离开了典型环境而孤立地分析人物性格，或者以生活的主流来硬套作品中的典型环境，把典型环境抽象化和简单化，结果也和前者一样，抽空了作品的典型环境的具体内容，使人物性格游离于环境之外。

凡此种种，都表明对典型理解的混乱。其共同特点都是离开了文学的基本特性，脱离了作品的客观实际，既不分析生活，也不分析作品，而是从纷纭复杂的现实生活中，抽出几条本质或规律加以对照或硬套，把艺术典型的创造看成是赤裸裸地“写本质”“写主流”的同义语，在艺术典型与时代精神、阶级本质之间简单地画上等号。产生这种错误观点的原因，是由于忽视了艺术对现实认识的特点和反映现实的特殊规律——通过个别反映一般的规律，对本质与现象、抽象与具体、共性与个性、环境与性格等问题作了片面的、静止的、孤立的理解，没有看到其互相依存、互相作用的辩证关系。

这种倾向，不只是表现在《金沙洲》的讨论中，在对其他作品的评论中也同样存在着，不仅过去有过，现在也仍然存在，因此具有一定的普遍性。这种批评倾向，不但不能正确地阐明艺术典型的复杂现象，反而变成了一种创作的阻力，对艺术创作的发展起了很坏的作用。

典型问题是马克思主义美学的根本问题，是文学创作的核心问题。对这个问题作全面和系统的研究，我们还没有这种能力，由于篇幅关系，在这篇文章里也不可能对上述的每一个具体论点都一一加以分析，我们只想针对它们的实质，作一些尝试性的探讨。

典型形象——熟悉的陌生人

文学艺术中的典型化，需要反映生活的本质，这是毋庸置疑的。这次讨论中的主要分歧，并不是典型形象要不要反映社会（阶级）的本质，而是怎样才能反映这种本质的问题。是用图解某一阶级本质的概念来表现社会（阶级）的本质呢？还是遵循文学艺术的特殊规律，通过活生生的、个性鲜明的形象，以“生活本身的形式”（车尔尼雪夫斯基）来反映生活的本质呢？——这才是问题的实质。

在一些评论文章中，虽然没有在理论上要求《金沙洲》的作者把时代精神和社会（阶级）本质以赤裸裸的形式表现出来，但从他们用以观察、评价人物的观点和方法来看，实际上是存在着这种错误思想的。他们往往脱离了作品的实际，以各种抽象的本质概念来要求人物，而不问人物的实际性格如何。例如一谈到刘柏，就要求他一定要具有“改造世界的革命精神和宏伟气魄”，以及“奋发的共产主义精神，大胆泼辣的工作作风”，似乎农村中的党的支部书记，就只有这样一种理想的典型，好像除此以外，不可能再有其他的典型了。我们认为，典型性格是多种多样的，生活中存在着千差万别的个性，艺术上就可以产生千差万别的典型性格。既可以有完全没有缺点的理想人物，也可以有有缺点的正面人物，既可以有具有全新的思想风貌的农民党员干部的形象，也可以有正在改造、转变和成长中的农民党员干部的形象。《金沙洲》中的刘柏，既然是作者根据自己的艺术构思所塑造的特定环境中的特定人物，就只能以他所固有的精神面貌和性格出现于作品中。《金沙洲》一开始就展开了错综复杂的斗争，使总支书记黎子安的主观主义的错误和郭纲九等上中农的破坏活动错综地交织在一起。在这种尖锐的斗争和复杂的情况下，刘柏始终保持冷静和沉着，他一方面怀着尊敬上级的心情，向黎子安的作风提出了批评，希望他能够倾听群众的意见；另一方面，又通过社员群众的辩论，揭露郭细九等的破坏活动，给资本主义自发势力以有理有节的反击。在郭有辉的种种幕后的破坏活动尚未充分暴露以前，他怀着曾经和郭有辉一道战斗过来的真挚的阶级感情，本着治病救人的态度，以各种方式对他进行劝导、批评和教育，希望他能够觉悟过来，和自己同心协力，克服困难，把社搞好。这种以斗争求团结的期待心情，是完全可以理解的。在花生地风潮中，他虽然受到各种挑拨性的攻击和谩骂，却仍然苦口婆心地说服群众，使一场带着宗派情绪的人为纠纷平静下来。而当高级社遭到经济困难，郭有辉等正偷偷从社里抽走投资的时候，他却以身作则，毅然把自己一家生活所托的分配收入全部投到社里去，并且机智地突破了富农和新上中农的关口，使他们不得不对社投资……所有这一切，都说明了刘柏的踏实、稳重、处处从党的利益出发、能够顾全大局、任劳任怨、一心要把高级社办好的优良品质，显示了他性格中最本质的一面。至于在工作最困难的时候，他所表现的某种程度的焦急、苦闷和忧虑，如果从金沙社当时的混乱局面和他所处的具体环境以及他的生活经历来看，也是完全合乎情理的，不但无损于这一人物的性格，反而显示了他对于党的事业的忠诚，和对于金沙社命运的深切关怀。作者正是通过人物的这些心理活动，从人物性格的各个侧面，揭示了人物的感情世界，使形象的血肉更加丰满，更能显示出典型环境中的典型性格。这样一个人物，尽管还不能成为理想人物的典型，但在今天的现实生活中，却是具有普遍意义的典型人物，作者在这一人物形象的塑造上所付出的劳动，是不容随意抹煞的。至于作者为什么把刘柏写成这样而不写成那样，为什么赋予他以这样的性格而不是那样的性格，则是为整部作品的艺术构思和特定环境所决定的。如果离开了这一切，主观地要求刘柏必须具有这种精神或那种品质，势必会阉割掉人物活生生的个性，使人物变成“时代精神的简单传声筒”。而按照这种要求推论下去，也势必会得出一个阶层、一个社会集团在一个历史时期只能产生一种典型、一种性格的荒谬结论。

文学艺术总是通过个别反映一般的。所谓个别，就是具体的典型形象。只有通过具体的、个性鲜明的典型形象，才能真实地、深刻地反映社会（阶级）的本质和规律。阉割了人物的个性，人物的阶级本质也就无从表现。正是这种个性与共性矛盾统一的辩证关系，构成了人物完整的性格。有人说，梁甜“一面希望重温幸福的爱情生活，一面又摆脱不了封建意识的束缚；她拥护高级社，是因为家庭贫困，非依靠社不可，又怕拖累他人，思想上又有矛盾。在入社问题上看不到她具有远大的理想。因此，她不能成为社会主义革命时代农村妇女干部的典型”。这种分析显然是脱离了生活实际和缺乏辩证观点的。梁甜，作为一个失去了丈夫而要一肩挑起一家四口生活重担的善良的女性，处在新中国成立前早已形成的带有传统封建习俗的特定环境中，她在爱情问题上所表现的封建意识和对于生活的忧虑，怕拖累人家而甘愿默默承担生活的重担，背地里暗暗流泪以抒发个人的不幸的悲哀。这一切表现，正是她抒发自己千端万绪的复杂感情的独特方式。而在这种困难的处境中，面临着要取消土地分红的高级社，她怀着对于曾经帮助她解决了生活困难的初级社的眷恋和对于未来生活的惶惑，在入社问题上表现了无可奈何的心情，这是符合于她的生活经历、觉悟程度和性格特征的。这种来自小生产者的私有观念、生活经验和习惯的复杂心情，未必就不能体现贫农这一阶层坚决走社会主义道路的本质。别林斯基说得好：“在真正有才能的作家的笔下，每个人物都是典型，对于读者，每个典型都是一个熟悉的陌生人”。其所以是熟悉的，是因为作家对于这一类型人物的阶级特征作了高度的概括；其所以是陌生的，是因为作家赋予人物以丰富的、独特的生命——鲜明而生动的个性。既是熟悉的，又是陌生的，这里就包含着概括与个性化的高度统一。[①]梁甜的性格，固然还没有达到这样高度的典型化，但作者所赋予她的独特的生命——个性，却是相当鲜明的。作者正是遵循以个别反映一般的艺术规律，通过梁甜性格的塑造，概括和再现了贫农阶层中这一类型的贫苦农民的命运和遭遇，揭示了她（他）们共同的本质特征，应该说是具有典型意义的。离开了这一人物的独特的性格、遭遇和命运，离开了她所处的具体环境，和在这种环境中所形成的全部复杂的精神世界的细致分析，就不可能理解人物的性格，透视人物的阶级本质，也不能作出是否典型的结论的。硬要梁甜在入社问题上具有“远大的理想”，不但脱离了作品和人物的实际，而且也背离了艺术规律，取消了以个别反映一般，也就取消了典型的存在。

以个别反映一般的艺术规律，是由辩证法的矛盾规律所决定的。毛主席在《矛盾论》中告诉我们：

> 矛盾的普遍性和矛盾的特殊性的关系，就是矛盾的共性和个性的关系。其共性是矛盾存在于一切过程中，并贯串于一切过程的始

① 有人说，别林斯基这句话，原是谈论独创性的，认为本文对于这句话的解释是和原意有出入的。是的，别林斯基认为，有独创才能的人“两个人可能在一种指定的工作上面不谋而合，但在创作中决不能如此，因为如果一个灵感不会在同一个人身上发生两次，那么，同一个灵感更不会在两个人身上发生，这便是创作世界为什么无边无际水无穷竭的缘故”。因此别林斯基说：“在真正有才能的作家的笔下，每个人物都是典型，对于读者，每个典型都是一个熟悉的陌生人。”如果从典型创造的角度来看，承认有独创才能作家笔下的典型形象，都打上了各作家的“纹章和印记”的话，那么从读者的角度来看，这些打上“纹章和印记”的典型人物，为什么不是“熟悉的陌生人”呢？那类典型人物不正是高度概括其本集团的特征，又赋予人物以独特的、鲜明的个性吗？它们不是使读者感到既是熟悉的，又是陌生的吗？

终……所以它是共性，是绝对性。然而这种共性，即包含于一切个性之中，无个性即无共性。假如除去一切个性，还有什么共性呢？因为矛盾的各各特殊，所以造成了个性。一切个性都是有条件地暂时地存在的，所以是相对的。

这一共性个性、绝对相对的道理，是关于事物矛盾的问题的精髓，不懂得它，就等于抛弃了辩证法。

毛主席在这段说话中，非常精辟地阐明了共性和个性的辩证关系。第一，共性是绝对的。生活在阶级社会中的人，莫不打上阶级的烙印。第二，共性包含于一切个性之中，无个性即无共性，两者是互相渗透、水乳交融的有机的统一体，绝不是外加的数学总和，更不是互相游离、互相排斥的东西。第三，人物的个性，由于矛盾的各各特殊，所以是千差万别的，这一个绝不同于那一个。同一阶级的共性，只能通过人物独特的个性，以特殊的形式表现出来。离开了鲜明的个性，所谓时代精神和阶级特性，就无从表现。第四，一切个性都是有条件地暂时地存在的，这里所指的条件，不但包含着人物自己的出身、教养、职业、思想、气质等各个特殊的因素，同时也包含着特定环境中的社会关系、阶级关系和人与人之间的特定关系。正是这种特定环境中各种事物之间的联系，构成了人物性格的存在和发展的条件。所以，某种典型性格只能产生于某种典型环境之中，依赖于典型环境而活动和发展，并反过来给环境以一定的影响。离开了典型环境，就无所谓典型性格。

由此可见，人物的共性与个性的辩证关系，性格与环境的辩证关系，是由生活本身的辩证法所决定的。离开了生活的辩证法，离开了以个别反映一般的艺术规律，就无法理解生活，也无法理解艺术。

典型环境，也是完全不可代替的“这一个”

文学艺术不仅反映现实，而且要给现实以积极的影响，“推动人民群众走向团结和斗争，实行改造自己的环境”。文学艺术的这一基本特点，要求作家在艺术创造中必须进行艺术的概括，把现实生活典型化，使文艺作品中反映出来的生活"比普通的实际生活更高，更强烈，更有集中性，更典型，更理想，因而就更带普遍性"。典型化的过程，就是概括化和个性化统一的过程；而这一过程的全部奥秘，则在于创造"典型环境中的典型性格"。这是艺术创造的一条最基本的原则。文艺批评只有依据艺术的这一基本原则，对典型环境中的典型性格进行具体的（历史的、思想的、艺术的）分析，才能对作品的思想倾向和艺术质量作出正确的判断。

可是，在一些评论文章中，却把生活的真实与艺术的真实完全等同起来，重复了过去曾经流行一时的"生活难道是这样的吗"的错误。

这种简单化的倾向，在不少的文章中都有着不同程度的表现，尤其突出的，是通过对郭有辉这一人物的评价而对作者提出责难。例如说："郭有辉蜕变的程度是令人吃惊的"，"难道我们的党对这样的一个同志会任其蜕变下去而置之不理吗？""难道党员变了质就无法挽救了？连最落后最顽固的富裕中农郭细九最后也承认了错误，为什么曾经是'县里一个著名的积极分子'和党员的郭有辉却始终不能悔改？"这种责难的简单粗暴的程度也是令人吃惊的。尽管《金沙洲》对郭有辉的性格刻画在某种程度上存在着概念化的缺点，对他的资本主义思想的根源也挖掘不深，但作品所再现的生活，毕竟有别于生活的真实。现实生活中犯了错误的党员干部可以转变过来是一回事，作为艺术形象的郭有辉的蜕化变质又是一回事，两者是根本不能混为一谈的。在现实生活中，犯了错误的党员干部，其态度也是多种多样的，有的能认识错误、改正错误，有的则执迷不悟，坚持错误，以至于蜕化变质。作家在作品中之所以选择这种现象，舍弃那种现象，之所以创造这一个人物，不创造那一个人物，不仅取决于作家的世界观和生活经验，而且也关系到作家的艺术方法和艺术构思。在一部作品中，总是渗透着作家主观的思想感情和对于客观生活的评价，体现着作家独特的艺术构思，反映出某种具体的特定环境和特定性格。《金沙洲》的作者既然要塑造郭有辉这么一个蜕化变质的艺术形象，并使他在作品中担当"上中农在党内的代理人"的主要角色，那么，他的思想、行动、生活和命运，就与他周围的环境和人物发生了多方面的联系，并形成了他自己独特的生命。作者只能按照这一人物性格本身显示出来的发展规律，去安排他的命运，而不能违背人物性格与环境互相关系的逻辑，去随意改变。艺术作品不是生活原样的翻版。《金沙洲》对于郭有辉的艺术处理，其目的只是为了揭露他的丑恶本质，并使他按照合乎性格逻辑的艺术构思去扮演他所要担当的角色，而不是为了挽救他。如果郭有辉受到党的教育以后，真的像批评者所希望的那样觉悟过来，不再与党外的上中农——郭细九等合流，不再向高级社进攻，那么，这一人物就不成其为郭有辉了，而《金沙洲》的全部艺术构思也就要跟着改变。因此，我们认为，在审视这一人物的时候，应该根据作家的艺术构思，从作品所提供的具体环境和具体性格出发，不仅要看到人物性格上的复杂现象，看到各种消极的社会因素对于他的影响，看到他的性格上的个人特征，同时还要看他的行动是否合乎他本身的性格逻辑，是否显示了典型环境中的典型性格。如果离开了这一切，只简单地以现实生活的考据来代替对艺术形象的艺术分析，并以此来判断艺术形象的真实性，是很难得出正确的结论的。

这里，尤其值得我们注意的，是作品所提供的促使人物行动的典型环境。所以值得注意，是因为在不少的评论中，常常有意无意地忽视了这一点，甚至还存在着某种不正确的理解。

文学是通过典型环境中的各个典型性格的冲突来揭示社会关系的。在实际生活中，每个具体环境所包含的因素都是异常复杂的，不仅有民族的、社会的、历史的条件，阶级的关系，人与人之间的关系，还有地区的自然条件、风土人情、生活习惯……所以，典型环境也体现着普遍性和特殊性在一定的时间、地点、条件下的矛盾统一。文学作品中的每一个典型环境，也和典型性格一样，是完全不可代替的这一个，同样的社会历史环境的本质特征，只能反映在千差万别的典型环境中。同是反映农业合作化的长篇小说，《山乡巨变》所创造的典型环境就不同于《创业史》，《金沙洲》所创造的典型环境也迥异于《三里湾》。这种显著的区别，固然与作品所选择的题材、所反映的主题，所体现的艺术构思有关，但更重要的，还是由于生活本身的丰富多彩。生活是永远不会重复的，文学作品中的艺术构思及其典型环境也永远不会雷同。恩格斯要求作品再现无产阶级已经参加了五十年光景的战斗的典型环境，这种要求本身也不是划一化的。无产阶级已经参加了五十年光景的战斗的典型环境，仍然是丰富多彩的。任何企图以现实生活中某一特定环境或以其他作品所再现的典型环境去要求自己评论的作品，其结果都只会把丰富多彩的现实生活和瑰丽多姿的文学艺术简单化。

无论作品所反映的生活画面多么广阔，表现的社会冲突多么巨大、尖锐，也只能通过不同人物的千差万别的命运、遭遇、他们之间千差万别的性格冲突才能表现出来。正是这些个别人物的千差万别的命运、遭遇和性格冲突，形成了作品特定的典型环境。艺术的任务，就是通过作品所再现的典型环境中的典型性格，深刻地揭示“环境怎样影响人”，而“人又怎样影响他周围的世界”（车尔尼雪夫斯基）。《金沙洲》中的郭细九和郭有辉，虽然同是上中农，但由于他们的出身、经历、气质和社会地位不同，他们的个性特征和对于高级社的破坏活动的方式也就各有差别。我们从郭细九对于高级社种种肆无忌惮的破坏活动，可以看出他的贪婪、歹毒和凶狠的流氓气质；而郭有辉对于党支部的公开要挟和背后的推波助澜，则显示出他的阴险、权谋和机变。这种从人物的同一本质中显示出来的个性特征的差异，固然主要由他们本身特殊的内在因素所决定，但和促使他们行动的特定环境也有着密切的关联。作者只有把他们分别置于足以显示其性格特征的特定环境中，才能使人物按照自己的性格逻辑进行活动。因此，“在艺术作品中……全部关键在于个别的环境，在于对一定典型的性格和心理的分析”（列宁：《给伊内谢·阿尔曼特的信》）。忽视了促使人物行动的典型环境，忽视了造成人物性格发展的社会的（阶级的）原因，人物的性格就会失去客观的依据，变成不可思议的怪人。

对于典型环境的理解，目前还存在着这样一种看法：认为没有体现我们时代精神的“事件”，由于它不能反映出“生活的主流”，因而也就不能成为作品中的“典型环境”。这种观点，实质上是把能够体现我们时代先进思想的事件当成为典型环境的唯一内容，而排斥了现实生活的复杂性。生活的主流固然能够体现出时代的先进精神，这是不容置疑的，但是时代的先进精神并不等于典型环境。生活的主流固然是典型，但在主流冲击下的非主流，同样也是时代的、社会的产物（在大变革的过渡时期，这是一种必然的现象），因而也可以成为典型环境。典型环境的存在和发展，不是绝对的，而是相对的。随着时间、地点、条件的变化，典型环境的存在和发展的情况也就跟着变化。所以，典型环境并不是独一无二的，而是多种多样的。没有体现我们时代先进思想的生活现象，当然不能成为生活的主流，但在一部文艺作品中，难道只能允许写生活的主流现象，而不能写生活中非主流现象吗？难道只能允许写社会的先进力量占优势的典型环境，而不能写在某种特定的情况下，消极的力量虽然暂占优势，但在本质上足以说明它只不过是生活的逆流——因而也一定会被生活的主流所战胜的消极的个别环境吗？问题不在于能不能写生活的非主流现象及其所赖以存在的个别的典型环境，而在于作者写它的时候所采取的立场和态度。如果作者把这种非主流的现象置于与主流现象互相冲突和斗争的具体环境中，同时又能够写出这种非主流现象所赖以产生和存在的典型环境和具体的阶级因素，以及它在社会主义制度下一定会被战胜、被消灭的必然规律，那么，为什么不可以成为典型环境呢？如果把“典型环境”这一概念抽象起来，并和生活的主流完全等同起来，其结果不仅会把生活简单化，把典型环境简单化，而且也否定了创造各种反面艺术典型的可能性；而正面人物所处的环境也就会变得十分平静，这样，同时也就取消了在复杂斗争的环境中成长和发展的正面形象的创造。可见，把生活的主流和典型环境完全等同起来的观点，实质上正是“无冲突论”的变种，不能认为是正确的。

指出这种“无冲突论”的错误，当然并不等于为《金沙洲》的缺点辩护。作者为了突出金沙社在发展过程中所遭遇的种种困难和斗争，为了使矛盾斗争典型化，在作品中特意创造出有利于反面人物活动的典型环境，是可以允许的。但是，作品既然要正面表现合作化运动中的两条道路的斗争，正面表现生活中的主流和逆流的巨大冲突，那么，在描写生活的逆流的时候，就应该同时表现出代表生活主流的正面力量。只有把逆流放在主流的冲击之下，才能揭示出逆流的本质及其必然失败的规律，才能使矛盾斗争典型化。文学作品在描写生活逆流的时候，当然也允许有某种程度的夸张，因为经常处于错综复杂的变化中的生活本身，就有着某种消极的因素在起作用，但是应该看到，真正决定生活发展趋向的，却是与生活发展规律步调一致的正面力量。《金沙洲》的作者在描写主流冲击下的逆流的典型环境的时候，只着力描写了逆流的一面，而忽视了“主流冲击”的一面，因而使正面人物处处受到攻击和牵制，几乎无用武之地。这样，自然就会使作品中的典型环境——作品所显示的生活形象，屈从于反面人物性格的发展，而正面人物的性格，自然也就得不到施展的机会。虽然，《金沙洲》在最后一部中已经使正面人物所处的环境有所改变，正面人物已从被动转为主动，在矛盾冲突中占据了主导的地位，从作品所展开的矛盾冲突的总的结局来看，作品所提出的问题已经获得了解决；但这种结局却未免来得过于仓促和不自然，其所以“匆促”和不自然，就是因为前两部未把主流抑击的潜在力量表现出来，以致未能充分显示出社会主义制度和新社会关系的力量。造成这种结果的原因可能是复杂的。只要看一看第三部与第一、第二部的艺术构思的脱节现象，就能猜想到作者在创作过程中所遇到的困难和匆匆收场的苦心了。因为这问题不属本文范围，只好留待另一篇文章再作详尽分析。

“绝对主义”的思想方法，会导致性格、环境、题材的划一化

对于艺术典型理解的混乱，其根本原因，是把本质与现象、抽象与具体、一般与个别混为一谈。

现实生活是纷纭复杂的。生活的本质，只有通过生活中各种复杂的个别现象才能表现出来。在一般的情况下，现象是可以直接地反映本质的，但另一方面，现象和本质往往也有不相一致的情况，有时候现象不但不直接反映本质，而且还恰好与本质相反。一个双手沾满血腥的法西斯刽子手，可能同时是一个虔诚的基督教徒；一个残酷地压迫、剥削农民的地主恶霸，也可能手捻佛珠，而且还不是故意做作。生活中这种矛盾、复杂的个别情况，反映在文学作品中，自然产生了典型性格上的各种复杂现象。但是，无论人物性格有多么复杂，归根结底总是要受到其阶级性的制约，而且常常是阶级性在各个个别人物身上的多方面的具体表现。艺术典型的这种个性与共性的辩证统一，正好体现了现象与本质、个别与一般、具体与抽象的辩证统一关系：“个别一定与一般相联系而存在。一般只能在个别中存在，只能通过个别而存在。任何个别（不论怎样）都是一般。任何一般都是个别的（一部分，或一方面，或本质）。”（列宁《谈谈辩证法问题》）作家在创造艺术典型的时候，总是透过各种矛盾、复杂的个别现象去透视事物的本质，并且通过个别人物的具体行动、他与周围环境、人物之间的矛盾冲突，来表现社会的、阶级的关系，反映生活的本质，而不是撇开个别的现象去直接地说明本质。在艺术概括中强调人物的个

性，并不会妨碍揭示人物的本质，更不意味着可以忽视人物的本质（共性），相反地，正是为了更充分地揭示人物的本质，更集中地突出人物的共性，并赋予人物以丰富的血肉和生命。只有在个性与共性——个别与一般的统一之中，才能正确地理解典型性格。如果把现象与本质混为一谈，把个别与一般、具体与抽象混同起来，否认其矛盾统一的辩证关系，以本质排斥现象，用一般否定个别，或者只承认其统一的一面，忽视其矛盾的一面，其结果都会产生只要抽象的本质，不要具体的形象——以共性代替个性的谬误。

还应该看到，艺术的概括并不同于科学的概括，艺术上的典型也不同于科学上的公式和规律。科学的概括和艺术的概括，虽然都同样要反映事物的本质，但科学概括是直接把本质指给读者，把抽象的结论宣布给读者，而艺术概括直接给予读者的却是活生生的形象，使读者从具体形象的感受中，自己作出结论，领会本质。因此在文学作品中，艺术形象的感染作用就显得非常重要。作家在艺术概括过程中所倾注的思想感情愈丰富、愈强烈，概括的程度愈广阔、愈深刻，人物性格愈生动、愈鲜明，其艺术感染力也就愈大、愈强烈。忽视了艺术的这一基本特点，混淆了科学归纳和艺术概括的区别，把逻辑思维和形象思维混为一谈，以科学的抽象代替艺术的具体形象，当然就从根本上取消了艺术认识现实和反映现实的特性，背离了以个别反映一般的艺术规律，从而也就无法对作品所反映的生活作出正确的判断。

典型问题是一个复杂的问题，任何简单片面的理解都会使批评陷入错误。艺术形象的阶级本质只能通过鲜明的个性才能表现出来，同一社会的、阶级的本质，只能反映在千差万别的典型性格中，典型环境也只能通过个别的具体的环境才能表现出来，同一社会历史环境的特征，只能反映在千差万别的典型环境中。千差万别的典型性格只能产生于千差万别的典型环境之中，依赖于典型环境而存在和发展，并反过来又给环境以一定的影响；离开了典型环境，典型性格就失去了存在和发展的客观依据。社会上的各个阶级并不是互相绝缘的，任何一种阶级都会受到其他阶级和各种社会（历史的、现实的）因素的影响，而这种复杂的因素又必然会反映在典型形象中。每一个艺术典型，不但反映着社会的、阶级的本质，而且渗透着作家的思想感情以及对社会生活的态度……正是这一切复杂的因素形成了艺术典型的丰富内容。艺术典型的这种复杂性，也是由生活的辩证法——对立统一的法则所决定的。毛主席在《矛盾论》中告诉我们："事物的矛盾法则，即对立统一的法则，是自然和社会的根本的法则，因而也是思维的根本法则。它是和形而上学的宇宙观相反的。"又说，当我们研究一定事物的时候，就应当去"发现一事物内部的特殊性和普遍性的两方面及其互相联结，发现一事物和它以外的许多事物的互相联结"。但是，具有形而上学观点的同志，却否认事物内部的矛盾，总是喜欢片面地、孤立地、静止地看待一切事物，把客观事物绝对化。他们只承认对立的斗争，不承认对立的统一；只承认绝对的东西，不承认相对的东西；只承认普遍的东西，不承认特殊的东西；只承认共性，不承认个性；只承认主要的东西，不承认第二位的东西；只承认必然性，不承认偶然性；只看正面，不看反面；只看见一种可能，不看见另一种可能……这种"绝对主义"的思想方法，反映在典型问题上，就是只承认典型的共性，不承认典型的个性；只承认共性与个性统一的一面，不承认共性与个性矛盾的一面；只承认典型环境的普遍性，不承认典型环境的特殊性；只承认生活的主流，不承认在主流冲击下的非主流。如此一来，就把复杂的典型内容绝对化和简单化，把艺术典型的创造单纯当成"写本质""写主流"的同义语，在艺术典型与时代精神、社会（阶级）本质之间简单地画上等号，抹煞了千差万别的"典型环境中的典型性格"的特性和丰富多彩的差别性。既把典型性格划一化，也把典型环境划一化。性格和环境划一化了，进行真正的典型创造也就成为不可能了。这种简单片面的公式，不但阉割了错综复杂的社会生活，把绚烂多彩的艺术现象溶解于僵硬的公式和规律之中，而且势必会把无限广阔的创作题材划一化，即把题材和赤裸裸的本质、规律完全等同起来。我们并不反对反映规律。文学艺术既然是生活的反映，当然要反映出生活的本质和规律，但是这种反映，必须通过个别的、特殊的、活生生的艺术形象才能达到。如果把规律当成题材，其结果不但排斥了题材本身的复杂性和多样性，而且也取消了艺术地表现生活规律的可能性。有些作品之所以写得四平八稳，千篇一律，没有生活气息，缺乏艺术感染力，和这种"规律=题材"论的影响不无关系。

“典型即总代表”论，与以个别反映一般的艺术规律毫无共同之处

上面，我们就典型问题上的若干片面观点作了一些初步的剖析，尽管它们的表现形态有所不同，但倘把它们联系起来，加以全面的考察，就不难看出，这一系列片面观点的实质，归根结底都集中在这一总的观点上：即要求艺术典型成为某一客观事物的全部特征的总和（全部特征的总代表）。比方说，凡是描写党支部书记的形象，都必须具备所有党支部书记和党领导者所应该具备的全部特征，凡是描写社会主义革命时代农村妇女干部的形象，都必须具备这一时代农村所有优秀妇女干部所应该具备的全部特征，若是党支部书记的形象缺乏了所谓高度的“改造世界的革命精神和宏伟气魄”，妇女干部在入社问题上思想露出一点矛盾，又没有表现出先进人物应该有的“远大的理想”，那么，在他们看来都不能算作典型。对典型环境的理解，亦是如此。换言之，就是以社会学上的典型来硬套艺术上的典型，并且把这两者完全等同起来。不少评论文章之所以指谪这个人物缺少这种“精神”，那个人物缺少那种“品质”，之所以认为刘柏、梁甜等人物不是典型，其原因正在这里。这种观点，我们姑且替它取个名字，就叫做“典型即总代表”论或“总代表即典型”论吧！这种理论当然是错误的。这些同志不了解，艺术典型创造的一条最基本的规律，就是要求人物的共性与个性的统一，写出典型环境中的典型性格。这并不要求作家把所有同一本质的人物性格都全部包括到一个典型中去，而只是要求作家根据主题的任务和构思的要求，选择其中最本质的，最能揭示这一人物性格的典型特征概括进去——使作品中的艺术形象成为既是最本质的、具有一定代表性的东西，又是最有个性特征的东西，即恩格斯所说的“每个人是典型，然而同时又是明确的个性，正如黑格尔老人所说的‘这一个’”（《给明娜·考茨基的信》）。倘若离开了这一原则，硬是要求作家把同一本质的一切人物的全部特征都毫无例外地堆砌到一个人物身上，势必会湮没了人物的个性和斫丧了人物的生命——使个性“消溶到原则里去”（恩格斯）。这样，不但破坏了作品的主题和结构，而且也失去了其为典型的意义。试想一下，如果要求刘柏必须具有所有党支部书记和党的领导者所应具备的一切特征，要求他成

为党的最高代表或党的原则的化身，那么，刘柏还有什么“明确的个性”？他还能成为“这一个”的刘柏吗？既然如此，还有什么典型可言呢？

列宁说：“任何一般只是大致地包括一切个别事物。任何个别都不能完全地包括在一般之中……”（《谈谈辩证法问题》）。这一段话，很好地说明了个别与一般的辩证关系。即使是社会学上的最理想的典型，也会受到一定的局限，不可能把一切个别事物的全部特征都完全包罗无遗。生活的辩证法是如此，艺术的辩证法更是如此。只有尊重生活的辩证法，尊重艺术的辩证法，尊重以个别反映一般的艺术规律，既承认一般，又承认个别；既承认统一，又承认差别；既承认共性，又承认个性，严格从作品的具体实际出发，对具体人物进行具体的分析，才能克服文艺批评上的简单化、绝对化的倾向，才能以马克思主义的美学观点正确地阐明艺术典型的复杂现象。

一九六一年八月三日于广州

（本文与易准同志合写）

关于戏剧创作的几点感想

（一）阶级斗争与敌我矛盾

阶级斗争是客观存在，文学艺术绝不能忽视这方面的题材；否则，不但不能真实地反映我们社会的面貌，而且也无法深刻地反映我们时代的精神。但是现在却有人把阶级斗争片面地理解为敌我斗争，把这两个概念混同起来；甚至在一些戏剧作品中，还把阶级斗争理解为我们与地主、富农之间的斗争，并认为离开了与地富的斗争，就谈不上反映阶级斗争。

从这个观点出发，于是有人认为重大题材在农村；并认为那里有地主富农，所以那里就有阶级斗争。根据这样的理由，于是有人认为国营工厂里和部队中都没有阶级斗争的题材可写。

这种看法对不对呢？当然是不对的。阶级斗争不仅指敌我矛盾，也包括人民内部矛盾在内。

被推翻的剥削阶级还存在，旧的习惯势力还存在，小生产者的自发倾向还存在，因而阶级矛盾就存在。我们要建设社会主义，被推翻的剥削阶级却不甘心，他们总是不放弃任何一个可乘之机来破坏我们的事业，妄图恢复他们失去的“天堂”。

阶级敌人在政治战线上或经济战线上，采用较露骨的方式或较直接的手段来进行破坏，我们都容易看透他们。但是，他们如果在意识形态方面向我们进攻，而这种进攻有时由他们亲自发动，但更多的场合，却是通过我们内部的人来进行的，后一种进攻，却不是一眼就能看清楚的。

我们不能低估这种进攻，因为反动阶级的思想毒素，在社会上还有市场：因为小生产者的自发倾向与资本主义是一脉相通的，那些醉心追求资产阶级生活方式，欣赏资产阶级趣味或情调的人，是最容易与资产阶级一拍即合，同流合污的。

因此，在我们的社会里不仅存在着被推翻的阶级分子，同时也存在着不少受到资产阶级思想腐蚀的人。不但有直接的破坏活动，同时在思想战线上，资产阶级的思想毒雾还不断地向我们飘散过来，这种腐蚀的活动是无孔不入的，它通过各种各样的空隙，侵入到我们的革命队伍，侵入到社会生活的各个角落。

我们要前进，有些人却要后退，我们要他们摆脱那一套反动思想和世界观，他们却恋恋不舍，甚至坚守堡垒，固执顽抗；于是矛盾斗争不但难以避免，而且是尖锐、复杂和曲折的。

这种矛盾斗争，不但会在资产阶级分子、地主分子同我们之间直接展开，同时也会表现在我们与朋友之间，与同学或同事之间，甚至还会表现在与家属之间。

这种矛盾，不但表现在政治性的问题上，而且也表现在一些“生活小事”上。虽然看起来很平常，但在实质上，却是两种世界观的矛盾，或者是两条道路之间的矛盾，其实这就是阶级矛盾在日常生活中的反映。

那些在“生活小事”上所表现的资产阶级观点与世界观，如果任它自由发展下去，将来就会变成社会主义事业的障碍。它会由小变大，由思想活动发展成为政治行为，它会由小小的不满变成政治上的对立。“千里之堤，溃于蝼蚁之穴。”对于这种矛盾，我们不能等闲视之，应当在发现它时，就克服它。

因此我们反映阶级斗争，不仅要反映敌我矛盾，也要很好地反映人民内部矛盾，即反映在人民内部的两条道路、两条路线、两种世界观之间的矛盾。

这种矛盾在社会主义社会中是普遍的，大量存在的。反映这类矛盾的目的，同反映敌我矛盾一样，都是兴无灭资，达到清除资产阶级世界观，用无产阶级世界观来武装人民头脑的目的。

（二）题材和主题

上面已说过，不能把阶级斗争片面地理解为敌我斗争，这本来是常识，可是在创作实践中，人们却往往有意无意地让阶级斗争与敌我矛盾混同起来。一提到阶级斗争就自自然然想到敌我斗争，仿佛不反映敌我斗争，就够不上称作阶级斗争似的。由于这类片面理解的影响，所以在创作上就出现了一些问题：

（1）视野缩小，题材狭窄

除了看见被推翻的阶级分子在政治上或经济上的直接破坏活动之外，再看不到旁的什么。这一来，在国营工矿中和部队中的阶级斗争被蒙住了，思想领域中的阶级矛盾，被轻轻放过了。

有一个小戏生动地反映了共产主义风格和小生产者自私自利作风的斗争，这明明是反映两种世界观的斗争，但却被人“判”为“一出没有反映阶级斗争的小戏”。

类似这样的矛盾，看起来很平常，但却属于两个敌对阶级之间的矛盾。反映这类矛盾的意义，能触着更多人的痒处或痛处。如果把一些存在着的、但却没有被他们自己所认识的缺点，通过艺术形象，像一面镜子那样反映出来，那么就能帮助人们识别是非，提高警觉。

当然我们不能放松反映敌我矛盾，但不应当把它当作唯一的矛盾来反映；在现实生活中，更大量存在的，是愿意走社会主义道路、但又保留一些旧思想的人，这里所指的是资产阶级的影响，旧的习惯势力以及小生产者的自发倾向。这类人在主观上并不反对社会主义，但在生活上却常常表现出一种与社会主义制度不相适应的观点与习惯。对于这种消极现象，应通过艺术形象揭示出来，帮助他们从旧习惯、旧思想中解放出来，“帮助他们摆脱背上的包袱，同自己的缺点错误作斗争”，如果他们提高了觉悟，“惊醒起来，感奋起来”，那么，我们就能更顺利地进行社会主义革命和社会主义建设。

问题要看我们是不是用阶级分析的方法和阶级斗争的观点去观察事物和处理题材，否则就很可能陷入身边琐事，写成与人民群众没有什么痛痒的作品。

（2）事件的严重性与主题的深刻性

由于把阶级斗争与敌我矛盾混同起来，所以在处理题材时就常常有意无意地在事件的严重性上打圈子，仿佛事件不严重，不是血淋淋的，就不足以反映阶级斗争，主题思想就不能深刻似的。

而所谓严重性，又常常在敌我矛盾中去打主意。这一来，有些戏，本来是写人民内部矛盾的，而且是思想问题的戏，可是作者写着写着，就把矛盾的焦点，由人民内部转到敌我之间去，由思想矛盾转到政治斗争或经济斗争方面去。以为这样一来，事件就有严重意义，题材就变得“重大”了，可是思想斗争却被轻轻掠过，反而让敌我矛盾把思想斗争掩盖起来。结果，敌我矛盾似乎解决了，可是人民内部的思想矛盾却被“悬”在一边。

抱着这种观点的作者，总是把“严重性”看作万能：他们写落后的贫农，总是把他与投机倒把联系起来；写中农落后，一定把他与地富勾搭起来；有人写上中农与写富农没有区别，或者把上中农与自发势力等同起来，或者与新生资产阶级分子等同起来。写工人落后，就一定与堕落分子相联系；唯恐不严重，便把堕落分子写成走私贩，甚至还是个暗藏的反革命。

这类戏，看起来很热闹，很曲折，但看完以后，却不能给人留下什么印象，也不能给人什么启发和教育。原因就是放弃了人物性格的发掘，放弃了思想斗争。

超越了思想范围，超越人民内部的界限，只依靠司法机关或公安机关出来解决问题；表面上，好像问题解决了，其实思想的矛盾却原封不动。这是一种偷巧的做法。因为在某些作者看来，处理敌我矛盾比较简单，但处理人民内部矛盾，特别是处理思想斗争，就复杂得多；不认真研究社会、研究人的精神状态，要想把思想内部的互相斗争及其发展，形象地展示出来是不可能的。特别是那些日常生活中大量存在的思想或作风的矛盾，如果不深入性格的解剖，不能从性格深处挖出思想实质（阶级实质），我们如何能把人物变成“镜子”，变成足以作为榜样或作为借鉴的形象呢？但这绝不是严重事件所能代替得了的。

我们有些作者，在描写被推翻了的剥削阶级时，总是不忘记严重事件。

是的，敌人到处阴谋破坏我们的事业，有烧仓库的，有毒死牲口的，甚至有杀人的，对于这种破坏行径，文学应当很好加以反映，但如果把这类严重事件当作敌人经常的普遍的活动来表现，那就值得考虑了。

被推翻的阶级确实是不死心的，但是也不要低估了我们十四年来无产阶级专政的威力和影响。虽然阶级敌人时时刻刻都妄想破坏我们的革命事业，可是他们不能不考虑后果，极顽固的反动分子也可能拿命来拼一场，但那不是普遍现象；更多的情况表明：被推翻的剥削阶级在无产阶级专政的威力下，心里虽然怀恨，可也不敢轻举妄动。但在思想战线上就完全不同了，他们无孔不入地向我们进攻，通过各种渠道，采用各种方式宣扬其剥削阶级的生活方式和腐朽的世界观。其中有一些是有明显的政治目的，另外还有一些却是出于阶级本能和阶级偏见，而且常常装出一副伪善的面孔，披着爱护他人的外衣来宣扬那一套的，这就不容易识别其用心。不少中了毒的人不仅不自觉，反而还替敌人辩解。这叫做“阶级渗透”或“和平演变”。把这种不易识别的“阶级渗透”加以解剖，通过形象表现出来，不是更能打开人们的眼界，使人警觉，起到更大的教育作用吗？

疯狂的破坏和制造血淋淋的事件，只是他们活动的一个方面，绝不是唯一的活动方式，而且比较容易看清看透的。可是，装出笑脸来进行阶级渗透的活动方式，则是更大量、更经常的，而且不容易为人所觉察。反映这种斗争，谁说没有深刻的思想意义？

（三）矛盾应当来自生活

这一年多来，不少戏剧作者都注意到反映阶级斗争，并开始努力去写这方面的题材，而且已产生了一些优秀的剧本。但是，还有一些作者，对于阶级斗争还了解得太浅，有的甚至还十分生疏，因此当他们进入创作时，不是从生活出发，不是从斗争中去发现题材，从矛盾中去发掘人物性格，也不是从矛盾斗争中去提炼主题；而是从阶级斗争的一般概念来确定主题，并据此来安排情节。这一来，就出现了如下几个方面的情况：

（1）就事论事，就问题写问题

有一出戏，反对抬花轿，自头至尾，都是花轿问题。实际上，在我们生活中，还有多少人嫁女用花轿的呢？即使有也是极个别的，哪里用得着一出戏来反对花轿呢？我觉得在现实生活中，因嫁娶保留着旧社会的旧风习、旧思想，倒是有的，与其批评抬花轿，就不如批评那套劳民伤财的旧风习、旧习惯，和歌颂新人新事。

在文艺中，应当批评旧风习、旧思想，不是去批评某种只具形式的东西。作者的用意也许是想借花轿来批评旧风习，可是在作品中，却没有概括更多能体现旧风习的特征现象，也没有通过个别去揭露旧礼教、旧观点广泛祸害人民的事实，既然这样，怎么能带出更多的社会内容和更深的教育意义呢？

类似这样的现象，在其他戏剧中还有不少。

这类戏常有片面性：强调学生到农村去参加农村建设，就反对上学；强调农村工作，就反对城市；把具体政策与总方针、总路线对立起来，是不对的。政策是解决矛盾的武器，但我们不理解政策的全面精神，只抓住一面，丢了另一面，于是片面性出现了。

问题在于就表面写表面，未深入挖掘问题的实质，更未把实质通过性格体现出来。文学戏剧应通过具体事件来表现生活，这是不错的，但是问题在于通过个别所反映的还是个别，通过片面所反映的还是片面，而不是通过个别（或侧面）反映一般的特征或本质。当然并不是随便拿任何一件事都能反映一般特征或本质的，而是要选择具有典型特征的“个别”才能反映本质。

（2）抓不住具体矛盾

阶级之间有矛盾，这是大家知道的；地主与贫下中农之间有矛盾，也是大家都清楚的。但是除了普遍性的矛盾之外，还应了解在某个特定环境下的具体矛盾是什么，只有通过具体矛盾来反映普遍存在的共性，共性才能通过具体的个别形态的形象表现出来。

例如小戏《青龙潭》，只从地主的一般本性出发，未抓住“这一个”地主婆对社会主义的具体仇恨，因此，她放毒就显得勉强，不真实。

脱离了特定环境，就抓不住具体的矛盾，脱离了我们十四年来所形成的新条件，矛盾就很难写得真实。任何夸大敌人的力量，从而贬低了我们的正面力量，就必然会歪曲社会主义制度下的典型环境。

在一些反映人民内部矛盾的戏剧中，常常有抓不住具体矛盾的情况。是两条道路的矛盾？还是两种世界观的矛盾？不明确。在特定的具体环境下的具体矛盾是什么，也不明确。一时似乎是思想问题，一时又似乎是法律问题，开头明明是写保守与“突破常规”的斗争，继而又是两条道路的斗争，最后却又是两种作风的斗争，各不相连，没个中心。造成这种现象的原因，主要是作者未抓住活的性格和活的矛盾，只从一般概念出发，用“想当然”的态度，任意安排情节的结果。

具体矛盾，不能以矛盾双方的一般特点来规定，应当看当时的具体条件与具体环境，并要看当时人物处境如何来规定。

如果连具体矛盾都抓不住，情节怎么能合情合理地发展下去？以后又怎能合情合理地解决“矛盾”呢？

有些戏剧作者，当他描写落后时，就倾注全力去抹黑，去丑化，唯恐写的不严重，却不留一点余地；可是到该转变时，就很难转得过弯来。

用“诉”苦或“忆”苦的办法来提高觉悟，促进转变，一般说是容许的；但因没有抓住具体矛盾是什么，因此“苦”也很难对“症”，既然这样，人物怎能转变？

例如写个人主义与集体主义的矛盾，只诉旧社会的苦，很难解决集体主义问题。当然，对一个忘本的人，这种忆苦会起到一定的作用。我不反对忆苦诉苦的教育作用，但不能把忆苦诉苦当作唯一的办法来促使人物转变，促进人由落后到进步，除忆苦之外，前途教育和共产主义教育的作用，共产主义的新人新事的影响，社会上新风气的潜移默化的作用等等，都是极其重要的；尤其是活生生的共产主义新事物的感召力量，更不宜忽视。

转变不应当是突然的，这是一种质变，由量变到质变，总是逐渐的，处理得太突然，反而不自然，而且是违背生活逻辑的。

（3）戏剧冲突应当是性格的冲突

由于题材不是从生活中提炼出来，而是从概念出发，或只了解到一点生活的表面，既未对这类生活进行较深入的观察和分析，也未找到生活本身所固有的意义；只接触到一点皮毛，就贴上标签，定出主题；这么一来，人物哪里能活起来？要想通过人物性格之间的矛盾来安排情节，当然就更无从谈起了。

只是急于表达主题，而不注意人物性格，也不注意特定环境中某些人物的具体处境和心情；只注意一个人物代表一个方面，只把事件当作阐明问题的手段；而完全忽视了人物之间性格的冲突，舞台形象怎么能树立起来？

性格冲突包括了思想的冲突，但思想冲突不等于性格的冲突。

戏剧要回答现实斗争中所提出的问题，但不是直接去回答，而是通过特定环境中特定人物之间的特定关系，即通过活生生的形象去回答问题。

应当深入到火热的斗争中去，由情节及其发展和结局来体现主题。这样既可以避免就问题写问题，又可以避免就表面写表面了。

凡是较好的戏，除了内容较好之外，都是展开性格冲突的，都是在性格冲突中展开情节和体现主题的。因此，这类戏的主题比较集中，形象比较丰满，生活气息也比较浓郁。

要做到这一步，首先必须深入生活和参加斗争，只有在斗争中，你才能体会某种感情和心理，也才能领会某种感情心理变化的复杂过程。

只抓事件，而不从事件后面去找人物性格，事件就串不起来。在戏剧中，人物是主要因素，但有人不理解这一点，只知道在“人物”身上堆上很多事，事虽多而且有些还很生动，可是却一点也不动人。要写一个肯于助人，乐于助人的人物，如果你不掌握他的性格，不熟悉他的精神状态，即使你在他身上堆上许许多多的事迹，这些事迹却依然是无源之水，无本之木，“情节由性格而生，性格靠情节而显现”，而脱离了人物性格，只在他身上堆砌情节，堆事迹，把人物当作扮演情节的木偶，人物怎么会活起来？他自己连行动也不会，堆在他身上的事迹怎么能打动人心？

（4）正面人物不突出

在不少反映阶级斗争的作品中，大部分正面人物不鲜明突出，这是个大问题。我们的时代是英雄辈出的时代。经过十四年的革命和实践的影响和教育，新的道德品质已在人民群众中、在干部中普遍形成，今后，共产主义的新风格、新作风将会更广泛地成为社会的新风尚。可是在一些戏剧中，正面人物或英雄人物，常常只有一般的集团特征，却无鲜明的个性；有些正面人物，甚至眉目不清、性格模糊。产生这种现象的主要原因，是作者不理解正面人物，更不理解在斗争中的正面人物。这里有深入生活的问题，也有作者自己的思想感情问题，即世界观问题。

有不少的戏，反面人物却被写得惟妙惟肖，活灵活现，可是正面人物却被写得既生硬又抽象。比如写支部书记吧，就常常被写得无事可做，只有问题需要解决时才叫他出来，而且行动少，说话多，有的还把支书写成只会背诵条文或满口政治术语的人。但在现实生活中许许多多支部书记却不是这样，这些支部书记用极其生动的地方语言，把革命道理表达得既深刻，又风趣横生；既透彻，又通俗易懂。这其实不仅是语言问题，而且是思想感情问题，也是立场问题。我们怀着什么样的心情去写支部书记的呢？如果对党、对无产阶级事业、对那些以革命为己任、不避艰辛、常冒生命危险的共产党员怀着深厚的感情，我想无论如何，不会把支部书记写得那样枯燥无味，那样令人生畏，甚至在他身上连一点普通人的常情心绪也感觉不到，哪里还能使人感到亲切？

其实，所谓党的领导，就是严格按照毛主席、党中央的革命路线和方针政策办事，谁能贯彻这条路线和方针政策的，谁就体现了党的领导作用。支书固然能够，一个革命的生产队长，就不能贯彻吗？支部书记是一个人，当他坚持党的立场，贯彻党的方针政策时，他就代表党；否则，他只是代表他自己。一般说，共产党员应当是坚决贯彻党的路线政策的模范，过去无数事实也证明了这一点，当然也不能把事情看得那样绝对，过去陈独秀、张国焘、王明、高岗、饶漱石之流，不是在名义上也是“共产党员”吗？可是他们却是货真价实的共产党的叛徒，是党的路线的破坏者。所谓党的胜利，是党的路线、方针、政策的胜利，并不是某个党员的胜利。体现党的领导，主要表现在党的原则和精神在现实斗争中始终占主导地位，起主导作用，并依靠这些原则和精神使斗争从胜利走向胜利。

有人提出：“当问题发生时应让支部书记回避，否则就没有戏了。”我看不一定，如果以为支书在场，当面说几句话问题马上就解决，那是把事情看简单了。矛盾的发生，不是谁说几句话就能制止的。只要你写的确是性格的冲突，即使支书在场，至多只能改变冲突的方式，却不能阻止冲突的发生和发展。由于支书的威信可能延缓冲突的爆发，但却无法熄灭冲突的火苗，这一来，不是没有戏，而是冲突的形式变得更复杂，更曲折了。其实问题的中心是把支部书记神秘化了，仿佛在他面前一切矛盾都可以轻易解决，这是不可能的，在生活中也是不真实的。

（四）关于真实和典型问题

有人说：“典型不能搬上舞台，坏的典型使人生气，好的典型却没有戏。”经过仔细询问，原来他们所说的“典型”，是指社会上某种有代表性的人和事。

“搬”自然不行，但这类素材却是可用的。既然是生活中具有代表性的事物，就具有一定的典型意义；问题是，你如何把它创造成为艺术典型，即如何通过个别形态去反映这类事物的普遍特征（共性），并使之成为有鲜明个性的艺术形象。

“照搬”不好，也不可能。把坏的现象，加以集中概括，使人们知道其所以变坏的原因，把他们变坏的思想实质揭示出来，不是可以当作鉴戒，起教育作用吗？对于好的，也同样不能“照搬”，譬如写一个很好的党支书，就应当研究他为什么这样好，他的优秀的政治品质是怎么形成的，然后抓住他最突出、最动人的方面，加以典型化；一定会给人极大的鼓舞和最深的启发。

在现实生活中，绝大部分基层干部是很好的，他们的革命精神和一心为人民的高尚品质，值得文学很好地去表现。这样的人，可供我们塑造许许多多先进人物形象。这样的典型人物，一定会产生巨大的教育效果。

另外，也还有少数干部，作风上还存在不少问题，做了一些与党的方针政策背道而驰的事，使群众遭到一些损失。这虽然是少数，但在戏剧中加以揭露却是容许的，但要写得有教育意义，就必须掌握一定的分寸。有些戏在描写这种干部的不良作风时，竟越出人民内部矛盾的界限，把他们写得十分恶劣，为了证明他们的错误的严重后果，竟把受损害的群众写得非常悲惨，弄得人人流泪，满台哭声，这就混淆了两类矛盾，不仅不能起“团结人民”的积极作用，反而可能引起极坏的后果。

既然是人民内部的问题，就不应该把这类干部写得像敌人那样。他们大概还是想做好事，只是由于作风不好，把事办坏了。按照毛主席的规定，这是教育问题，不该叫群众去痛恨他，更不该叫群众和他结仇。如果是写一个政治品质极端恶劣的人，那当然是另外一回事；但也要挖掘其性格的根源，特别是阶级的根源，才会有积极意义。

“四清”过程、水旱灾等等，如果写得太严重，就会歪曲社会主义制度下的典型环境。把现实中的某些缺点和困难如实地搬上舞台，并不能算是真实地反映了生活。因为这样做，是反映不出生活的主流和本质的。既不能反映本质，又怎么称得上“真实”？

文学是反映生活的，但这只是手段，而不是目的。它的目的是改造生活，“推动人民群众走向团结和斗争，实行改造自己的环境”，不停地把社会推向前进。

因此不能说，生活中的一切现象都可按原样搬上舞台。我们应该按照革命现实主义和革命浪漫主义相结合的观点来取舍生活素材，绝不是为反映而反映，为写现象而写现象。事实上，凡经过作者的头脑提炼过的东西，就不可能不融入主观的观点和感情。那种所谓“客观地”“写真实”的论调，是别有用心的，是“暴露生活阴暗面”的借口。

对典型的理解也是这样。典型，一种是概括现实中普遍存在的事物；另一种是概括新生萌芽的、但现在还占少数的事物，但两者都必须有个共同点，都必须反映出社会主义社会的本质或规律性。

在艺术典型的范畴内，只要能正确反映出社会主义社会的本质和规律，又有积极教育意义的，正面人物固然是典型，在新事物、新思想冲击下的某些反面人物，也是典型。前者可以作为榜样，后者可以作为殷鉴。但在反映的分量上，两者不能一律看待，我们坚持以写正面人物和英雄人物为主，反面人物只是作为陪衬。

（五）思想感情问题

上述问题中，有一些是属于生活不足的问题，还有一些是属于思想感情的问题，也即是立场的问题。

例如把正面人物或英雄人物写得很生硬，很干枯，例如抓不住现实中阶级斗争在日常生活中的表现，抓不住具体矛盾，也不知怎样解决矛盾等等，都说明有些作者，在反映当前的现实生活的时候，还用民主主义的观点来观察生活和处理题材的。

延安文艺座谈会以来，在很长一段时间内，是以反帝反封建为主，那时候，民主主义的立场观点，还能发挥它的革命作用。但是在社会主义三大改造基本完成之后，政治思想仍停留在民主主义的阶段上，就远远不够了，虽然一九五七年有过一场政治战线上的社会主义革命，但并不是所有文艺作者都能深刻地领会那次革命的伟大意义。

对封建势力和官僚资产阶级，不少人曾痛切地领教过，有过切肤之痛；但是对于资产阶级的祸害，却还没有刻骨的仇恨；相反，资产阶级的生活方式和某些资产阶级的意识形态，对某些人来说，还有一定的诱惑的力量。这一来，资产阶级思想的毒害、资本主义制度的祸害，还理解得太浅，摸得不透，所以恨得也就不深。还有一些人不仅不痛恨资产阶级及其那一套，反而偷偷摸摸地留着它，舍不得它，而且还偷偷摸摸地欣赏它。

因而在观察事物、感受事物或概括生活的时候，就抓不住社会主义与资本主义之间的矛盾，抓不住无产阶级与资产阶级之间的矛盾；在这方面不敏感，常常让一些具有特征的人和事轻轻滑过，这样，自然就抓不住具体矛盾；更抓不住矛盾的阶级实质，自然也就不能从矛盾的阶级实质中去抓性格了。

由于这问题未解决，因此有些戏在描写地主时，竟像民主革命时期那样，只揭露封建剥削和压迫，而不会把它与资产阶级的复辟活动联系起来，也没有把地主的反扑作为资产阶级复辟活动的一翼来揭露。如果能如此，那么与地富的斗争，就不再是反封建性质，而是反击资产阶级的复辟活动，具有保卫社会主义制度的性质了。

还有一些作者主观上愿意为社会主义服务，也想以社会主义的精神教育人民，但是自己的作品却软弱无力，不仅不能武装人们的头脑，连一般激动人心的力量也没有。为什么？关键还是由于作者的思想感情还没有革命化，而停留在自己嘴边的革命词句，无论如何，也不能在形象创造时起熔炉的作用。

结果，我们的戏剧落后于形势。上层建筑所以至今还未能与基础相适应，其症结大概就在这里。

要创造社会主义文化，创造社会主义戏剧，其先决的条件，必须在思想感情上来一番真正的改造，必须把立足点从小资产阶级移到无产阶级方面来。

（一九六四年四月于洛阳）

《伤痕》是“眼泪文学”吗？

××同志：

首先得向你道歉！你离广州已一月余，可是我还没有回答你所提出的问题。现在又收到你的来信，催我一定要为《文汇报》写些短文，并警告我：“千万不能像十八年前那样，一去不返，把我们忘掉了。”这句话勾起了一种沉重的欠债心情，但同时也联想起我自己一大堆说不清的难处。过去的且不去说它，而现在又何尝不是整天忙忙碌碌，实则是空空洞洞的过日子呢？

我虽然不习惯闹哄哄的生活，可也得去接待一批又一批的青年客人。能交谈点实际写作问题的还好，可是大多数青年人尽提些无法捉摸的抽象问题，结果，不但时间浪费了，还弄得疲乏不堪。此外就是大批文艺青年的来信，除少数能从自己写作实践中提出一些具体困难和具体矛盾之外，绝大部分的来信者，都没有经过写作实践——即没有经过创造形象的实践，只从“决心以文学为社会主义事业服务”，或决心“实现我一向的愿望……”出发，抽象地提出一些茫无边际的问题。比如，“我应当怎样去搜集写作材料？”“怎样才能找到有教育意义的题材？”“小说怎么结构？”“情节怎么安排？”“情节怎么发展才合理？”“我怎么才能提高自己的写作水平？”等等，全是离开创作实践，抽象地提出来的问题，而且大部来信者都不约而同地要求“给予具体的，详细的解答”。这可把我难住了，世界上大概还没有能够具体详细地回答空泛抽象问题的人吧？面对这些热心肠的青年，我虽然想尽一份力量帮帮他们，可是对于这种不从实践提出问题的人，你又如何能帮助他的实践呢？这就像一个对前景怀着无限向往、只是坐着不动的人，他却老是向人提出要求：“这前景多么美好呀！我怎么总是到不了它的跟前？希望你指点指点吧！”或者说：“把你的秘诀告诉我吧，哪怕几行字也好！”这些青年小伙子既然还没有行动起来，还没有行动的起码经验，更没有（也不可能）把行动中的困难讲出来，叫别人怎么去指点呢？……正是由于这种种，再加上繁琐的编务，你看，我哪里还有什么多余的时间？因此，这半年来，我除了偶尔给朋友们写点短信之外，几乎没有写过什么文章了。你和其他一些同志所关心的那部阐述创作规律的《创作论》，已中断了快一年了。

你来我住所的那天，因时间太短，只粗略地接触了一下《伤痕》的内容，还来不及探讨由它所引起的创作问题。事实上，当我读《伤痕》时，也禁不住地流了眼泪。像这样的悲剧，在“四人帮”横行之时几乎随处都可以听到和见到，只是彼此的表现形态不同、过程不一样罢了。这说明万恶的“四人帮”曾坑害了多少忠良，破灭了多少家庭，拆散了多少爱侣和夫妻！从事件来看，可见它所含的社会意义之深之广了。

可是，有些同志不喜欢它，嫌它“不够真实”，“不够典型”，怀疑王晓华迟迟不理解自己母亲的合理性和真实性。这种见解虽出自好心，但却很难使人接受，王晓华的精神境界不高，是事实。作为一个典型形象，除了反映它现有的样子之外，还要反映它应有的样子。从这样的角度来要求，王晓华这个人物形象显然是不够的、有缺陷的。但却不能因此而否定了这篇短篇小说的现实意义。就王晓华的觉悟来说，也不能一概而论，因为人物所处的环境各不相同，促使人物思想发展的具体条件也不一样。因此，不能认为在一个时期内，在一种制度下的社会环境里，某种人（譬如被蒙蔽者）只有一种变化、发展的过程，而且要求各人变化的快慢都一样。这可能吗？即在现实生活中，在一个社会环境之内，某一类人的思想情绪和它们的变化和发展过程，也不可能都是一个样子。

另外还有一种异议，认为像《伤痕》这类使人伤心落泪的作品，只配称为“眼泪文学”。认为这类作品不仅缺少昂扬的战斗气魄，而且只会引人作徒然的悲伤或无望的浩叹，于是有人断然把这类作品划入无益于人民，无益于工农兵——非社会主义文学的圈圈里。

写到这里我才恍然大悟，初读你留下的信时，我一时不明白你为什么向我提出“写工农兵”以及“为工农兵服务”的问题，写到这里，《伤痕》和“为工农兵”之间的内在联系，忽然像一条光管在我脑际闪亮了。我不敢肯定你的本意是否如此，但我觉得这个问题倒是值得谈一谈。

为工农兵服务，就是为决定社会命运、占民族中最大多数的人们服务，为创造社会物质财富和精神财富、创造社会、创造世界的人们服务！这是共产主义者全部主张的出发点，是共产党确定路线、方针和政策的基础。谁背离了人民，谁背弃了人民的福利，或抛弃了为人民的理想而斗争，谁就背弃了革命，背弃了马克思主义和毛泽东思想。这是一条根本原则，不管在什么时候，都应当坚定不移。可以说，在这个时代，这是一条划分革命和反革命的分界线。

而“四人帮”乃是反动势力的代表，是人类社会中丑恶的化身。这十多年的事实已充分证明，他们是人民不共戴天的死敌，是破坏人民福利、践踏人权的罪魁祸首。从经济基础到上层建筑，从人民生活到社会风尚，无不遭到他们的严重破坏。

小说《伤痕》《醒来吧，弟弟！》及话剧《于无声处》等等所反映的，不正是“四人帮”罄竹难书的滔天罪行的点滴么？无情地揭露人民的死敌及其惨绝人寰的祸害，不正能激起人们火焰般的仇恨，进而激发出报仇雪恨的勇气和为民除害、防止重演此类悲剧的战斗决心吗？这样的作品（虽然还不够完美），不正是一个时期内广大人民所需要的吗？总之，不管人们列举多少理由，但谁能否定它们也是社会主义文艺百花中的几朵馥郁的小花呢？

当然，仅仅这些作品还不能满足新形势的需要。现在，我们首要的任务是把“四人帮”搅得坑坑洼洼、堆满秽物和垃圾的道路打扫干净——把他们所播散的种种反革命谬论和背弃客观规律的各种邪说彻底肃清，目的是砸碎他们的枷锁和镣铐，把被束缚的思想解放出来，使被禁锢的禁区敞开大门。只有这样，人们才能放开手脚、信心百倍地去夺取四个现代化的胜利。

在文艺创作上，我们不但要继续宣扬无产阶级的世界观和革命传统作风，而且还要扫除故步自封、因循守旧等不利于现代化建设，不适应新形势的种种陋习。在这一点上，和一九四二年延安文艺座谈会时期是大不一样了。那时我们所面向的，是拿锄头镰刀的农民，今后我们所面向的，则是驾驭着现代机械、使用复杂科学方法的农民，因而管理农业的方法和制度以及农民的生活方式等等，都同过去的那一套不同了。不仅农业如此，工业、商业也一样。随着四个现代化的发展和提高，社会的矛盾也就不再是过去那套了。生活面貌既然随着经济发展而发生变化，作品的题材也就自自然然地跟着发生变化了。可以说，为工农兵服务的方向，是坚定不移的，可是在反映生活的形态上及其表现形式上，都将有新的突破，新的发展了。

这是我的一点感想，说不上回答你的问题。对于新近出现的一些揭露“四人帮”罪恶的作品，我总是怀着喜悦的心情去看待它们，虽则它们还带着一些稚气，但我不愿过多地指责它们：因为我通过这些作品深深感到作者内心激荡着对革命者热烈的爱和对敌人刻骨的恨，而这种爱和恨又是从斗争中产生，而且还饱和着生活的血肉。仅仅这一层就值得十分珍惜，更何况这些青年还努力试图通过艺术形象来体现这种爱憎呢？我甚至想说：凡在严峻的斗争经历中认清了斗争的实质，同时又饱和着生活的血肉和强烈的爱憎——这就是伟大作品的基础。因此对于这些从严峻斗争中所涌现出来的作品，只能给予热情的辅助，决不应冷漠地加以指责。对于这类年轻的业余作者，更需要的，是在肯定成绩的基础上积极地诚恳地向他们提出改进的建议，而作者也不要满足于既得的初步成就，应当更加虚心的听取意见，集思广益，不断加工，精益求精，以达到思想性和艺术性的高度统一。这正是我对《伤痕》等作品的基本态度，也是我对这类作品的基本观点……

冬至将临，可这里依然万紫千红，阳光灿烂，仿佛严冬把岭南忘记了。……

一九七八年十二月于羊城

能纳入批判现实主义吗?

不能笼统地把揭露社会阴暗面的作品，都划入批判现实主义的范围，实际上，革命现实主义也包含着对社会进行批判和揭露的任务。目前，有些人把一些揭露“四人帮”罪恶的作品，称之为“眼泪文学”、“伤感文学”、“伤痕文学”或“暴露文学”，并把这类作品的表现方法，通通列入批判现实主义的范围，这种说法其实是不恰当的。

过去，在外国和在中国，都曾出现过不少杰出的文学巨著，这些作品对于揭露当时社会丑恶，批判腐朽社会制度，都给人们打开了眼界，引起了人们的思考，进而导致人们对旧制度产生了怀疑和不满。这些作者对当时的社会现实都很不满，对当时统治阶级中某些反动集团以及他们的某些做法和旧的制度也是极其不满的。而这些揭露与批判，从最根本的利益来说，与当时广大人民群众又是一致的。正因为如此，所以揭露这些丑恶现象，发泄这种积愤，能引起广泛的共鸣，能激起群众共同的愤懑。不管这些作者所处的社会地位如何，也不管他们所抱的是什么观点，是人道主义还是人文主义，是空想主义还是民主主义……但当他们揭露这些社会丑恶时，实际上，他们与当时的反动统治者是处于对立的地位，而与广大人民则自觉或不自觉地站在一个立场上。

巴尔扎克、托尔斯泰、果戈理、福楼拜、曹雪芹等，都是属于这一范畴内的伟大作家，也即是所谓批判现实主义作家。他们只是把腐朽制度的脓疮剥给人们看：“你看，它腐烂成什么样子！”但他们不能给人们指出一条该走的道路。其实，这是不可能的，因为那时候马克思主义还没有诞生，历史长河中下一站是什么——是一种什么性质的社会制度，大家都还不很清楚。因此，批判现实主义的大师们，只能通过某一社会侧面或某一历史横断面，愤怒地把旧世界既糜烂又腐臭的肌体撕开来让大家看，让人们看清这个腐朽社会的本质，以引起思考，引起变革的激情和愿望。由于时代的局限，批判现实主义作家们只能做到这一步，只能把着重点放在“破”字上，“立”的意向虽然不能说完全没有，但毕竟不可能很明确。

而现在不同了，历史已进入社会主义壮大发展的时代，我们国家的命运（连同人民的命运）已由人民自己来掌握。作家与人民处于同命运、共苦乐的同等地位上，都是社会主义祖国的主人。当这些作家进入创作过程，特别是当他们触及社会阴暗面时，不可能不与社会主义的利益联系起来思考。正是从这个根本利益出发，他们才产生了强烈的爱憎，凡是符合社会主义利益并有助于实现先进政治主张的，一律被视为最美好、最光明的事物，并由此而产生了一些英雄赞歌和时代史诗；相反，一切与社会主义背道而驰或有损于广大人民利益的，都被视为最腐朽、最丑恶的现象，并因此而产生了暴露性的文学作品。这些出现在他们眼前的阴暗面，正是他们心目中阻拦新生事物成长的拦路虎或是妨碍美好理想变成现实的绊脚石。我们的作家由于为推动革命事物前进的责任心所驱使，才怀着愤怒的激情去揭露并批判这些阻碍革命事物发展的障碍。十分清楚，一个作家决不应抱着绝望的伤感心情去描写悲剧，而应该是怀着维护社会主义的义愤去揭露腐朽势力及其思想的，他们正是为实现美好的理想，才去撕碎那些破坏者的嘴脸，正是为顺利地推动社会主义向前发展，才狠狠地去铲除前进道路上的障碍。这说明我们今天揭露社会阴暗面时，与过去的批判现实主义作家是不同的，首先两者所代表的思想体系以及为之奋斗的政治理想都是不同的。

批判现实主义大师们所暴露的，是人民所敌对的反动统治势力，而现在我们所批判的，却是那些与国家的主人——广大人民对立的反动阶级的残余势力及其思想影响。前者的罪恶产生于反动势力及其统治制度内部，而后者的矛盾虽发生于社会主义社会之内，但其根源却是来自反动势力的破坏及其腐朽的意识形态的干扰和影响。因此，革命作家对社会上某些阴暗面或不正常现象批判得越深刻，是非界限就越分明，对推动社会主义事物的发展就越有利。当然，歌颂社会主义新人物、新事物和新风气，塑造社会主义新人的作品，其鼓舞推动的作用，可能更大一点。这是我们应当提倡的，丝毫也不宜忽视。

可是，现在却有人怀疑这类揭露性作品的现实意义。好像一反映这类题材，就会直接妨害四个现代化建设似的。诚然，我们为了四化建设的顺利进展，首先需要大力调整各种关系、步调和比例，也包含着调整与现代化不相适应的生产关系，管理方法、活动方式和领导作风等等，这是十分重要而又十分迫切的。可是，如果在“四人帮”时期制造悲剧的某些“打手”依然存在；如果阻止政策落实的某些实力人物依然权力在握，如果某些目无党纪国法、满身不正之风，又巧于利用合法手段、上下其手、惯于给人扣帽子、穿小鞋的人物和作风依然存在……谁能消除内心余悸，胸怀坦荡地把全身心投到四个现代化的事业中去呢！

也许还有人存有疑问：揭露社会阴暗面到底能导致什么积极效果呢？所谓“效果”，先不要看得那样直接。作品的社会效果，不是立竿见影，而是通过各种渠道，各种方式或各种过程，甚至经过潜移默化而逐渐起作用的。有些作品是通过反面人物自己的罪恶活动，逐步暴露出他的卑劣品质和阴谋诡计的。这类作品使其同类见到覆辙，让类似者受到警告，使善良人引起提防和警惕。有些作品，事件发生在黑暗势力占优势的特定环境里，革命者遭到迫害时，为坚持真理而宁死不屈。一方面展现出一个光照日月、坚贞不屈的革命者的形象，令人钦佩！一方面由于特定环境的恶劣，英雄不得不壮烈地倒在血泊里，而留在读者心头的，是悲愤，是仇恨！经过一定的时日，它将爆发成为复仇的烈火！有些作品，受社会败类迫害的，却是一些手无寸铁的人民群众。虽然他们满腔义愤，但无力做有效的反抗，结果，死的死，散的散，给人留下一种十分悲伤的情绪。但读者也从这片惨状中认清了制造这惨剧的社会根源——反动势力的无法无天，从而埋下了仇恨的种子。还有些作品，让这些败类表演得差不多，而环境条件又已经成熟时，也可以忽然剥开他们的真面目，狠狠地给他们惩罚一顿，以扫尽他们的威风，使人民群众欢欣鼓舞。

这只是临时想到的几点。生活丰富多彩，揭露阴暗面的结局，当然也是多种多样。哪一种才真实又合理呢？要取决于人物与性格、人物性格与特定环境之间逻辑的关系……

一九七九年六月二十二日圭峰山下

现实主义的胜利

一

从前题材有很多禁区，现在一个个的冲破了，开始走向多样化。由于缺乏经验，创作上有某些不足的地方，那是难免的。我们十多年不敢写悲剧，也不敢写爱情了，现在大胆地写了，读者也很欢迎，可是却遭到某些人的指责。这种现象，我以为是不正常的。

还有人提意见，说："为什么总让那些小人物当主角，这与资产阶级的文艺有什么区别？"我不知道资产阶级有哪些文艺作品是写小人物的，资产阶级根本看不起劳动人民，怎么会去反映他们呢？在批判现实主义作家的笔下曾描写过一些小人物，像契诃夫等，但这不能算是资产阶级的文艺。我们的文艺，当然应该写各种各样的人物，不能再像"四人帮"那样，只准写"高、大、全"的英雄人物，不准写普通群众，不准写老百姓。这个意见其实是一种成见，一种责难，是对新生事物看不惯的一种表现。

揭批"四人帮"的作品，不可避免地要出现一些悲剧，那是因为"四人帮"无法无天，作恶太甚，惨无人道，制造了不少的悲剧。我们今天要反映那一段的生活斗争，当然会出现很悲惨、令人伤心落泪的悲剧。没想到，这引起了一些人的非议和责难，说这是什么"眼泪文学"、"伤感文学"、"问题文学"、"暴露文学"和批判现实主义等等，扣了一大堆帽子。我以为这种种责难都是不公平的。

什么叫批判现实主义？从前，在资本主义社会里，有一些比较进步的，有点民主思想的作家，如巴尔扎克、托尔斯泰等，看到了统治阶级的腐朽，看到了社会上种种不平现象，产生了不满，于是就去揭露它，批判它。但是，那个时候马克思主义还没有诞生，社会主义的任务也没有提出来，他们虽然对那个社会不满意，但不知要向什么社会去奋斗，对前途不明确，只能朦朦胧胧地去反对那个社会。因此，他们把社会的丑恶本质揭露出来之后，任务就完成了。人民看到了社会的丑恶本质，对旧社会很不满，对统治阶级产生了怀疑和憎恨。恩格斯说过，当时的小说不用指出社会发展前途，能够使人对统治阶级发生怀疑，就达到了目的。所以说，批判现实主义就是只破不立，或只破少立，用今天的话说，就是前进的目标不明确，因为要向什么样的社会发展，当时还是不明确的。

我们现在揭批“四人帮”，不能叫做批判现实主义，因为我们明明是为了建设社会主义，向四个现代化前进的，无处不是朝着这个目标去奋斗的。我们破坏旧的，是为了建立新的生活，而把过去的东西打扫干净，正是为了前进。批判现实主义的立场与我们也完全不同，他们是在野派，与当权派有矛盾，我们是站在社会主义立场，与人民一道是国家的主人。

为什么有些评论者对揭批“四人帮”罪恶的一些作品加以指责呢？写“四人帮”造成的悲剧难道就没有革命的激情，只能引起消沉吗？有人这样讲：“现在有些文艺不是向前看的，一味揭露，与资产阶级的文艺没有什么区别。”还有人说：“要真实地反映社会的本质，要引导人们向前看，光揭露不行，要展现前途。”好像揭露与向前看是互相对立的。

一个革命的作家，总是有他的政治理想，为他的理想去奋斗，带着这个理想去判断生活和反映生活的。没有革命理想，不可能成为革命的作家，成为革命现实主义的作家。当然，作家的理想应该与广大人民的愿望和利益是一致的。他就是带着这种革命理想去观察生活，分析生活，概括生活和表现生活，而不是看见什么就反映什么。如果是写悲剧，也不应为写悲剧而写悲剧，他绝不应忘记他的政治目标。这就是毛泽东同志提出的“两结合”的创作方法，现实生活是基础，革命理想是主导；这也就是向前看。你有这个革命理想，就不会老是留恋过去，不会满足现状、停滞不前。中央提出安定团结、一切向前看，就是要求人们为了前面的政治目标和革命理想，为了实现四个现代化，不要总是纠缠在过去的派系的旧账上，这并不是说凡是揭露“四人帮”罪恶的作品都是向后看。“四人帮”把我们的国家推到崩溃的边缘，他们为什么能这样胡作非为？我们把他们罪恶的结果，把他们所制造的悲剧写出来，让广大人民了解悲剧的社会根源和历史根源，从中取得一些教训，使今后能加以警惕，避免悲剧重现，这难道不是为了未来吗？向前看，就是要怀着远大的理想，去发现问题，研究问题，解决问题，出发点就是使我们美好的理想能早日实现。问题解决得越快，理想的实现越早。只要我们写作前本着这样的观点去选择研究题材，哪里会产生向前看抑或向后看的问题呢？

有人要求作品要展现前途，但要引导读者走向光明大道，是不是一定要搞一条光明尾巴呢？我看不一定。这要看发生斗争时的具体条件，以及什么样的典型环境来决定。一九二七年广州起义时，我们占领了城市，但周围都是反动势力，两三天就不能不撤出广州。你能在这极恶劣的环境条件下硬加上一条胜利的尾巴吗？要是免强加上，也是没有说服力的。

把读者引向光明，可能有各种渠道和各种方式。有些作品是把一条大路打开，让你向前走，让你平平稳稳、顺顺当当地走向革命道路。如过去引导你到延安去参加革命，虽然有点风险，基本上还是平平稳稳的。还有一些作品，只揭示出一条道路，引导你去参加斗争、参加血战。许多极其有价值，起了很大作用的中外小说多是属于这一类。它们引导你去仇恨那些腐朽势力，激发你起来斗争。如鲁迅的《祝福》，祥林嫂是中国一个普通、善良的劳动妇女，最后葬身于封建礼教下，成了悲剧。是谁使她成为悲剧的呢？是中国的封建社会。这就引起我们对这个社会产生了憎恨，产生了要摧毁这个社会制度的义愤。《白毛女》也是起这种作用的。白毛女受到一种摧残、压迫，引起人们的同情，激起人们对地主的仇恨。当年《白毛女》在解放区演出时，有一个战士看了怒火满腔，竟情不自禁地拔出枪来，把台上的黄世仁当作真的地主打死了。这种戏艺术效果很强烈，对土地改革起了极其巨大的作用。

革命文学不是让你去吃现成饭，或者引导你走进象牙之塔，而是引导你去革命，去战斗，去争取人民的自由和幸福，甚至要经过风险，经过流血的。

革命文学的作用是多种多样的，有一些是作为榜样的，如马特洛索夫、董存瑞等一类英雄；有一种是给人精神上、情操上以巨大的鼓舞；也有一种是激发你的某种精神，引导你去仇恨旧的、落后的、丑恶的东西，去参加战斗，去争取光明的未来。

生活是多种多样的，环境也是各不相同的，文艺作品不可能是同样的过程和同样的结果。揭露敌人的罪恶，其结局也不能是同样的。有一种是揭露他的阴谋诡计，撕破他的丑恶嘴脸，让大家认清他的真面目。中外古今许多名著都属这一类。另一种是，在可能的环境下狠狠地惩罚他一顿。这当然使读者感到痛快，但必须在一定环境条件下才可能，并不是在任何环境下都可能，也不是任何人物都能这样处理的。在另一种情况下，只有把悲惨的结果显露出来，以激起读者的悲痛和仇恨，暗示人们要消除这种罪恶的根源，就要奋起革命。

二

……有些揭露“四人帮”罪恶的作品，由于写到一些受害者可怕的遭遇和悲惨的命运，曾激起广大读者巨大的同情与义愤，这是作者面对现实的结果，是现实主义的胜利；但也引起某些评论者的反感和不满，认为这样的作品会使人感伤和消沉。尤其是对小说《我应该怎么办？》，他们发出更多脱离作品实际的指责，除指责它不真实，不典型之外，还死死抓住薛子君一句撕裂人心的呼喊：“天哪，我应该怎么办？”大做文章。有人竟把这句呼喊看成是作者别有用心地向社会主义社会提出一个难题，认为这个难题——即一个妻子两个丈夫的难题，社会主义制度是无法解决的。于是有人提出意见：“小说提出的‘怎么办’的问题，是社会主义、共产党无法解决的矛盾，这不是证明了我们的社会主义制度落后了吗？”我要反问，评论者所引用的《上海屋檐下》《春桃》和《收获》中两个丈夫一个妻子的问题的“解决”，难道是他们所生活的社会制度所促成的吗？如果不是，怎么能“证明我们的社会主义制度落后了”呢？

还有一种意见：“在社会主义国家里，不应该提出这样的问题，这不是等于说，粉碎了‘四人帮’以后，由‘四人帮’造成的社会上的伤痕可以医治，而由‘四人帮’造成的家庭、婚姻的伤痕，永远不能医治，这能给人什么希望呢？”

我们也可以向这些同志反问：“社会”是什么？它难道是抽象的吗？离

开人、离开人与人的关系和活动，离开家庭与个人遭遇，还有什么社会生活呢？《我应该怎么办？》这类悲剧的确是很难解决的，但究竟是谁造成这样的悲剧？是谁破坏了他们的爱情呢？是谁使得薛子君有了两个丈夫呢？是“四人帮”及其一伙！这篇小说把仇恨引到“四人帮”一伙的头上，以激起一种要扑灭“四人帮”一伙的战斗激情。这种不可挽回的损失，正是引起人们去战斗的动力。这正是作者的意图和要达到的目的。人们也就从斗争中产生了希望，寄希望于战斗。

是不是先进的社会制度，什么具体问题都能解决呢？大概不能这样回答吧！在现实生活中，我们不少的革命家、艺术家、科学家、先进工作者和许许多多善良的群众，都受到“四人帮”的迫害，有些被折磨至死，有些被逼成神经病，终身残废。对于这些人，谁能够使他们起死回生呢？人死了当然不能再活，得了严重的伤残症，要恢复正常状态也不可能。由于我们社会出现了这种不幸现象，就能说我们的社会制度落后吗？不。这只能说明我们的社会法制还有不完善的地方，还有藏垢纳污的空隙，还需要逐步完善它。世界上大概找不出一种先进的能够避免产生悲剧的和使人起死回生的社会制度。如果损伤或死亡能够挽救（或解决），就不成为悲剧了。因此我们不能不承认社会有悲剧。这些悲剧里面有些是属于敌我矛盾，有些则是属于人民内部矛盾。如官僚主义、帮派势力、主观主义等等都可能造成悲剧的，有些人受到委屈，一下子想不通，就走上绝路，这能挽回吗？无疑这是悲剧。但写这种悲剧不能像写敌人造成的悲剧那样，它是内部的错伤；应该严厉批评，但批评它要有分寸，目的是希望同类的人吸取教训，改正错误，使这类悲剧不再重演。这种现象在社会主义制度下既不是本质，也不是主流，虽然只作为偶然现象来反映，但它却仍然是悲剧。那种以为在社会主义社会里不应当反映“这类无法解决的问题”的说法，是极其荒谬的，错误的。社会主义制度的优越性并不是保证每一个人不发生不幸，也不保证每一个人不发生悲剧。社会主义的优越性表现于，大家万众一心，为整个集体积极地创造福利，并齐心合力来维护这个福利（包括个人福利在内）。因此，在政治上、工作上人人平等，没有剥削，没有压迫。这种情况，在资本主义社会或保持着封建贵族制度的国度里是没有的。社会主义制度比它们优越得多。在这个社会里所发生的悲剧，不管是来自人民内部，还是来自敌人，其根源都是来自腐朽阶级或其流毒。毛泽东同志曾讲过，我们暴露的对象是敌人，或者是敌人留下的残余势力及其残余思想。我们队伍中某些不良作风，譬如官僚主义，就是腐朽阶级所遗留下来的，而不是我们无产阶级所固有的东西。我们要写这些东西，就要写出它的根源，只有把人物性格的社会基础揭示出来，作品才有思想力量。

有人提出："作品的问号可以不必在作品中解答，但读者看了以后要自己回答出来。但《我应该怎么办？》提出的问题，读者却没法回答。"

在文学作品中，解决问题不能像自然科学那样具体，例如在医学上，我患了某种病，你必须给我开个药方，病如果是酸性的，你来个碱性的中和剂，大概就能解决问题。而小说却不能这样，不要你一个一个地去解决具体矛盾，也不需要你去回答每个难题。有些作品，只通过个人悲惨遭遇的描绘反映出一种社会矛盾，揭露出悲惨遭遇的社会根源，向读者暗示斗争的大方向。比如《白毛女》《祝福》等等都是这样。有些作品只能引起你去思考，去反省。如《阿Q正传》，当时中国相当普遍地存在着这种精神胜利法，事实上本来已经上了当，吃了亏，可是还用自己哄骗自己的方法来自我安慰或自我麻痹。在被压迫的国家和民族中，这种精神胜利法只会削弱对敌人的抵抗。鲁迅刻画这个性格之后，引起大家的深思，引起了人们的警惕。塞万提斯的《唐·吉诃德》中所描写的那种主观主义，也引起人们的深思与警惕。欧洲还有不少这类作品，如《哈姆雷特》《欧也妮·葛朗台》等，就曾引起人们去思考，给人们很大启发，也曾经给人们作为借鉴。这些作品都不一定是给人们具体解决问题的。

"怎么办"这实际上是个题目，完全可以换成另一些题目，如"我们有什么罪"，或"谁之过"等等。但有人却把这种呼喊看成是问题，有同志提出："《上海屋檐下》《春桃》《收获》都是写一妇两夫的，但都没有提出怎么办的问题。它们最后都解决了问题。《我应该怎么办？》却提出了'怎么办'这个不能解决的问题，在我们社会主义国家里不应该提出这个问题，更不能提倡这样的作品。"把一个感叹词当一个问题来追究，实在使人难以理解。这篇作品的结局就是一场悲剧，只要作品揭示了这场悲剧产生的根源，就完成了作品的任务。题目不一定是问题的实质，有些作品的题目不仅很浮泛，而且还很含蓄的，绝不应当把题目当作问题来追究。有个读者写道："我们都认为《我应该怎么办？》是一篇好作品，许多干部、战士看了以后，主要不是议论'薛子君怎么办？'而是思索'薛子君怎么会有两个丈夫'？"有一个读者来信说："作品是没有具体地回答薛子君的个人关系如何解决，那不是作品要回答的问题，它要回答更重大更深刻的问题：为了不使子君式的历史悲剧重演，我们应该记取沉痛的历史教训，要彻底铲除'四人帮'滋生的土壤。"这是一针见血的意见，比那些老在"怎么办"上兜圈子的人高明得多。

在现实生活中，人物在特定的环境下，必然产生一种特定性格，这就是恩格斯所说过的，"典型环境中的典型人物"。至于所谓"典型事件"的说法，在马克思主义艺术论中却是没有听说过的。

据说有人怀疑陈国凯的《我应该怎么办？》是抄袭天安门大字报的。我曾听说作者是听说过这类事情的。其实，这种现象广州也有。把听说来的某些情节酝酿缀合成为小说，能不能叫做抄袭呢？不能。十九世纪果戈理写过两部很著名的小说——《死魂灵》和《外套》，其事件轮廓都是普希金讲给他的。但是他自己如果不是非常熟悉那种生活和那些人物，是写不出来的。果戈理如果不熟悉地主的生活，他绝写不出《死魂灵》；他不了解俄罗斯下级文官的寒碜生活以及他们的性格，绝写不出《外套》。法捷耶夫的《青年近卫军》，也是依靠听来的事迹经过想象、联想、概括、缀合而成。在战时，他就听说克拉斯诺顿地区有一批青年人在敌后英勇抗战的事迹，战后他曾到那里采访，找资料，最后写出了这部小说。但他自己说，如果他没有在矿山生活过若干年，不熟悉矿工和矿山的生活；如果他没有在远东打过游击，不熟悉游击队员和战争生活，则无论如何写不出《青年近卫军》的。全国有好几篇类似《我应该怎么办？》的作品，但陈国凯同志却写得比较真实，是什么道理呢？据他自己说，他对亦民、子君这类人物比较熟悉；在他的朋友中，具有这类性格的人有好几个。如果他不熟悉这类人物，只凭听来的情节，无论如何是写不出这篇小说的。因此，采纳听来的某些事件作为作品的线索，与抄袭行为不能混为一谈。

有人说："在林彪、'四人帮'制造的许多婚姻、家庭悲剧里，到底有多少女人出现两个丈夫的情况呢？因此这是个别、奇特的现象，并不等于典型的事件，因为它在现实中不带普遍性。"

那么，像《我应该怎么办？》的悲剧，是不是个别的、奇特的现象呢？据天津市中级人民法院民庭申诉组一位同志来信说：“我们对林彪、‘四人帮’造成的冤假错案体会较深。我们亲手处理过无数像李丽文、刘亦民那样的好同志，现在又受理了好多像薛子君那样的不知道应该怎么办的婚姻案件。件件案件都使我们想起《我应该怎么办？》。我们有一位女同志在受理一件类似薛子君的境遇的案件时，眼泪夺眶而出，心里十分难过。这篇小说使许多同志浮想联翩，我们说这就是小说的真实性所在。”类似子君、李丽文和亦民这样的遭遇，我们还可以举出很多例子：山东、四川、江西、辽宁和海南岛等地的读者都给我们提供了许多类似的事实，这些事实有力地驳斥了妄图否定小说主题的普遍意义的那些人。另外还有一种意见，就是所谓“偶然的情节”，他们说：“《我应该怎么办？》所借以建立的故事基础，都是一些个别的偶然的现象。作者挖空心思，设计了许多纯粹是偶然的情节，这些情节远远地超过一般的文艺作品为了故事的衔接、过渡的需要。请你想一想吧，如果子君和李丽文不是长期分居两地，鞭长莫及；子君家里不是只有一个老处女的姑妈；扑在铁轨上自杀的丽文没有给工人发现；救子君的人不是老同学；街坊组长既不面容和善，更不是亦民的姨妈；亦民也不是失恋的单身汉，并没有独用的房子……显然，这根特制的链条，哪怕有一个环节断裂了，小说的结局就完全变了，子君就不会在粉碎‘四人帮’后，大多数人都在笑逐颜开庆胜利的时候，独自发出绝望的呼喊‘天哪，我应该怎么办？”因而，这位评论者断定这篇小说是不典型，不真实的。

如果能像这个评论者这样任意设想，大概任何一篇小说都可以被推翻，被抹杀，因为许多作品都是借助偶然的事件来表现必然的规律的。白毛女，假使她家里有钱，不欠地主的债，父亲不被地主逼死，自己不被黄世仁奸污，她就不会逃上山了，以后一系列的情节也就不会发生，《白毛女》这个作品压根儿就不会出现。然而，创作是依据大量的现实生活作基础，加以集中、概括、缀合而成的。事件只要符合典型环境中的条件，符合人物的性格，就是真实可信的，也是合乎创作规律的。历史真实就不一样，它的依据是要实有其事。小说则不一定，只要合理，只要揭示出事物发展的质的必然性，只要典型环境是真实的，环境里存在着这样的性格，这个性格所造成的事件是可以创造的。

很多作品的事件是很离奇的，而不是带普遍性的。如《十五贯》，难道是很普遍的、到处都有的事吗？它是偶然的事件，但它很典型，反映了典型环境中的典型人物。果戈理的《死魂灵》，写专买死农奴名单的，是十分奇特，十分个别的现象，但是通过这种奇特的现象却把俄国地主各种典型性格充分地表现出来了。环境、性格一定要典型，但事件却可以非常特殊，也就是生活描写、人与人关系的描写，必须在情理之中，而情节的发生、发展和结局，却在意料之外的意思。如果看了头就知道尾，固然杜绝了偶然性，但这样的作品谁愿意看下去？

一九七九年十月三十日

关于“问题小说”

焜炳同学：

你的论文《论“问题小说”》我已仔细读过。你在论文中着重分析了近年来出现的所谓“问题小说”，指出了它们偏于理性思考，忽视了文学形象的刻意创造，削弱了文学的审美功能，背离了文学创作的规律，导致了概念化、公式化的创作倾向。我认为，这确是抓住了当前某些创作中存在的一个值得注意的问题。在基本论点上，我很赞同你的看法。但同时，我又发现你论文中存在着不少论点模糊、提法不准确，以至于错误的地方。下面，我说说我一些粗浅的意见。

说起来，从很久以前就已存在着庸俗社会学和概念化、公式化的倾向，此后一直没有得到根治，而且有时甚至盛行起来。新中国成立以来，在“本质论”和其他错误理论影响下，概念化、公式化的创作倾向存在过。我们在五十年代就曾批评过“从概念出发”，“从本质规律出发”，“以一般反映一般”，“把规律当作作品的主要内容来表现”，“用简单事件去图解规律”，“把原来丰富多彩、变化万端的生活现象，简单地纳入几个经过抽象的、高度概括的规律或公式之中”，“把个性化的形象只看作是作家表达概念、规律或范畴的一种手段或一种方式”等等，便是针对这种倾向而发的。由于种种原因，这种倾向并未受到有效的制止。十年浩劫中，“四人帮”搞的那一套“主题先行”、“从路线出发”、“三突出”等等模式，更使概念化、公式化泛滥成灾，几乎葬送了我们整个文艺。粉碎“四人帮”几年来，在文艺空前繁荣的同时，出现了新的概念化、公式化倾向。这其中，尤以“问题小说”（以及类似的电影、戏剧）最值得注意。因为比起那些离奇古怪、实则空洞无物，因而令人难以理解的形式主义作品来，它毕竟在作品中提出了广大人民群众所关心的一些问题，因而得以传诵一时，甚至获得迅速而又强烈的社会反响。这很容易被误解为艺术上的成功，而把它实际上艺术质量不高、背离艺术规律、艺术生命短暂等弊病掩盖起来，而这又势必妨碍我们的文学创作在艺术正路上进一步繁荣发展。事实上，读者对“问题小说”的兴趣已大大低落了，而一向对写“社会问题”感兴趣的中青年作家，也开始感到“愈写愈吃力”，路子“愈走愈窄”，被“下一步踏向何处？”的问题所困扰（见冯骥才：《下一步踏向何处？》，载《人民文学》1981年第3期）。作为文艺评论工作者，有责任与作家一起讨论、探讨“问题小说”症结所在，找出继续前进的正确道路。

我们可以看到，这些小说的作者多是青年人，生活底子还不能说十分丰厚，特别是对人物的熟悉程度还较差，对创作规律的掌握和运用还有一个不断实践的过程。他们只是对某些社会问题有了发现或经过深入的思考，出于代人民发言的责任感，顾不得没有或只有模糊的人物印象，便急忙地要在作品中将这些紧迫的社会问题提出来，以期引起疗救的注意，为思想解放鸣锣开道，为社会改革摇旗呐喊。正因为如此，他们写作时便从这些问题出发，并自始至终着眼于这些问题，以问题为中心、为重点，然后设计人物，编造情节来演绎这些问题。表面看来，小说也写人物和情节，可是这都被摆在次要的从属地位，用一向流行的说法，是“为了说明某个问题”“为集中鲜明地表现主题思想服务”。这一来，只能歪曲或割裂现实，损害和牺牲现实生活和人物性格的本来面貌，使之削足适履地以适应图解问题的需要。结果，所谓形象只是概念或原则的图解，人物只是说明问题的工具，情节只是证明主题的例证。在不少的“问题小说”中，我们可以看到，主人公往往一方是官僚主义者，一方是官僚主义的受害者或反对者；一方是特殊化作风，一方是反特殊化作风；一方思想解放，一方思想僵化……诸如此类。通过双方的矛盾冲突，表现了社会问题。人物性格只有表现问题的一面，只是作为一定社会力量的代表或某种社会类型（如阶级的、阶层的、职业的、职位的，甚至只是某某种政治观点的）标本的平面化、脸谱化、抽象化的模式人物，既没有自己的个性、脾气，也没有自己的独立思想和生命，只说些作者要他说的话，做些作者要他做的事，简言之，他只是作者的提线木偶。他的一言一行，一切思想活动，都是围绕着某一社会问题兜圈子，不说一句“题外”的话，也不干一件“多余”的事。这样固然很能“说明问题”，中心思想也十分集中，可就是缺少了生活气息，缺少了人情味。至于丰富多彩、千姿百态的社会生活却不见了，个性鲜明、血肉丰满、栩栩如生、多种多样的人物性格，以及矛盾曲折，千变万化的事件也看不到了。随处可见的倒是作者的斧凿之痕，于是艺术真实被破坏了，真切感人的艺术魅力也随之丧失了。在作品中，抽象思想比形象突出，抽象的“问题”比人物突出，作为“人学”的多姿多彩的文学沦为抽象的“问题学”，混淆了文学与社会科学的界限，使文学成了概念化、公式化的变种。至于作品中所表达的问题和观念，由于过于集中、单一和过于浮浅露骨，使人看起来感到非常贫乏，一眼见底，一览无余；既不耐多读，也无从品味，作品也就注定只能昙花一现了。当然，上面所谈的只是一些典型的情况，它在不同作品中所表现的程度自然不可能是一个样子。但问题的性质却是一样的。冯骥才同志在我上面提到的那篇文章中颇有体会地说：“关键是创作路子存在一些问题——主要是前一段我们比较偏重于写‘社会问题’。尤其是在短篇小说里，常常把‘社会问题’作为中心，难免就把人物作为分解和设置这些问题中各种抽象的互相矛盾因素的化身。作者的着眼点，经常是在各种矛盾冲突之后（即在小说的结尾部分），发表总结式或答案式的议论。即使这些议论颇有见地，但小说缺乏形象性，构思容易出现模式化和雷同化，并潜藏一种新的概念化倾向。”这意见由一向对写“社会问题”感兴趣的作家自己总结出来，显得特别中肯。

由于“问题小说”缺乏形象性，其中的爱憎感情也就显得单薄了。因为情感是具体的，不似观念那样抽象。它往往是由于具体的生活现象，具体的人物和事件所激发，并寄托在具体的生活现象、具体的人物和事件上面的。作品中的人物，一方面固然来源于生活，但同时同样必须又经过作家灌注自己爱憎的感情。只有经过作家的血泪的孕育，形象才能活起来，才可能感染和打动读者。“问题小说”往往偏重对社会问题的理性思考，把人物和事件只充当传达问题的工具。这样，从作者方面来说，便无从寄托和抒发自己的情感；从读者方面来看，也无法体验到作者的感受，既然无法受到情感上的感染，小说的艺术魅力更无从谈起了。

真正以形象反映社会生活的文学作品，真正称为“人学”的文学作品，是以人为描写对象，以表现人为中心的。谁都知道，人是社会的主体，所谓社会关系，就是人与人之间的关系。所谓形象，在叙事文学里，就是人物形象。“性格就是理想艺术表现的真正中心”（黑格尔）。作为“人学”的文学创作，要求作家深入生活，熟悉生活，尤其是把了解人熟悉人的工作，放在“第一位的工作”（毛泽东），从而备有丰富深厚的生活库存，特别是人物的积累。创作时要运用形象思维，从具体个别的现实的人出发，并将作家的全部激情灌注在人物心灵上。要牢记，自始至终着眼于写人，写人的各种社会生活，各种社会关系，矛盾冲突，写人的遭遇和命运，写“人的全部复杂的真实”（高尔基），特别应着力探索人物的内心世界，刻意塑造人物的性格和灵魂，表现和讴歌人格美、人情美，努力创造典型性格。作品中的人物虽经过作家的想象、虚构和概括，但这个创造，必须来自生活，来自作家的心灵，来自两者的融合，绝不是作家用来图解概念或串演问题的提线木偶。相反，他们都应该有独立的生命，应该按生活逻辑与性格逻辑去爱憎和行动。他们的行动和结局，往往出乎作家本人的意料，违背作家预想的创作意图。普希金没想到塔吉亚娜会嫁人；鲁迅没料到阿Q“大团圆”的结局；托尔斯泰原以为聂赫留朵夫会与玛斯洛娃结婚；美谛克终于不敢按法捷耶夫的安排去自杀……他们应该有自己独特的鲜明个性，矛盾复杂的心灵，丰满多面的性格。如黑格尔所说的，“每一个人都是一个整体，本身就是一个世界，每个人都是完满的有生气的人”。这样的人物，能立于纸上，呼之欲出，富于立体感，几乎可以触摸。你在论文中主张，如果作者头脑里还没有某些从外表到内心、从性格的各个侧面各个层次都看得清清楚楚，还没有用自己的满腔心血将他们孕育成熟，他们还没有躁动着，还没有非要从作者的脑中走向笔端，逼得作者无法抑制自己的创作冲动时，还不应急于下笔。如果写作时作者觉得这些人物非常老实听话，和卒子一样完全听凭作者的摆布和调遣；如果作者对他的人物没有多少感情，只是理智地冷静地考虑表现什么和说明什么；在这种情况下，最好不忙动笔写小说。如果作者这时对社会问题确有新的见解，则不妨将此写写文艺性政论。譬如鲁迅，“阿Q的影像，在我的心目中似乎确有了好几年”，于是才将阿Q写成小说。此外他更写了大量“论时事”“砭痼弊”的杂文。依我看，你的这些观点是正确的。

不过，要注意，不要使人把写人与从中揭示社会问题对立起来，割裂开来；相反，二者是有机的统一体。人是社会的人，社会是人的社会。即是说，人物性格是由社会环境影响、支配下形成的，而社会环境又是由人群的关系、矛盾和冲突所构成的。社会生活的画面出现在作品里，既是人物行动的依据，又是人物行动的结果。如果有不反映社会面貌的人物活动，那么人物性格便成了天外来客，或者没有现实内容的幽灵。而高瞻远瞩地观察和反映社会的作品，势必要反映社会错综复杂的矛盾和斗争；这就自自然然地把社会问题从形象中带出来，这是符合艺术创作规律，也是人民群众所需要的。但是如果不写人，不写人的关系，也就无法反映社会生活，体现社会问题。恰恰只有着力写出典型环境中的典型人物，才能真实而又自然地反映出时代特征、社会特征，并揭示某些社会问题。这比起上面所谈到的那种“问题小说”来，所反映的社会生活，要真实、要深刻得多，所揭示的社会问题及其所内含的意义也更广泛、丰富和深刻，以至可以使人一再咀嚼，反复回味，这一切都不是理性语言抽象概念所能表达的。总之，不是政治学概念或社会学概念所能代替，更不是某些“文学图解”所能胜任的。作品的内涵，有时甚至连作家本人也还没有完全意识到，这便是人们常说的“形象大于思想”，“言有尽而意无穷”，“只可意会、不可言传”了。古今中外的优秀作品，这种情况不少。曾经有人问托尔斯泰，《安娜·卡列尼娜》的基本思想是什么，托尔斯泰回答说，那我只好从头到尾将小说重读一遍。歌德也曾经说过：“倘若我在《浮士德》里所描绘的那丰富多采、变化多端的生活能够用贯穿始终的观念这样一条细绳串在一起，那倒是一件绝妙的玩意儿呢！”“说不尽的《哈姆雷特》”、“说不尽的《红楼梦》”这些文坛佳话不正好说明艺术的这些特点吗？

通过以上的对比分析，“问题小说”的症结所在，就很清楚了。显然，问题的关键不在于该不该在作品中表现社会问题，揭示生活本质，和体现生活意义。（在创作中通过艺术形象体现生活意义，是理所当然的，必要的，也合乎艺术创作的规律。否则，为形象而形象、为性格而性格，不会对人、特别在“完善人类灵魂”方面起任何积极作用。）关键在于，是从人物出发，以人物塑造为中心；还是从社会问题出发，以表现问题为中心？推而广之，是本质隐藏在形象之中，还是从本质自身去说明本质？是从具体、个别入手，还是从抽象的概念或论断入手？这也就是当年歌德在谈到他与席勒的分歧时说的：“在特殊中显出一般”和“为一般而找特殊”的区别。（后者是席勒的方法，被马克思批评为：“把个人变成时代精神的单纯的传声筒”。）歌德认为，“艺术的真正生命正在于个别特殊事物的掌握和描述。”歌德的方法，我看是更符合艺术创造的正途。

“问题小说”与“文学是人学”是处处对立的。可是，你在论文中，却一方面正确地指出了“问题小说”从问题出发，以问题为中心的错误，另一方面又在几个地方分别谈到“它们固然也从现实出发，但不是从现实的人出发，而是从现实的社会问题出发”“它们所提出的社会问题是客观存在的，所反映的本质是真实的”，并以此将它们与“四人帮”的“从路线出发”、“主题先行”等截然分开，肯定作者的“政治动机”，肯定作品的“思想性”“战斗性”等等。这样一来，便模糊了问题的实质。你到底主张什么，反对什么，也使人感到含混。我看，这一方面说明了你在概念上还很朦胧，站的角度也不稳定，因而所持的立论不明确，原因是未对准目标。我们平时所说的文学要“从生活出发”“从现实出发”，是指文学应从具体形式、特殊形态的现实生活出发。而“从问题出发”实际上是作者拿简单的概念去硬套丰富多彩的生活，这与“从现实出发”的原则是背道而驰的。我们所说的“真实”，是指“艺术的真实”——生活的真实状态及其质的必然性。而“问题小说”所反映的社会问题或生活本质，因其离开形象的特殊性、个别性，离开了它特定环境的特定条件，因而很难说它是“客观存在”的，“真实”的。“问题小说”的作者，论其主观动机应该说是好的，但不能据此把他们的这种方法与“从路线出发”、“主题先行”截然分开。创作的人固然各有各的目的，但两者之间在从概念出发这种做法上，却有共同之处的。我们应该反对这种倾向，因为这种倾向只会导致艺术创作走入歧路。

另外，你是不是还欣赏“问题小说”作者的勇气，这心理是出于爱护之情，首先是怕伤了作者的心？其实，实事求是，一分为二，好处说好，坏处说坏，不护短，不溢美，严格要求，才是真正的爱护。几年来，不少人对“问题小说”给予过高的评价，近乎一味吹捧。为了强调作品中“提出社会问题”，把作者的抽象思考抬高到不适当的地步，仿佛它能在文学作品中独立存在，比形象的创造更加重要。而对作品忽视人物塑造，缺乏形象性等弊病却很少人进行严肃认真的批评，最多也就是在评论文章的末尾轻描淡写地带上一笔。因此，“问题小说”所代表的不良倾向一直未能引起应有的注意并加以克服，反而愈来愈流行，愈普遍；作家也未能及时认识自己创作路子上所面对的障碍，以致感到创作的路子“愈走愈窄”。这不能不说是评论工作者的失职。

这里我想特别推荐一下高晓声的短篇小说。当高晓声的《陈奂生上城》发表后，许多读者感到迷惑不解，纷纷写信问道：小说的主题思想是什么？高晓声发表文章作答，说他听到的关于这篇小说的主题思想已有多种互不相同的说法了，如果要他自己再说，无非是多一种说法而已，还是各取所需吧。确实，高晓声的小说，不像那些“问题小说”那样直截了当地提出某个重大问题，有的只消读一遍便能明显看出的主题思想，并能用政治学或社会学的概念简单明了，三言两语地述说出来。可是，读高晓声的小说，却真真切切使我们不但看到目前农村的面貌，也看到时代、社会的面貌，切切实实使我们觉察到作品中蕴藏着某些问题并引起深思，还一再诱惑你去咀嚼和品味，从而有所感触、有所领悟，甚至在心灵深处还受到震撼。不同的读者，从不同的角度看作品，都能够各有所得。特别是，小说在我们面前展现了一个个活灵活现的“熟悉的陌生人”，他们很像我们接触过，相处过的某个人（似乎是农民，但又未必是农民，不限于农民，某些方面甚至像我们自己），但又不是小说中的这一个。我们在小说主人公（往往有我们自己）的心灵深处，欣喜地发现一些真的、善的、美的、向上的、前进的、既属于过去现在又属于未来的优秀品质和精神力量，于是更坚定地要发扬光大；又吃惊地发现一些不真、不善、不美、落后的、因袭的、属于过去而至今犹存的精神重负，于是急切地要尽快解脱。读罢，我们似乎可以感到灵魂得到一次升华。不少读者对高晓声的小说迷惑不解，大概与他们已经习惯于“问题小说”一类的作品有关。其实，高晓声的小说创作才是艺术正路。他的小说，从原先并不引人注意到近来获得越来越高的评价，绝非偶然；这同那些“问题小说”轰动一时而又很快被淡忘绝非偶然一样，是同一道理的两个相反的方面。高晓声认为那种“用理性的、抽象的语言简单地加以概括”的“所谓作品的主题思想，对于作家的创作工作来说是没有多大意义的。创作实践证明作家只能忠实于生活而不能忠实于概念”。重要的是，要创造“各式各样栩栩如生的人物形象”，“揭示人物的灵魂”，一个“总的主题，就是促使人们的灵魂完美起来”。这才是作家作为“人类灵魂工程师”的特殊任务。

文学不是摆事实、讲道理，不靠以理服人，更不追求立竿见影的社会效果。它力图通过作家的形象思维，通过作家的血泪和强烈爱憎感情的融合，把现实生活中个别的、分散的、零碎的现象创造成具体可感的生活画面，创造成有气血，有呼吸，有思想感情，有生命的人物形象，使读者如临其境，如见其人，进入作家所创造的艺术境界，受到情感上的感染，思想上的启迪，引起共鸣共感，甚至与作品中的人物同笑同哭，爱作家之所爱，恨作家之所恨，思作家之所思，向往作家讴歌之理想；在审美享受中，在不知不觉的潜移默化中，陶冶性情，洗涤灵魂，滋养心灵，提高情操，从而使读者自己的灵魂更加完善更加高尚。这才是文学的特殊功能和特殊任务。托尔斯泰曾经说：“如果有人对我说，因我对社会问题持有无可置辩的正确观点而能写小说，那为它即使只要花上两个小时我也是不干的；如果对我说，现在的孩子们在二十年之后，会因我写的小说而哭、而笑和热爱生活，那我愿以毕生的精力来写它。”这话值得我们深思。虽然托翁自己在他的伟大作品中“提出这么多重大的问题”，“反映出革命的某些本质的方面”，并因此被列宁誉为“俄国革命的镜子”，但他清楚地知道，仅靠“写问题”，不能打动人心，绝不能获得如此经久不衰的艺术魅力。

不过请你注意，完善人的心灵不能把文学与社会教育（伦理教育、道德教育和治安教育等）对立起来。虽然文学与社会教育都作用于人的心灵，但谁也不能代替谁。文学偏重于形象感染，善于在潜移默化中去影响人和教育人；而社会教育虽然用的是直接的说理的方式或以规范作楷模去影响他人，目的都是为了完善人的心灵。在这些影响人们多方面的精神活动的种种功能之间，既不相互排斥，也不相互代替，而是在社会上有机结合，多样统一——统一于完善人的心灵。我们反对的只是片面强调理性思考，图解式、说教式的“问题小说”，并不忽视文学具有认识生活、理解生活的作用。……

五月四日于东病区

（作者附志：游焜炳同志是暨南大学的研究生，在我直接辅导下专门研究“创作论”。这是读了他的论文后写给他的一封回信。因所谈的不是个别现象，它带有一定的普遍性。故发表出来，以引起注意。）

创作论

论人物的转变与新人物的描写

——和中央文学研究所学员们谈话的一段

一

我们处在新旧交替的革命时代，处在新的品质迅速生长与旧的习气逐渐死灭的时代。在这个时代，无数的人都从旧到新地变化着。由思想、感情、作风，以至生活方式或待人接物的态度，都在迅速地变化着。人们的思想迅速地发展与提高，正是现实生活中广泛存在着的事实。

作家有责任去反映这历史的真实面貌，有责任通过艺术形象去表现这巨大的变化。因此，完全否定人物转变描写的作用，是不妥当的。实际上，问题不是应不应当写，而是如何去写。如果转变的描写被表现得很真实和很深刻，它仍然会有很大的教育价值，仍然可以启发并鼓励人们继续进步。

现在，据我所读到的作品看来，其中写思想转变或思想发展的固然很不少，但写得较好的却还不很多，有的甚至写得很糟，糟到歪曲现实的程度，糟到令人反感的程度。这大概正是读者反对描写人物转变的主要根据。

为说明方便起见，我想把描写人物转变的各种偏向加以列举，同时给以简单的说明与分析。

有一种写转变的作品，只把人物转变前后的表现，并列地描写出来。譬如有一篇作品是写一个小市民的转变，但作品只写他转变前怎样怎样，转变后如何如何，至于他的思想变化过程，却一点没有描写。我们描写人物转变的目的，主要是通过人物转变的描写来启发，鼓励人们进步。要达到这个目的，必须写出思想转变的关键与变化的规律。只并列地描写转变前后的表现，显然不能给读者什么有益的启发和教育。另一种情况，有些作者很注意人物变化过程的描写；但是，他们只从表面现象上去注意人物的变化。譬如有这么一篇作品：写一个小学教员的工作作风不严肃，常常马马虎虎对待工作，经人批评之后，他彻底变化了，作风变严肃了。现在，姑且不谈这样的转变是否合理，其实，这种从生活表面上提出问题，又从表面上“解决”问题的做法，并没有真正接触问题。因为“马马虎虎对待工作”是一种生活现象，是一种表现。产生这种现象，是有一种思想在支配着他。这思想，可能是虚无思想或玩世思想，它表现在工作上可能是不严肃，表现在恋爱上可能是玩弄对方，表现在待人接物上可能是嘻嘻哈哈，不愿谈正经事。如果作者能抓住这个性格，不仅问题发掘得深刻，而且可能从各个生活侧面去表现这个性格，丰富这个性格。只要性格特征被把握住了，描写他的变化就会深刻得多。

又一种描写思想变化的作品，虽然思想关键被作者抓住了，矛盾也被抓住了，但是思想变化被表现得过分突然。我曾读过一篇来稿，是描写一个恋爱至上主义者和一个作风很不正派的人闹恋爱的故事。因为大家（她的朋友和同志）认为这事关系她的前途，所以都热情地劝阻她；不料，她竟认为这是阻碍她的恋爱自由，由怀疑到怀恨，最后以致大闹情绪，甚至想“不干了，回家去”。后来经过组织上找她谈了一次话，和一个朋友的劝解（而且他们所谈的都是些抽象的道理）之后，她觉醒了，转变了，而且成为一个思想很健康的干部。现在不谈这题材是否有描写的价值，但这样突然的转变，是可能的吗？如果她在谈话前有过思想矛盾，由一次谈话就觉醒过来是可能的，但这种思想矛盾，在作品中却一点也没有被表现出来。这样的转变，怎么能有使人信服的力量呢？

另外有一种写人物转变的作品，思想矛盾被描写得很明确，但作者所努力促成他转变的，着力于物质的力量或感情的体贴。作者企图以这些来感动人物，促进人物转变。有这么一篇作品，写一个对共产党抱成见的中农，作品中细腻地描写这个中农看了许多事实之后，还不相信这是共产党的政策，还说这是先甜后苦的做法，他表现得很顽固，可是作者着力描写的，是当他有困难的时候，村干部和积极分子拼命送粮食给他，各人都用感情去感化他，他的思想却一点没有接触，就转变了，而且拥护共产党了。我要问：难道给他物质和对他感情体贴，他不会怀疑是先甜后苦吗？送物质，在某些农民看来确是重要的；感情体贴，有时也能起一些作用；但仅仅靠这些是不够的，不能改变他对共产党的成见的。我不是一般地否定物质与感情对思想变化的影响与作用，也不是主张所有描写思想变化的作品都排斥送物质与感情体贴的描写。问题不在这里，而是在于这种种行动是否能打中他的思想要害，这种种行动是否恰恰给了他以有力的教训，解决了他的思想矛盾。如果不是，那么不管你在作品中给予他多少物质与多少感情，读者仍然会感到他的思想并没有转变。人物思想转变，只单纯用物质与感情作为动力，完全忽视了思想教育与社会风尚的巨大影响与作用，显然是不正确的。但另一种情况，却完全依靠敌人的压力，而且把这种压力作为促进人物思想转变的唯一的动力，也是不正确的。譬如有一篇作品，写游击区一个顽固的中农，他骂共产党，反对共产党的政策，虽曾用各种方法争取他，但没有一点用处；听说敌人来了，他还表示高兴，打着旗子去迎接，可是敌人把他的女儿强奸了之后，他才觉醒过来，而且变得非常积极。又有一篇作品，写鸭绿江滨一个农民老汉觉醒的故事，他不愿他的儿子去参加志愿军，天天骂儿子，甚至不让他儿子走出门外。可是有一天，敌机来轰炸，把他的房屋炸塌，仅有的一头牛也被炸死了，于是老汉觉悟了，不仅叫他儿子去参军，而且还动员他的女儿去做救护工作。我们暂且不管这些人物的思想变化是否自然，是否合情合理，但这种仅仅把敌人的力量当作唯一动力来促使人物觉悟，完全忽视了我们自己的思想教育的作用，也是错误的。我不否认敌人的直接迫害能促使人物思想发生变化，但却不能把它作为唯一的动力，更主要的应该是我们的思想教育的影响与现实生活对人物潜移默化的作用。

再有一种写“转变”的作品，把思想矛盾提出之后，作者很有意识地去解决矛盾，而且紧紧地抓住这基本的思想矛盾，但是由于作者所选择的主题并不是从现实生活中汲取来的，而是从概念出发，即从概念中提出一个矛盾，就企图通过作品加以解决。为解决人物的思想矛盾，作者针对着这矛盾找出各种各样的理由，通过各种各样的方法去说服这个人物，道理虽然很多，也很周到，但是人物是否被感动呢？却是问题。因为这些道理就连作者自己也很难信服，如何能说服人物呢？最糟糕的，是有些作者在描写各种事实以促使人物觉醒的时候，完全不注意描写人物内心的反应，仿佛作者凑足了理由，人物就该觉醒似的，至于这些理由是否能打动人物的感情，作者就不管了。这样的描写思想转变，能使读者相信和感动吗？造成这种现象的原因可能很多，但最主要的，却是作者脱离了生活，纯从概念出发。如果转变的主题确是从生活中感受得来，作者自己也被某人的转变感动过，而且在感动中孕育了这个主题，那么，我相信，这种用概念来解决思想矛盾的毛病，就不会再在作品里出现了。

总之，不管你描写的是思想转变也罢，或描写思想发展也罢，要使作品能起教育作用，必须真实动人地写出思想矛盾。因为一个人的落后或“思想不够进步”，在他意识里是存在着一种思想障碍的，只有把思想障碍解除了，思想的变化和发展才有可能。如果仅仅把转变前后的现象并列地描写，根本不去接触思想变化的过程，或者只表面地描写变化过程，都不可能真正地揭露思想矛盾和真正解决思想矛盾，思想由落后到转变（由这阶级到那阶级，由旧到新，由个人到集体），是需要有一定的认识过程的。这过程即使很短促，在文学作品中表现这过程，却不容忽视与草率，必须抓住思想障碍的关键。忽视了这一点，所谓思想转变或思想发展，都会失去使人信服的力量。读者对于那些还没有解除思想障碍，人物就突然转变的作品，以及对于那些凑足了理由就生硬地叫人物转变（形象地提出问题，概念地解决问题）的作品之所以不满意，其理由就在这里。思想的变化，不是突然的，这是由一种思想战胜另一种思想的矛盾斗争的过程，这变化是由内外的各种因素的影响和刺激逐步完成的，不是一下子完成的。虽然，有些人好像由一件事情（一个因素）的刺激就彻底改变了他的思想，实际上，这个因素只不过是一个促成突变的近因；在这以前，一定已有其他的刺激不断地影响他，已动摇过他的思想根基了。我以为新的社会环境的潜移默化的影响，起着重要的作用；这影响从表面上看并不显著，但它却实实在在地在促使人的认识发生着逐渐的变化。读者对那些“飞机扔炸弹，思想大转变”的作品；对那些把敌人的压迫看成促成思想转变的唯一动力的作品之所以不满意，并认为不合理，理由也就在这里。我们描写人物思想转变或描写思想发展的目的，主要是为了教育人民，启发落后的走向进步，走在后面的赶到前面来。要达到这一目的，首先就要求创作者认真观察、研究现实中存在着的落后性格。可惜有些作者并不都是如此，他们为写转变而写转变，为了写转变，作者人工地制造了一个或数个所谓落后的人物，为了把落后的性格写得突出，不惜把国民党时代、日伪时代的落后人物的性格，都用数学的加法硬“加”到一个生活在现在社会的人物身上；至于这样的性格是否可能以同样的方式表现出来，作者就不太考虑了。既然这样来“创造”人物，那么，他的真实性及其现实意义，就有问题了。

上述种种现象，它们总的原因可以说都是从概念出发。再具体点说：（一）因为题材不是从生活中得来，所以转变的关键往往写得不真实，也不动人；（二）作者虽然接触了一些生活，但由于生活素材与作者的思想感情没有融合，结果，写出来还是现象，不能透过现象看出任何新的意义；（三）作者思想水平不高，对新人物新品格不太理解，写落后时还能应付，但一写到人物的觉醒，就很难摆脱概念化或公式化。……

二

关于描写人物转变的问题，我在前面已经约略地谈过，现在我想谈谈描写新人物的一些问题。很显然，仅仅描写人物的转变，只是反映了现实的一方面。更重要的应该是描写我们时代的英雄以及他们的事迹。

目前，在我们的文学作品中，描写英雄人物或具有崇高革命品格的人物，已引起作家广泛的兴趣，而且已创造了较有血肉的新人物，如马加的《开不败的花朵》中的王耀东，立高的《永远向着前面》中的李超，柯夫的《堤》中的王志远等等，都获得读者较好的评价。但是并不是所有写新人物的作品都是这样。如果仔细地研究一下目前描写新人物的作品，你就会发现其中还有不少需要纠正的缺点。现在，我想简要地来分析一下这方面几个较突出的问题。

有好些写正面人物或英雄人物的作品，总是写他们从小就如何如何的不平凡，仿佛一个英雄从娘胎里就已经形成了似的。譬如电影《刘胡兰》吧，编导同志把她写成自小就与众不同的人物，只七八岁时，她就勇于反抗地主；即使幼年的刘胡兰确曾有过这样的事，但这非凡性格如何形成的呢？观众却无从理解。其实，英雄性格是在现实生活中逐渐形成的，绝不是一生出来就是英雄。那么是不是说：英雄必须从错误的道路上走过来呢？是不是说英雄的幼年就不可能有非凡的事迹呢？不，我不是这样的意思！我只是说，英雄的形成，不能像某些作品所表现的那样简单、直线和神奇。但如果作者能辩证地（即不断克服矛盾，不断提高地）去写英雄性格的成长过程，就会更合理些，更真实些和更亲切些。

现实生活中的英雄人物，并不都是从儿童时代就具有这种英雄的品格（英雄在儿童时代的种种表现不一定都比普通儿童突出），而是在现实生活中，在他自己亲身体验中，一步一步地认识生活的真理，并逐步走向为这真理去斗争。这样的过程，正是一般英雄品格形成的过程。譬如一个英勇的护厂英雄吧，在最初，他也可能与一般人一样的看法，对革命，对共产党的政策都不甚了解（因为他看不到事实，又不能不受旧社会某些思想的影响），认为工厂都是别人的；后来，经过许多体验与教育，才逐步地认识了革命与共产党，才认识了共产党所代表的利益正是人民的利益，因而才产生了行动。既然他认识真理的过程是逐渐的，英雄性格的形成过程，当然也是逐渐的。

描写具有崇高革命品格的人物，虽然也有写得好的，但大部分都写得没有个性也无血肉；特别是写领导干部和共产党员，这缺点就显得更加突出。要写得正派，严肃，作者总是写他板着脸孔工作，开会时，一说话就是一大篇抽象的原则和条文……这样写的结果，当然只会写成了一个没有血肉，没有感情，成为一个很难理解的人物。这不仅歪曲了新人物的精神面貌，而且首先就歪曲了新人物的政治的和生活的面貌。

这样的人物，当然不可能感动读者，因为人们觉得他不是我们中间的一个，他与我们中间似乎没有任何相同的东西。既然如此，又怎么能够引起读者在感情上的共鸣呢？

为什么会产生这样的现象？主要是作者把政治与生活截然地分裂开来看待，把两者对立起来看待。以为一个政治家或革命英雄，没有普通人所通有的生活情绪，以为有了人的情绪，就会妨害他的严肃性（或叫原则性）。由这样的认识出发，常常把正面人物写得非常干燥无味，非常不近人情。结果，把积极人物变成一种道德的象征或抽象观念的符号。虽然作者是通过一个“人物”来表现这些观念，但是，因为无血无肉和无个性，所以他仍然不是一个活在社会上的人，只是一个贴上英雄标签的“木偶人”而已。

谁都知道，不管是领袖或是英雄，他也是人，既然是人，也就不会没有人的情绪；所不同的，仅仅是他能把政治原则性与通常的生活情绪很好地结合在一起，使这种情绪服从于政治原则性，使两者融洽无间。一个人的生活是多样的丰富的，除了政治生活外，他还有朋友、家人、同志，有时也到外边去玩，在不妨害政治原则的情况下，合情合理的人的情绪，为什么不应该有呢？

有一篇散文这样写道：

> 我们冲上了人桥，在那一刻，我只有一个简单的思想，“踩得轻些吧，别踩痛了同志们的肩膀！”
>
> 我听见桥底下，水打在同志们身上的声音，我听见同志们“唉哟唉哟”的声音……

一个读者批评道：“‘唉哟，唉哟’是一种惨痛的呻吟和脆弱的表现，我们志愿军是无比英勇的，经得起任何艰苦，他们不管在什么环境下，都会表现勇敢和愉快，这样来描写，我觉得不应该。”最后，他说：“我希望写得近情近理些，让人们易于理解。”

志愿军是英雄，但他们也是人，既然是人，当他肩上扛着一个极重极重的负担的时候，怎么能毫无声息呢？一个坚强的革命战士，被敌人打得皮破肉绽的时候，能够不咬着牙根，从牙缝里发出短促的“唉哟”吗？是不是有了“唉哟”就表示脆弱呢？这实在是一种生理的自然反应，是抵抗痛苦的表现。这是合乎情理的。他能在这痛苦中坚持下去，就说明经得起艰苦，经得起考验，这正是英雄的本色。硬要求一个英雄在一种万分难忍的痛苦中表示愉快，是不近情理的。

这当然是一个极端的例子。

然而在写作中，这样的事实，却也是不少的。

如果从这样的认识出发去写新人物，写我们的英雄或领导干部，势必要把他们写成像无血无肉、无感情、无心灵的木头人了。为了表现他们的坚强，就可以不顾他们的生理的痛苦，硬叫他愉快，这样写的结果，我们只会觉得他是神。因为这样被拷打得皮破肉绽，竟在生理上毫无反应，这是人吗？这能引起读者在感情上的共鸣吗？

《日日夜夜》中的女看护安娘，常常冒着密集的炮火过伏尔加河，人问她怕吗？她说怕。但我们有一些写作者，却常常躲避去描写这些真实感情，以为写了一个人（当然不是士兵）害怕炮火，就仿佛这英雄性格会受到损害。其实不敢去写，甚至歪曲地去描写他们，反而会损害他们性格的真实。

问题在于这些个人的生活情绪是否妨害了他的政治事业，是否破坏了他行动的原则性。如果不，有什么不可以描写的呢？

我们的英雄如赵桂兰，当她的手臂被炸坏，医生给她动手术时，她不是不痛（她头上已冒出豆大的汗珠，甚至咬着牙根）；所不同的是，她能忍受得住。如果为了写出她坚强而硬叫她装出笑脸来，这不仅在情绪上不可能，就是在生理上也不可能。因为痛苦使肌肉紧张，如何能笑呢？

所以，我们要“写一只羊，作者就要变成羊”（高尔基语）。必须设身处地去想一想，虽然写的是英雄，但千万不要忘记他也是人，凡人的生理现象与常情心绪，他都有的，这一点，无论如何是相通的。如果不如此写，读者的感情就不会与人物的感情沟通一气。

有些人错误地去理解小资产阶级的感情，以为一切生活感情都是小资产阶级的感情，甚至把一切热情的表现，都视为小资产阶级的感情。很显然，这是不正确的。

革命的目的是为了人们的生活过得更好。革命的政治原则，并不反对人去生活，更不反对人们去过人的生活。个人的生活情绪只要不妨害或破坏革命事业，不但不会遭到反对，相反，革命才是真正丰富人的感情，和发挥人的感情。列宁曾说过：“没有人的情绪，就永远没有、也永远不能有真理的追求。”

由于我们不了解政治，常常把政治神秘化，使政治完全脱离了人的生活，脱离人的生活情绪。因此处理起正面人物时，就不善于抓住人物内在的思想感情去描写他对工作或对生活的严肃性（原则性），反而只从最外表的现象上（如脸部表情等）去说明他的严肃性。这样一来，人物就常常成为无血无肉、无生命、无感情的木头人了。

以上种种情况，说明什么呢？这说明我们的作者不是“政治太多”，而是太少了；这说明我们写政治不是太多，而是写得太少了，太肤浅了。

我们也常常看见这样一些作品，为了把英雄写得突出，就把敌人写成傻瓜，把群众写成蠢猪；既然这样，那么，英雄还能成什么英雄呢？

其实，这是由于不了解英雄，不了解英雄的性格，更不了解他们的思想感情，特别是不了解英雄如何去对付强有力的敌人。因此，只能把敌人写成懦弱无能的傻瓜。我们读《恐惧与无畏》时，就知道敌人也用脑子作战，采用各种极狡猾的方法来作战。现在在朝鲜的美帝国主义的军队也是如此。写出敌人的狡猾，是必需的，这绝不会削弱英雄的本色；相反，英雄最终战胜了狡猾的敌人，所以才更能显出英雄的才干、机智和勇敢。

敌人是顽强狡猾的，不写出来，不但不能教育人民，反而只会欺骗自己。把敌人写得懦弱无能，是容易的，因为作者比较容易想象；但只能战胜傻瓜的“英雄”，有什么意思呢？

电影《愤怒的火焰》中的英雄扎斯罗诺夫，不仅自己是一个非凡的英雄，而且他所领导的每个人都是英雄。真正的英雄，不仅自己机智勇敢，而且还善于领导群众也机智勇敢，这是新英雄主义。它与个人英雄主义是根本不同的。

然而，我们在这方面却做得很不够，我们有些作品把群众写得愚昧无知，用他们的愚昧来烘托英雄；其实，这样的英雄也不过与普通人的品格差不多。

新人物塑造得不好，主要是我们的思想水平太低。我们的思想水平常常赶不上新人物的思想水平，我们不理解他们，当然就无法把握住他们内在的思想感情，也把握不住他们的思想方法与作风。总之，把握不住他们的精神世界。因此，我们常常把新人物写得很概念化，而旧的人物反而写得很生动和很突出。

有人怀疑这一点，认为描写新人物之所以概念化或公式化，主要是由于写作方法不好，认为思想、生活都是不重要的。事实上，离开了生活，离开了认识生活的世界观，单从“技巧”下功夫去杜撰人物，其结果，它只会造出不真实的“人物”来。

如果一个作家没有高尚的品格，要他写出一个具有高尚品格的典型人物，是不可思议的。作家的任务，就是寻求心灵世界里的秘密，只有寻求出这秘密，人与人的关系即社会现象，才能得到解释，才能得到答案。试想一想吧，一个具有小市民思想感情的作者，能够理解一个自愿参军的青年农民吗？他也许在看了这现象后会想：“这才是傻瓜哩！”既然如此，这个作者怎么能够真实地理解他崇高的爱国主义的思想感情呢？一个具有虚无主义或玩世思想的作者，他怎么能够理解生产建设中的新英雄主义者的思想感情呢？他怎么能够理解这些奋不顾身的行动的伟大意义呢？一个个人主义思想浓厚的作家，他能够理解和领会集体主义精神和集体生活的意义吗？他能够理解集体主义者的精神世界吗？一个处在斗争以外的作家，他怎么能够理解一个积极参加斗争的人的内心面貌呢？

文学艺术是最真实不过的东西，不能有一点虚假，一虚假就不会有艺术（如像某些法西斯作家那样）。批判现实主义诸作家，都是从真实感情出发和抱着某种社会理想去写作的，只是由于阶级意识以及阶级生活所形成的世界观限制了他们，使他们看不清生活的本质，看不清生活发展的道路，但他们在主观上总认为这是真实的，而且热衷这“真实”的；否则，他就不能创造出艺术来。作家必须用他的全副心灵（爱或憎）去写作，如果心里不爱而硬去歌颂，在情绪上就会显出矛盾，而且势必把人物弄得很概念化。

作家思想感情的改造，所以提得那么重要，它的积极意义就在这里。

只有思想水平提高了，只有作家具有高尚的革命品格，他对一切富有革命品格的事物和人物才会热爱，才能有敏锐的感觉，才会感动，才会在情绪上有表现它们的欲望。在另一方面，对于腐朽事物，对人民，对革命不利的一切，才可能有灵敏的感觉，才会有强烈的憎恶，才会在情绪上有暴露它、消灭它的欲望。

只有当我们有了高度的政治热情，我们才能去爱人民之所爱，去恨人民之所恨。只有这样，作家的感觉才会敏锐，才会强烈，才能准确地把握住新的人物品质，才能创造新的英雄形象。

一九五一年三月五日于北京

形象和构思

——摘自“1958年创作随感录”

《作品》编者按：作家们的生活和创作库房中有些什么宝藏，是最为读者所希望知道的。我们的文学创作爱好者，更希望从中获得教益和启发。为此，从本期开始，我们开辟《作家手记》一栏，收一些作家的一些手记，摘录发表，以飨读者。

一

在构思过程中，应当时刻警惕算术加法式的综合。这种做法的结果，常常只会使人物变成木偶。

你可能有许许多多动人的细节。这些细节作为素材来看，的确是很有意义和富有性格特征的，如果经过深入的构思，经过感情的培养，这些素材很可能逐渐地在你头脑里形成鲜明的性格——个性化的形象。

可是，有些人却不是这样，他们不是把在生活中所接触到的印象和感受，经过自己的观点与感情的融化、深化和概括，即没有把生活印象和感受，培养成为有血肉有心灵的性格，而是生硬地把印象和感受围绕着一个概念（或者叫做思想或观念）集合起来。可以设想，光凭这样的集合和堆砌，怎能造出有生命的、个性化的形象呢？

有些人，对于生活中得来的小故事也是这样。他们不去思索它们，不深化它们，不从它们的表现形态去抓取它们的特征，给以感情的培养，使故事中的人成为有血肉的、具有鲜明性格特征的形象，而是生硬地把小故事串联起来。尽管这些故事很动人，可是如果它们没有和性格结合起来，也就是说，如果故事不是人物性格发展的必然结果，小故事还是散乱的，它们不可能有什么深刻的社会内容和强大的说服力。

可见，对于生活素材，必须有一个消化的过程。这个过程就是生活素材与作者的观点感情相融化的过程，也是人物性格形成的过程。没有消化的过程，也就是没有艺术创造最起码的酝酿过程。

一九五八年六月三日于竹园里

二

如果你把素材当作积木，把创作方法——别人的创作经验的总结——当作图样，又企图按照别人的格式来“套”自已得来的素材，结果一定会失败。

没有丰富的生活感受和丰富的生活知识与经验，就没有可供“塑造”的原料。可是有了原料是否就能塑造艺术形象呢？也不一定。别的原因暂且不说，单说像堆积木那样，就无法塑造艺术形象。

有了素材还不够，必须对素材有热情——爱或憎。如果没有爱憎，对素材就无法融化，正像高炉没有高温就不能熔化矿石一样，因此也就无法把零碎的素材融化为有生命的、有个性的形象。

为什么？如果只抱着写作目的去接触生活和搜集材料，所得来的材料，当然是冷冰冰的、缺乏生命的。因为作者对于它们，首先没有强烈的爱，也没有强烈的憎，顶多是觉得它们对写作有用处而已。试问，仅仅依靠这些素材的作者，他能塑造出栩栩如生的形象来么？不可能的。可是，一直到现在还有人把这种“方法”视为至宝。

如果你首先对生活有热情，有建设社会主义的主人的责任感，那么，你在生活中感受到的东西，自然不会是冷冰冰的、缺乏生命的材料；它们一定会使你激动，使你产生强烈的爱或憎……这样的感受愈多，你的激动就会愈来愈强烈，爱恨的感情就会愈来愈鲜明。

一个写作者不要轻易地让这种激动和这种热情（当然是与社会主义利益相一致的）飘散了，应该紧紧抓住它。这种激情愈强烈，引起这种激情的现象和印象，就会在你脑子里愈来愈清楚，就愈能突现它们的典型特征。而这种有特征的东西你愈了解得清楚，就会变得愈加具体……就这样，这些印入你头脑里的、又经过你的意识和感情融化过的生活印象，就会有一部分褪色了，暗淡了，隐没了，另外一部分却特别突显起来，扩大起来，鲜明起来，以至于逐渐变成一个活的性格的雏形；你一闭上眼睛，仿佛就能看见他。只要你的激情没有衰退，继续爱着或憎恨他们，并以这种激情去培养他，丰富他……那么，他就会慢慢地活起来，一直到你可以接触到他的眼光和他的脸部表情。

这个过程是最复杂最花费心血的。可是回避这个过程，却不能塑造活生生的艺术形象。

一九五八年六月四日于竹园里

三

在塑造人物的过程中，常常可能出现这样的情况：作者虽然用自己的观点和感情去概括他所感受，所经验的诸种印象，可是当他深入构思时，只从这众多的印象中，选取他认为印象最深、特征比较突出的一两个印象来作为中心，也就是说，作者常常从众多的人物中间，择取了其中最突出的一个，作为自己构思的中心。

这只是作为构思的中心而已，并不是作为“模子”（即所谓“模特儿”）来描写。有了这个“中心”对象，构思起来就会得到许多方便。作者根据自己观点的需要，根据他对这个性格的爱憎，他将保留这个人物身上的一些东西，抛弃一些东西，又从旁的人物身上取来一些东西，补到他身上来。不仅在塑造人物的性格，常常有人采用这个方法，甚至在塑造人物的外貌特征时，也常常有人采用这样的方法。

当然，对某个“实在人物”保留什么，抛弃什么，和从别人身上“移来”什么，都不是随随便便的，必须符合你心目中所要创造的人物的个性特征。

这种做法的目的，不是为了旁的什么，而是要求把性格创造得更真实，更典型。

一九五八年六月四日于竹园里

四

有火一样的战斗热情，
有火一样的建设热情；
有强烈的社会主义的责任感，
有鲜明的共产主义的理想；
那你的心灵就像感光最快的感光片，
善于识别，善于理解，也善于感受生活的真实。

一九五八年六月五日于竹园里

五

在创作实践的过程中，我想有不少的写作者都会遇到这样的问题：觉得写得不生动。

是由于对生活的不熟悉吗？似乎不是。材料不丰富吗？也似乎不是。

有时候，当你从许许多多富有典型特征的素材当中，经过探索，已发现了这些特征现象所蕴藏的社会意义，照理可以提起笔来，而且照理应该能写出较好的作品。可是，却往往不能从心所欲。写出来的，还是不生动，在写作过程中，感到十分吃力，感到每段每节都进行得十分困难，似乎每个细节或场景，都非经过“硬挤”就写不出来，每个细节几乎都印上“人工”的不自然的痕迹。

说没有情节吗？有的。说这构成情节的人物性格不是来自生活中吗？又不是。说是性格没有典型特征吗？更不是。相反，正是写作者紧紧抓住这些典型特征，经过精心的凑合才思摸出这个人来的。

为什么会写得这样困难呢？

我觉得，最主要的，还是没有鲜明的个性，没有“这个人”独特的个人气质和色调。也就是说，人物的骨架虽然树立起来，他的行动计划也已安排妥当，可是他还没有体温，没有呼吸，他还不能自己站起来行动，也不会说他自己所要说的话。

正因为这样，所以，你尽管善于选择具有典型特征的东西，尽管有极丰富的、具有特征的素材可供你选择，但当你提起笔来写作的时候，却会感到：这些行为或言谈，不一定非出自这个人物身上不可，似乎放到旁的一个人物身上也可以。

特征现象是很珍贵的，但如果不通过独特的个性方式、色调表现出来，就会变成没有生命的东西。

要是能将你所积累的某类特征现象，按照典型化的原则进行艺术构思，又经过感情、想象的培养和补充，把握了人物的社会观点、对人态度、生活作风、脾气、爱好等，并明确了这个人物表现这些观点、态度……的独特方式和色调。那么，当你写作时，许多细节或对话，就会自自然然地跳到纸上：因为你已经熟悉了他的个性，这种人在一个具体环境里会做出什么事，会说什么话，是不需要作者在写到这个场面时才来费心思的。

这样写出来的作品，哪怕你所抓取的特征现象是谁都见闻过的，但由于有活生生的个性，他仍然是新鲜的，当然也是真实的。

一九五八年六月十一日于竹园里

人物、情节、主题

——《创作论》片断

【来信摘要】“……‘四人帮’反对根据实际生活来创造人物，只根据他们篡党夺权的需要，凭空编撰情节，先规定中心事件是什么，人物的特点是什么，第一号人物表现什么，反面人物如何表现，什么时间、什么地点都先主观规定，叫作者只依样画葫芦，这哪里是创作？是彻头彻尾的捏造，连半点生活真实感也没有的。对这套，我们极端厌恶，坚决抵制！……但正确的方法是什么？应当怎样在生活实践中摄取素材和提炼题材？主题又如何结合？我们感到最困难的是，如何在叙写情节时同时把人物表现得活灵活现……”

……“四人帮”那套玄之又玄的“三字经”，完全是他们为了篡党夺权而胡编出来的，与艺术创造规律风马牛不相及，报上已有人驳斥过，今后，还要彻底肃清它的流毒。现在，我只谈谈你在来信后半截所提出的问题……

当我们在劳动中、斗争中或者在其他社会活动场合，与周围的人们相接触、相互交往的时候，总是有许许多多的感觉，脑海里总是留下很多很多的印象，我们不要轻视这些印象，因为所谓内心世界或精神面貌，是看不见、摸不着的，只有通过人的言谈和行动，你才知道他内心有什么活动，思想感情上有什么反应。譬如有个人说了句什么，脸立即绯红，接着又吐了吐舌头，你便看出这个人发觉自己说错了话，羞臊得不行；另一个人脸部露出怒不可遏的表情，同时还做出狠狠一劈的手势，你便猜出这个人有一股怒火正在内心燃烧；又譬如一个人独自边走边微笑，你便猜想这个人也许想起一件很滑稽的旧事，要不然，他也许在想着刚才遇到的人所说的可笑的话语……这些通过言谈举止透露出来的内心活动或思想感情的印象，在社会生活中是到处都能接触到、感觉到的，只要你不是离群索居，这类印象便会不断地映入你的脑海。其中有一些，由于它特别突出，或者特别触动你的情绪，因而引起了你的注意。譬如一些“为公忘私”的现象，乍一见并不觉得奇特，可是接触多了，触动你感情的次数也多了，就引起你的关心，引起你的思索，你不仅注意到个别人在流露这种品德时的独特形态而且进而体认出这类现象的普遍特征。这样注意久了，思索多了，你头脑里不仅时常浮现着体现这品德的栩栩如生的言谈和举止，细节和片断，而且认识到这品德对人民群众事业的巨大意义。这时候，留在你头脑里的，绝不是一种抽象的德性，而是一个具体的、具有感性形态的性格了。

“感觉到了的东西，我们不能立刻理解它，只有理解了的东西才更深刻地感觉它。”对于上述现象经过再三的比较和反复的思考，又经过由表及里、由片面到全面的深化过程，已经有了一定的本质的理解。到这时候，一些平日不太注意或被认为无足轻重的现象，也引起了注意，并且还找到它们之间的联系，因而掌握能体现某种性格特征的现象，就更加丰富了：除了直接表现性格特征的言行之外，还有间接表现性格的其他许多细节。表现某种性格的细节越丰富，你头脑里对某种性格就越清晰，越鲜明，对该性格的爱惜之情就越强烈。到这时候，某种人物的形象实际上已在你的脑际形成，有时你仿佛还感到这个形象在脑际活动。这对一个文学写作者来说，是有巨大意义的。因为所谓生活积累，严格地说，应该是对人物性格的积累：只有性格积累得极其丰富，对各种人物及其活动环境都有较深刻地了解，并带着丰富的血肉内容，创作才算有坚实的基础；否则，即使你掌握了十分动人的事迹，你也无法把它写得合情合理和激动人心。但是请注意，我这里所指的人物的性格，其本身就内含着矛盾、斗争或事件的细节或片断的。虽然如此，但仅仅依靠人物性格的描写，还不能深刻地反映现实生活的真实面貌，只有通过事件——通过人与人之间的关系、矛盾和斗争的描绘，现实生活的阶级内容，才能被揭示出来。

事件如何与性格糅合在一起？这里没有固定的公式，但在人物性格积累得相当丰富的情况下，而且你对某类性格既很熟悉又有较强烈的爱惜之情，并且正在考虑通过什么事件去“惩办”或者“颂扬”某类性格的时候，往往一宗很平常的传闻、一件很奇特的案情或者你曾经历过的一次战斗，会引起你的兴趣，经过你的取舍，又经过你的强调或删除，最后这个“传闻”（或“案情”或“战斗”）竟被你确定为表现你的人物、考验你的人物性格的中心事件——中心矛盾的主线。

就这样，一篇作品的情节梗概便有眉目了，但这样的情节至多只能说明发生了什么事件，这显然是不够的，还应该表现出事情为什么会发生和怎样发生的，恩格斯曾说过，“一个人物的性格不仅表现在他做什么，而且表现在他怎样做”。就反映生活来说，“做什么”只表现了发生了什么事，“怎样做”才能表现出事件发生的根源：只有把促成事件发生的历史根源及阶级根源揭露出来，隐藏在复杂现象背后的阶级本质，才能显露出来；只有这样，作品才能有较深的社会意义和发人深省的思想内容。

但如果不深入去刻画性格，不把性格的阶级特征以及这性格的阶级根源或历史根源充分地揭示出来，你还是无法表现出事件为什么发生和怎样发生的。因为所谓事件或社会冲突的产生，总离不开人与人的矛盾，所谓人与人的矛盾，就表面来看，就是性格不同的人的矛盾，也就是对立的思想、观点、作风的矛盾。这是具体的，具有感性形态的矛盾。但在这些观点、作风的后面，必然还有一种处于支配地位的东西，那就是世界观或阶级意识。这是集团的共同的特征，是摸不着、看不见的，因此希图拿这抽象的阶级意识或世界观直接去说明具体事件的产生，是困难的，甚至是办不到的；在社会学上这种做法是可取的，可是在文学上则必须通过形象，通过性格的刻画，通过对性格的阶级根源的揭示，然后通过具体的性格冲突，才能栩栩如生地把两种世界观的对立或两种阶级意识的对立表现出来，也只有这样，阶级关系的实质——社会冲突，才能通过艺术形象在文学作品中体现出来。

冲突（矛盾、事件）的发生、发展和结局，就是情节的始终，从性格方面来看，两种不同的性格之间的关系、矛盾和斗争的连续，就构成情节，可以说：情节由性格而生，性格靠情节而显现，而主题思想，则是渗透在性格和情节水乳交融的关系之中。

因此所谓主题思想——即作者对所描写的生活的态度和判断，包括作者的政治倾向在内，绝不应当直接说出来，也不应当用论证性的辩论形式说出来，而应当渗透在形象之中，并依靠形象体现出来，也就是恩格斯所教导的那样："倾向应当从场面和情节中自然而然地流露出来，而不应当特别把它指点出来。"也就是说，你的见解应当渗透到对现实生活的真实描绘和情节发展所引出的合乎逻辑的结论中去，应当把你的政治主张同艺术创造规律和对生活的真实描绘结合起来；只有如此，作品的思想性与真实性、政治倾向与生活真实才能统一起来。这样，你想表达的希图影响读者的思想（观点或见解），由于融合在艺术形象中，因而作品的思想内容就更有感染力和说服力。

最后，我要引用恩格斯的一句名言："作者的见解愈隐蔽，对艺术作品来说就愈好。"这话是意味深长的，值得我们再三深思和严肃学习……

一九七七年二月二十四日于广州

（原载《广东文艺》一九七七年第四期）

从生活出发

——《创作论》片断

……读来信，你似乎在高兴之余有点彷徨。一开始，你为粉碎“四人帮”而兴高采烈，但过后，你大概因摆不脱他们那套“创作经”的影响，觉得无所适从，因而流露出一种淡淡的惆怅。

这种情形我何尝不知道？这些年来，那个江湖巫婆及其爪牙们所胡诌出来的什么“三突出”、“三陪衬”，什么“三特定”、“三打破”，还有什么“三对头”之类，全是唯心主义、形而上学的胡言乱语，却被这批文化刽子手自我吹捧为“创作原则”，强迫人们非“遵办”不可，否则，就是大逆不道，就是“反党”，“反革命”。看来不依不行；但要依着他们这套“三字经”去“虚构”情节和“捏造”人物吧，那你就得抛开丰富多彩的现实生活，抛开社会中错综复杂的各种矛盾，并且还要抛开生活中有呼吸、有脉搏的人以及他们之间千头万绪的关系……这能搞出什么名堂来呢？顶多只能编造出一种众所周知的、一见头就知尾的“情节”和一些没有个性、没有体温、只会背诵政治术语、只会串演政治概念的“人物”。在这样的“作品”里，自然闻不到一点生活气息，也闻不到一点生活着的人的气息。于是有人问：这样的东西有什么感染力和吸引力呢？只有天知道。

“四人帮”搞这一套，是有其阴险的政治目的的，那就是为篡党夺权造舆论。在文艺创作上，他们不惜颠倒黑白，把水搅浑，妄图把好的诬蔑为坏的，把革命的诬蔑为反革命的，为的是把一大批革命干部抹黑。更加无耻的，他们竟用杜撰的方法“捏造”出一些所谓“死不改悔”的“走资派”，妄想以此“引起连锁反应”，为反革命政变铺平道路。因此，他们在创作时，所迫切需要的并不是现实生活，而是恶毒的诬蔑和无耻的捏造，他们所狂热追求的，也不是“通过对生活的描写来反映生活本身所固有的本质和规律”，而是妄图通过杜撰达到打击“一大层”，最终达到篡党夺权的目的。对这类“作品”你能奢望它有什么生活气息么？当然不会有；可是它的血腥气味却浓得呛人！

现在“四人帮”虽然已被打翻在地，但他们那套随意胡编、凭空捏造的“创作经”并没有肃清。你的彷徨不安，我看与这问题有着密切的关系。不错，对我们来说，打倒“四人帮”，在政治上没有转弯子的问题，但在业务上，在创作思想上，虽然有不少业余作者保持着清醒的头脑，一直坚持毛主席的文艺方向及“两结合”的创作方法；但有部分青年作者受到“四人帮”的影响，也是事实。我知道你学写作是近六七年的事，从一开始，你就接触这套玄之又玄的“创作经”，虽然它使你吃了不少苦头，也糟蹋了你的不少稿纸，可是你毕竟为此花费了大量心血；虽然没有写出一篇像样的东西，可是也已习惯了这一套。现在虽则知道“四人帮”这一套行不通了，可是正确的方法又是什么呢？一时也弄不清楚。其实，你和许多文艺青年一样，都在为解脱这苦恼而严肃地思考，并心急地希望尽快求得答案。

伟大领袖和导师毛主席早就指出：人民生活是创作的源泉，“人民生活中本来存在着文学艺术原料的矿藏……是最生动、最丰富、最基本的东西”。只要我们从生活出发，从生活中去发掘题材，提炼主题，“把这种日常的现象集中起来，把其中的矛盾和斗争典型化”，就可以进行创作，就可以创造出各种各样的人物形象来。

别迟疑了，回到毛主席所指引的创作道路上来吧！生活是创作的源泉，文学创作的基础是生活。反映现实生活是文学的起码的素质。没有生活的真实，就没有真正的艺术。一旦离开了生活，艺术就脱离了对象，不但脱离了描写对象，也脱离了服务的对象，因为我们反映现实是为了反过来作用于现实，即为现实服务，为无产阶级政治服务。因此，第一，我们的文学应当帮助人们认识生活——认识现实社会的面貌以及它内在矛盾的发展趋向；第二，我们的文学应当通过形象的力量推动人们去改造生活，改造社会。这两者相辅相成，互为因果：一方面应按照生活本身的面貌去描写生活；同时又必须怀着革命理想，以努力改造主客观世界的胸怀去观察、判断和描写生活。使被描写的生活能反映本质，同时又能激励人们为建设更美好的生活去奋斗。

单就艺术形象来考虑，也必须从生活出发。虽然文学与社会学都同样是探明生活的本质和规律，但文学必须以形象来体现本质和规律。换句话说，也就是要通过个别形态来反映一般，通过事物的特殊形态来反映事物的普遍的或共同的特征。只有这样，作品中的人物才可能栩栩如生地活起来，场景才可能使读者感到有一种如同亲临其境的生活气氛。

现实生活中各类人和各类事虽然有共同特征，但各类人（事）中的各个个别成员（单元、部分）却以独特的形态来表现其共同特征。这种融化在个别形态（或个性）中的共同特征，就不再是一般的抽象的属性（或特征），而是一种既有共同的特征，又是具体的、有独立生命的、有个别色彩的人物（或事物）了。而这种个别形态的人物（或事物）在社会生活中比比皆是，只要你深入其中，细心观察，反复体验，久而久之，这种富有特征（在个别形态下内含着普遍特征）的素材必定越积越多，这叫生活积累。这种积累越丰富，进入创作的时机就越成熟……

这时候，只有在这时候，你才不会离开生活而依靠概念去“虚构”情节了。丰富的生活印象——一些惊心动魄的斗争场面，各种表情的脸孔，许多耐人寻味的话语——仿佛都想从脑际挤出来。这时候，如果某一类印象的特征在你意识里鲜明起来，突显出来，而且被你认为很有意义，又有一种宣扬出去的欲望，那么，一个主题思想就在这里萌芽了。

关于这，我打算在下一封信里继续谈。

很替你焦急，匆促写了这封信。我知道其中许多道理都没有说清楚，一时也很难说清楚，只作为一点意见供你考虑吧。有疑问或有不同意见，欢迎你提出来，希望以后有机会能进一步进行探索。……

一九七七年一月二十五于广州

关于散文的立意

——《创作论》片断

……你的散文我接触不多，但有个印象：你所写的，确是一种具有散文特点的作品，而不是那种“既非小说又非杂感”的文字，尤其可喜的是，我发现你在散文写作时努力用抒情的笔墨来叙事，在叙事时又力求有意有境，并力求情景交融。当然，在你的散文中也存在着缺点，还有应当努力改进的地方，譬如在散文的立意以及如何开拓立意方面，似乎还没有引起你足够的重视。

“意犹帅也”。在写作之前，总得先确定表达什么和抒发什么，也就是说，在深入生活又有了感受之后，你想通过生活情景（艺术形象）表达什么思想，抒发什么感情，这叫“立意”。当然“意”不能随意确立，而应当是集中生活斗争中的同类感受，经过反复思考与判断，又经过形象构思和精工提炼。但它不是一个抽象的概念，而是既有思想又有形象，既有意又有境的主题思想，因而它是一篇作品的灵魂，是统帅全篇的主脑，是决定全体气血的心脏。在动笔之前，有它或者没有它，是完全不同的，这不仅会影响你的运思和结构，而且直接影响你的作品主题的高低。

对于你那三篇散文，我没有更多新鲜的意见，现只将读后的一点印象告诉你，目的仍然是想进一步探讨立意的问题。因为通过具体作品的分析，总比抽象的议论更容易理解。这三篇散文，在立意上虽然各篇所存在的问题不一样，但从写作散文的角度来看，这些问题是相互影响的，而且带着一定的普遍性。

《灯》中的不少段落，如像一些零散的闪光的珠子，可惜你没有用一根线把它们串起来。你笔下的一些回忆、联想以及一些带哲理性的抒情等等，都写得颇有深意，且耐人寻味，但是这些富有想象力的抒写，却被你漫不经心地堆放在一起，变成了一堆既驳杂又臃肿的东西，实在可惜！为什么会出现这种情况？你可能还未意识到，但你不妨回忆一下，当你动笔之初，你可能只抓住“灯火”二字去运思和结构，你虽然曾经发掘了各种灯火所内含的意义，但却没有进一步从这些意义中提炼出一个共同的、带有普遍意义的实质来作为中心，作为主题思想。既然如此，那就难怪你把大量有关灯火的见闻、感受和联想都一股脑儿倾泻出来。结果，内容是够“丰富”的了，可是全文驳杂臃肿，杂乱无章；主题不但不高，而且还很模糊。为什么？关键就在于缺了一个统帅全局的灵魂。

《……赋》是一篇十多年前的旧作，它以抒发乡土感情为主旨，并以此统帅全文；所以行文时，感情充沛，左右逢源，从表面看，你注意了立意，似乎比《灯》稍胜一筹。但是你用来抒发这乡土感情的联想和叙事，虽则大部分是无可厚非的，可也有些地方掺杂着一些很不健康的东西（譬如你把一般妇女挑担时换肩的动作，说成是你们家乡的妇女所特有的等等）和一些同现实斗争意义不大的穿插（例如陈三、五娘的恋爱故事等）。这大概正是由于这种狭隘的乡土感情所主宰、所孕育出来的恶果吧？其实这恰恰可以反转来证明：对乡土的爱如果不经过阶级分析和批判，它可能把最陈旧的、与时代格格不入的意识夹带出来。这情况之所以发生，是不是可以归咎于你在酝酿这篇散文的“立意”时，放松了马克思主义、毛泽东思想的指导，纯由狭隘的乡土感情所支配呢？立意既不正，那么由此而生发出来的联想和抒情等，当然就不可能是健康的。因此，想在这样（狭隘的乡土感情）的心境支配下抒发无产阶级革命时代的革命感情，自然就无从谈起了。

《竹……》是以“竹棚”这个具有特异色彩的意象作为这篇散文的主线的。在立意上，你不满足于一般的概念，而是从生活感受中概括出一个富有感性意味的意象来做主脑，这本来是不错的；可惜你选来体现这个立意的场景和人物素描……却极一般，而且又极抽象，换句话说，你没有通过特殊性来表现普遍性，没有通过个别来反映一般。结果，全篇影影绰绰，飘飘忽忽，不仅缺乏艺术感染力，而且也损害了主题的战斗力和说服力。当然更根本的原因是：生活不足和感受不深。

在这篇散文中，我注意到一节颇有深意的文字。

“它”（指竹棚——引用者注）走了，就像它的主人成千成万的水电工程建设者一样，为了早日改变我们一穷二白的面貌，他们转战青山办水电，多少回蓝图在胸，进竹棚，多少回电站落成，打起背包又出发，身后明珠万斛机轮转，前面战斗途程更灿烂，从一个工程走向一个工程，从一个胜利走向一个胜利。

气象多么壮阔，时代感多么浓烈！要是你以这种豪情和气魄作为主脑，作为统帅全文的灵魂，并由此生发开去，展开你的联想和抒情，定可以把水电工程建设者的革命气概、无产阶级的高贵品质和负责精神表现出来。这不就是极其动人的英雄人物的素描和激动人心的英雄赞歌么？

这类人物形象，虽不像戏剧、小说中的人物那样细致地刻画性格，但它们却与抒情诗中的“抒情人物”十分近似，是通过感情、情绪来体现人物性格和塑造形象的。而“四人帮”的爪牙却胡说什么散文必须遵照“三突出创作原则”，强调散文必须以写人物为主，否则“就不能在散文中贯彻‘三突出创作原则’”云云，妄图以此来排斥抒情散文和记事散文……这种胡言乱语，同那种强调在抒情诗中贯彻“三突出”的论调，是同样荒谬透顶，不堪一驳的。

提到抒情散文或记事散文，我立即联想到一些饱含着诗情画意的散文作品。在前面，我曾提到意境，提到情景交融，其用意，无非是希望在散文中有一种耐人寻味的隽永的诗意。有一位我所十分尊重的散文作家，曾经在信中向我讲过这样的一段话（后来编散文集时也将这段话放在《后记》里），他说：“我在写每篇散文时，总是拿着当诗一样写，我向来爱诗，特别是那些久经岁月磨炼的古典诗章。这些诗差不多每篇都有自己新鲜的意境、思想和情感，耐人寻味，而结构严密，选词用字的精炼也不容忽视。我就想，写散文不能也这样么？于是就往这方面学，常常在寻求诗的意境。……杏花春雨，固然有诗，铁马金戈的英雄气概，更富有鼓舞人心的诗力。你在斗争中，劳动中，生活中，时常会有些东西触动你的心，使你激昂，使你欢乐，使你忧愁，使你深思，这不是诗又是什么？凡是遇到这样动情的事，我就要反复思索，到后来往往形成我散文里的思想意境。动笔写时，我也不以为自己是写散文，就可以放肆笔墨，总要像写诗那样，再三剪裁材料，安排布局，推敲字句，然后写成文章……”这段话，说明了这位作家的散文的特点，也道出了他写作散文时的美学理想及严肃态度，这是值得我们认真学习的……

扯远了，还是回到立意的问题上来吧。从上面的分析来看，要写好一篇散文，立意是首要的，不仅立意明确，而且还要紧扣时代的脉搏；当然，所谓立意不能凭空臆造，应当在三大革命实践中经过再三感受，反复思考，又经过形象构思而逐步形成的。其次，对于开拓和体现立意的叙事和联想，场景抒情等等，也不宜忽视，倘选择不当，或满足于皮毛，不仅不能深刻生动地体现主题思想——不能使你所想表达的思想感情在富有感染力的生活图画中浮现出来，而且可能相反，会严重损害你的立意，这两者恰似心灵与皮肉，是相互作用，相辅相成的……

（选自《广州文艺》一九七七年第五期）

文学随谈录

——萧殷谈创作

谢望新

谈话的时间：一九七八年三月二十七日至四月二日

三月二十七日

现在全国报刊都在讨论形象思维的问题，这是一件有理论和实践意义的事情，是文艺领域里拨乱反正的根本问题之一，从三十年代开始就已存在的艺术上“左”的教条主义，公式化、概念化的倾向，一直没有得到根治，而是日渐盛行起来。十年浩劫中，“四人帮”搞的那一套“主题先行”、“从路线出发”、“三突出”等创作模式，几乎葬送了我们的整个文艺。可以断言，文艺创作如果离开了生活，离开了形象思维，就等于自取灭亡。尤其是在现在，在我们的创作还远没有从教条主义、公式化概念化的束缚中解放出来的情况下，更要强调从生活出发，从个别出发，从形象出发，从真实出发，重视和掌握形象思维的规律和特点。

目前的讨论，意见基本上是一致的。就是承认有形象思维这种思维形式的存在，并认为它是整个艺术创造过程中唯一起作用的思维形式。至于六六年发表的《文艺领域里必须坚持马克思主义的认识论》那篇文章中的观点，现在虽没人站出来坚持，但并不等于说它不存在。其实，还是有人认为根本就不存在着一种所谓形象思维的形式，提出形象思维就是否定马克思主义的认识论。前一种意见的主要方面我赞同，但并不认为它是完全的，后一种意见则是不正确的。我现在在思考这样一个问题：在承认整个艺术创造的过程中，形象思维起主导的、决定的作用的前提下，逻辑思维在某种特定的情况下，是否对艺术创造也起着一定的作用?

没有形象思维，就不可能进行形象创造，也就否定了进行形象创造的形象思维本身。难道能用概念进行艺术创造吗？如果用逻辑思维来构思作品，必然把规律、原则、观念、结论当作题材，当作创作的出发点，其结果必然是简单化，坏人就是坏人，好人就是好人，不会有复杂性。艺术的一切部类，文学、戏剧、电影、音乐、舞蹈、美术、摄影、曲艺等，都离不开形象思维。在延安的时候，有一次当我要到黄河边时，冼星海同志问我：能不能帮他买到驼、牛、羊、马四种铃子？我当时感到莫名其妙，他要这些东西干吗？星海同志对我说："我们搞音乐创作的与你们搞文学创作的一样，也要联想，要形象构思。只有一种声音触发时才会引起联想。只要当我听到这类牲口的叫唤或铃声时，我马上就联想到了沙漠，或想到了草原，想到沙漠无际，草原连成一片。我要通过声音来抓形象，借用联想，引起灵感，一下子仿佛被带进了诗情画意之中，然后把这些诗情画意用音符表达出来……"你看，仅仅是铃声，就能引起星海同志如此广阔、深远的艺术想象，这不是形象思维的作用又是什么？作家在进行形象创造时，一旦钻进了人物及其所处的环境中，钻到了人物的内心世界去探索时，即当作家的整个精神状态都沉浸在人物的遭遇里面时，作家与人物就会处于完全相同的悲欢离合、喜怒哀乐之中。只有这样，作家才能写出震撼人们心灵的佳篇来。这时候，形象思维的作用是绝对的，是排它的。当然，这种情景的出现有个前提，就是作家对人物的酝酿和整个艺术构思必须十分成熟，到了呼之欲出，立于纸上的地步。别林斯基称赞果戈理：写人物时，说他熟悉到连人物衣服上的皱褶，也都清清楚楚地出现在他眼前。果戈理的一位朋友在回忆他写《死魂灵》时，也说到过类似的情况：有许多次经过果戈理的房门前时，只听见果戈理一个人，在锁着的房间里，好像正在同什么人谈话，而有时还用各种不同的声音说着。

但是，艺术创造并不像直线或平地那样单一，而是一种极其复杂的精神活动。当作家进入形象创造的阶段，可能出现各种情况，或修正原来的创作计划，或改变人物之间的位置及其相互关系，甚或改变事件的发展和结局。有的主要人物降低为次要人物，次要人物升格为重要人物或主要人物，有些原来构思中没有的人物又闯了进来；随之而来的，是性格冲突发展的某种变化，有些原来设计好的情节被摈弃了，有些原来没有的情节又出现了，或是原有情节的社会“面积”得到扩大，性格冲突的个别原因变为结果，等等。法捷耶夫在谈到他写《毁灭》过程中，美谛克的结局由自杀变为叛变，美迭里扎由次要角色变成重要角色时，曾形象地说：“这是主人公改正了我”。这说明，作品中的人物性格一经形成、确立，就会顽强地按照自己的意志、思想和性格的逻辑去行动和说话，作家只有忠实地沿着人物在典型环境中性格发展的线索去进行艺术创造——而不是用自己的主观随意性去左右人物或与人物对抗，强制他改变性格发展的逻辑——才不会招致作品的失败。高尔基为什么说他的小说提纲，“是在写作过程中自动产生的，是由主人公自己制定的”呢？道理就在这里。

有时候，作家所创造出来的艺术形象，它所提供的社会价值和美学价值，超出了作家的预料，比其原来所认识的一般生活哲理还要深刻得多。这就是通常所说的“形象大于思想”。据说，果戈理就曾被自己小说中所揭示的真理吓得近乎发狂。

上述创作情况，起作用的就是形象思维。这时候，作家如果过多地考虑原则、框框，必然会限制甚至歪曲、破坏形象的创造，肢解它的完整性。

那么，在艺术创造的过程中，究竟存不存在逻辑思维，它是否起过作用？我想，不应简单地否定这一点。因为许多艺术大师丰富的创作实践及其理论已经作出了回答。作家在接触和认识生活时，对人物、事件、场景、语言、动作、细节等有所选择，有所取舍，为什么呢？无非是要衡量一下，这是不是有助于形象的创造，有助于表达和深化生活。这个衡量的尺码往往就是逻辑思维。即使作家在进入形象创造时，逻辑思维也并不是完全不起作用的。有的作家写着写着，突然发生“卡壳”、“急刹车”的现象，写不下去了。可能是碰到难点，思路不畅通，也可能是感到广度和深度不够而不满足。往往在这种时候，作家就会停下笔来，对创作过程作一番检查，分析一下问题到底出在哪个环节？乃至提出各种各样的假设：性格真实不真实？情节合理不合理？在这个环境下发生的事情可能不可能？细节的分量够不够，等等。当作家在进行这种“检查”，拿起尺码去衡量时，能说逻辑思维没有起任何作用吗？一般原则、规律，只要不把它当作一种框框来限制，妨碍形象的创造，使生活去迁就和适应它，而是有助于作家更准确、更深刻地去把握和认识生活，去创造艺术形象，起着一种协助形象思维的作用，那么，逻辑思维的存在不仅是允许的，也是可能的。五十年代中期，我国曾翻译过多宾的一个小册子《论情节的典型化与提炼》，以及他的一些别的论文。这些文章，详尽地论述了俄罗斯批判现实主义的大师托尔斯泰、契诃夫、果戈理、屠格涅夫以及福楼拜、司汤达等的一些名篇，是如何经过反复的认识和“改造”，终至成为伟大作品的。这些文章对当时我国文艺理论批评界产生过有益的影响。它并没有一概排斥和否定逻辑思维在艺术创造中的作用。当作家一旦明白了他笔下的人物和事件内在的因果关系时，这个作品的社会意义就会更鲜明。思想的闪光将一切生活事实（场景、情节、细节等）统统照亮，作品的意义也从形象的内部生发出来。托尔斯泰从一位当检察官的朋友那里，听到了一个贵族青年向进了监狱的年轻妓女求婚的故事后，马上产生了创作的冲动，但当提笔写《复活》的开头时，写了几次又放弃了，有时一隔就是几年。为什么像托尔斯泰这样的大作家，连写一个开头都会时断时续？这里，除了作家苦于找不到一个理想的艺术形式把他对社会的见解血肉相连地，充分、明晰地表现出来外；同时，还在于他对这个听来的故事本身，也还有一个不断加深认识的过程，使这个个别事件与典型概括能极其精确、融洽、艺术地再现出来。小说中人物的生活道路应该通过什么样的环境来表现？他们处在这样的环境中应该怎么办？他们的命运该怎样安排？这一切使托尔斯泰焦躁不安和感到痛苦。后来，当他“根据作品的思想”来进行了“对小说的开端的检查”之后，他认识到小说“应该从法庭的审判写起”，才能将玛丝洛娃的悲剧一开始就深入到道德和社会问题方面。小说这个开头的改变，不仅使整个小说一下子活起来，提起来了，而且具有思想的深度。显然，托尔斯泰在对这个听来的故事（生活）进行再认识和深入开掘其内在意义时，是始终以玛丝洛娃及其周围的人物（形象）为依据的；而在进行具体的形象创造时，又是以逻辑的力量和思想性为其烛光的。歌德说：“感觉给它以刻画清楚的、确定的形象，理解对它的创造力加以节制；理性使它获得完全保障，在思想观念上立下基础而不致成为梦境幻象的游戏。想象超出感觉之上而又为感觉所吸引。但是想象一发觉向上还有理性，就牢牢地依贴着这个最高领导者。……透入一切的、装饰一切的想象不断地愈吸收感觉里的养料，就愈有吸引力；它愈和理性结合，就愈高贵。到了极境，就出现了真正的诗，也就是真正的哲学”。杜勃罗留波夫也说过：“把最高尚的思维自由地转化为生动的形象，同时，在人生的一切最特殊、最偶然的事实中，完全认识它的崇高而普遍的意义——这就是一种到现在为止，还没有什么人能够达到的、使科学和诗完全融合在一起的理想。然而一个在自己的普遍的概念中，有正确原则指导的艺术家，终究要比那些没有发展的或不正确地发展的作家来得有利，因为他可以比较自由地省察他的艺术感情的暗示”。高尔基则说：“艺术家是善于赋给语言、声音和色调以形式和形象的人，艺术家应该努力使自己的想象力和逻辑、直觉要素、理性的力量相称”。记得茅盾好像也说过类似的话。伟大的作家会是伟大的思想家，这并不是偶然的。

上述这种创作情况，是客观存在的，许多创作经验丰富的作家都会有这个体会。有时甚至会出现更为复杂的情况，作家在酝酿和构思过程中，有时形象思维与逻辑思维互相结合、穿插、交叉在一起，以至很难分开来。这样讲，并不是说逻辑思维可以代替形象思维，更不是万能的。作家在创作过程中碰到疑难之处，需要停下来思考一下，对某些生活现象很熟悉，但认识还不深刻，有时逻辑思维也不一定能解决这些问题。至于涉及作品的各个主要方面（倾向、思想、感情、环境、人物关系、性格冲突、情节等），更需要通过补充生活，依靠形象思维来解决。

四月一日

一九五六年，我在上海与一些文学青年座谈，据一个工厂的业余作者反映：他首先后给一个刊物的编辑部投去几篇小说，结果都被退回来，编辑部每次给他写退稿信，都指出他的作品写得太浅，生活气息稀薄，恳切地希望他深入了解生活。可他每次接到信都感到很难理解，认为自己天天都在工厂里，哪里还有什么生活问题呢？这位青年作者反映的情况，引起了我的注意。究竟哪一方的判断是正确的呢？为慎重起见，会后，我向这位青年索取了编辑部给他的退稿，经过仔细阅读，发现作品的生活气息淡薄，人物只有朦胧的影子，既不生动，也不深刻，似乎都有一点意义，但都不是来自生活。看来编辑部的意见是中肯的。

直到现在，这类问题在创作中并没有完全解决。有些作者看生活，总觉得它是一览无余，一目了然，一平如水，没有蕴藉，没有诗情，也没有波澜。因此，写出来的作品，既很平淡，也很呆板，经不起咀嚼，也没有回味余地。写的只是过程，只是情节，常常是见事不见人。即使接触到生活中的某些矛盾斗争，也十分表面，而且常常把它孤立起来，知其然而不知其所以然。生活里发生了什么事情，他兴许知道得一清二楚；但为什么会发生，却茫然无知或一知半解。这个问题如果不解决，作品的社会意义、作品的思想性就不可能有深度和令人信服。一些作者看生活只满足于现象，满足于事情发生、发展及其结局的过程，满足于有头有尾，但却忽视从认识生活的具体形态中，进一步洞察它的底蕴，它的症结，它的内在规律及其特点。说实话，这怎么能算是真正认识了生活，更哪里谈得上独具慧眼地发现生活的真理呢？

如何解决这个问题呢？这里，至少要抓住认识生活的两个基本环节。第一，要注意性格。由于彼此性格的不同，才产生了摩擦、对立以至于冲突。第二，要找出性格为什么各异的根源，即写出支配性格产生、发展的特定条件和环境。恩格斯教导作家不仅要解决人物“做什么”，还要进一步解决“怎样做”的问题，也就是说的这个意思。事件的进程必须从环境的变化，从性格的发展来表现，而不是用社会学、政治学的概念来印证，也不是生活现象的简单重复、叙述和摹拟。不要以为这道理很简单，但好些青年作者却常常忽略这个问题。

作家应有对生活和艺术的孜孜不倦的探求和创新精神，不是任意编造，也不是想当然地杜撰，而是要深入地找出生活本身所固有的矛盾及其本质特征。不仅要写出性格，写出感情，而且要给人以生活哲理的启示，不然，就不能在读者中引起共鸣共感。所以，作家的人生经验越丰富越好。过去有人说：诗人越不懂人情世故，越单纯越好，这种观点是不正确的。前些日子，一位在香港从事文化工作的朋友曾寄来一副对联，“阅透人情知纸厚，踏遍世路觉山平”。你即使不认识这对联的作者，也可想象到他所经历的生活多么坎坷，遇到多少波折。我国不少古典诗词，都是富于哲理的。孟浩然的诗句中有：“失名谁肯访，得意争相亲”；“山中人自正，路险心亦平”；“苍鹰独立时，恶鸟不敢飞”。这些诗句，都是作者在人生遭际中，经过反复探索、发掘，并用心血凝聚，浓缩成的思想结晶和生活真谛。

就表面写表面，就现象写现象，肯定写不出深刻动人的作品。必须让生活的素材，经过反复的提炼、深化、酝酿和发酵。

四月二日

在进行艺术创造时，要特别注意差别性与独特性这个问题。要把零零碎碎的生活印象创造成为完整的、有生命的艺术形象，就要善于发现各种事物的独特性和事物之间的差别性。不仅要看到形态上的差别性、独特性，而且还要看到这种差别性、独特性所产生的原因。在自然界，万物各呈姿态，各具色彩。在社会上，各种事物也是千差万别，千姿百态的。作家在深入生活时，应该着力寻找和研究各种生活现象之间的差别性、独特性，只有注意、了解和掌握了这些，在创造人物时才能得心应手。高尔基曾惊叹，“当我在巴尔扎克的长篇小说《驴皮记》里，读到描写银行家举行盛宴，二十来个人同时讲话因而造成一片喧声的篇章时，我简直惊愕万分，各种不同的声音我仿佛现在还听见。然而主要之点在于，我不仅听见，而且还看见谁在怎样讲话，看见这些人的眼睛、微笑和姿势，虽然巴尔扎克并没有描写出这位银行家的客人们的脸孔和体态”。试想一下，巴尔扎克倘若没有极其精确地找到每个人物表达思想，见解的特殊语言方式，即他们的差别性、独特性，他的作品能收到如此的奇功异效吗？

在艺术创造中，没有具体就没有独特，没有独特就没有个性，没有个性就没有独立的生命。一切场景、事件、对话、细节，都非依靠独特性不可，否则，就没有真实。文学作品一旦失去了真实，也就没有了艺术的魅力。总之，要想把所接触到和感受到的生活，经过浓缩、深化、概括成为有生命的艺术形象，首先就要作者掌握事物的个别性、独特性，掌握事物之间的差别性。那种只看到一点或只得到一点启发，就急急忙忙贴上政治思想标签，并以此来确定作品主题的做法，只会造成作品的公式化，或使作品的思想意义陷入飘浮肤浅的泥塘中。

形象思维

——艺术创造的必由之路

毛泽东同志在给陈毅同志谈诗的信中，三次提到形象思维，可见形象思维这一思维方式，对于艺术形象或艺术境界的创造，具有何等巨大的意义！而不学无术的林彪、江青之流以及一些鹦鹉学舌的糊涂虫，却把形象思维污蔑为“反马克思主义的认识论体系”，是“现代修正主义文艺思潮的一个认识论基础”，污蔑为“进行反党，反马克思主义活动的理论武器”，并且还断言：“这个特殊理论，无益于作家，相反，正是它，迷误了许多作家。”

事实上真是如此可怕吗？我们都知道，各种活动、各种事物都有它本身的运动形式，有它本身独特的性质和规律，而艺术创造的活动，自然也不例外。

既然一般事物的认识有它的法则，从现实生活到形象塑造的活动过程，难道就没有它自己的法则吗？既然艺术形象与一般抽象的概念或规律在形态上是不同的，那么，从感觉印象到理性——论理（主题或结论）阶段，其深化方式当然不可能是一样的。如果承认这两者是不同的，那么为什么“四人帮”及其同类这样杀气腾腾，左一个“反马克思主义的认识论体系”，右一个“反党活动的理论武器”，为什么？无它，只是为“文艺黑线专政”论编造理论根据，妄图把从事形象创造的作家、艺术家及青年文艺工作者通通赶入“黑网”，逐步扩及其他战线，为他们“改朝换代”制造口实。

现在的问题是，一些中了毒的人仍然把形象思维这一思维方式视为“修正主义货色”，它竟像一块带菌的干酪，谁看见都害怕三分，不但不敢拿它来吃，连提到它的名称，也讳莫如深。

偶尔提起“形象思维”，就令人觉得莫测高深，再加上“四人帮”用各种最恐怖的颜色把它涂抹得像个面目混沌的魔鬼，使人更加觉得既玄虚，又可怕。

其实，人们大概都喜欢接触和欣赏艺术作品，或看戏，或读诗，或看画，或读小说，而且大家都希望这些作品具有引人共鸣共感，打动人心的艺术力量（或者叫做感染力量）。但要取得这样的艺术效果，作品起码要有栩栩如生的个性鲜明的形象或情景交融的耐人寻味的意境。那么，靠逻辑思维，靠感觉、概念、判断和推理等活动，能否创造出形象和意境呢？不能，绝对不能！其结果只能像马克思所指出的那样："把个人变成时代精神的单纯的传声筒。"或者只会像毛泽东同志所批评的那样，由于"不懂诗是要用形象思维的，一反唐人规律，所以味同嚼蜡。"其所以会导致这么坏的结果，可能还有其他原因，而最主要的却是由于忽视了艺术反映生活的特殊规律。

这个特殊规律，就是形象思维。不管人们如何评价它，也不管你承认不承认它，只要你想创造艺术形象，特别是想创造具有强大感染力的艺术形象或诗的意境，那么，你就非通过形象思维不可。

形象思维到底是一种什么样的思维呢？我对这问题很少研究，更没有进行过深入的钻研，很难讲得清楚。按照我粗浅的理解，我认为：首先，形象思维是从生活开始的，而且在深化过程中，自始至终总是伴随着感性的生活形态。其过程是：作者在生活斗争中不断进行深入观察、体验、积累了大量感性的生活素材，在世界观的指引下，经过去粗取精、去伪存真、由此及彼、由表及里的提炼工夫，把能体现生活本质和规律特征的细节和场景，按性质加以集中概括，按照典型化的原则给以想象和感情的融合和补充，使之成为有生命的个性鲜明的艺术形象。这是形象思维的一种方式。另一种方式，是在长期深入观察和反复体验生活过程中，捕捉一些最富有意义、最能表现爱憎感情、最激动人心的生活片断，通过赋、比、兴的方法，努力使之情景交融、物我一体，造成耐人寻味，引起共鸣共感的诗的境界（或诗的意境）。正是通过这种种画面，自自然然地表露出作者的思想倾向。

真正的艺术作品，大概都是在这种思维支配下创作出来的，这说明形象思维正是创造艺术形象所必经的途径，而且不是其他思维所能代替得了的。既然如此，那么形象思维有什么可怕呢？

有人把形象思维看作是一种资产阶级的文艺思潮，认为它会把作家或文艺工作者引入歧途，进而陷入资产阶级的泥坑。这里不仅表现出他们对艺术创造的无知，而且还暴露出他们把事物法则与世界观混为一谈。为哪个阶级服务，取决于你树立哪个阶级的世界观。用无产阶级世界观去驾驭形象思维，有什么不对呢？实际上，只有这样创造出来的作品，才可能是政治性与艺术性高度统一的作品，才可能是既有无产阶级革命精神，又有激动人心，富有艺术魅力的作品！

《毛主席给陈毅同志谈诗的一封信》的发表，意义重大，不仅对诗，而且对于整个文艺创作都是如此，都会发生有益的作用，它不但将鼓励我们创造更多的作品，而且还将引导我们创造出更富有战斗力和感染力的艺术形象！

一九七九年一月九日于广州

写作谈

从革命的高处看现实

——“文学写作常识”之一

××同志：

此次你所提出的问题，还是不很具体，因此，要回答得具体，就有些困难。……

写什么呢？你说是写生活，写关系到广大人民（特别是广大劳动人民）命运的生活，写他们在现实斗争中的思想感情。这都是对的。但如何从多样复杂的现实生活中去捉住这些主要的思想感情呢？如何才能正确地捉住这些主要的思想感情呢？你却觉得无从下手了。

这个问题之所以会存在，我以为，一方面固然和你看问题的方法有关；但更重要的一方面，还要看你站在什么角度来看生活：站在资产阶级的角度来看生活呢？站在小资产阶级的角度来看生活呢？还是站在工人阶级的角度来看生活？一个新的文学写作者，如果对这个问题抱着模棱两可的态度，他就不可能认识生活的真实面貌，自然，在他的作品里也就不能用革命的精神来教育人民和激励人民，进而推动社会前进了。

电影《武训传》的编者，站在不正确的角度，用一种历史唯心主义观点去处理历史人物与人民斗争，结果把历史的真实面貌歪曲了，起了很不好的作用。还有的作者站在保守的农民立场，抱着一种歌颂小农经济的心情来描写农民，结果，把农民某些萌芽状态的先进的思想感情也歪曲了。

这些事实明明白白地告诉我们，如果作者不是站在工人阶级的立场，而是带着某种偏见去观察现实生活，那么这种偏见就正像眼睛里的障膜，限制了他们的视野，阻碍着他们正确地理解人民生活，并阻碍着他们看得更全面和看得更远。

即使在观察一个同样的社会现象时，因各人的阶级立场不同，也会得出各不相同的结论。曾经听人讲过这么一个笑话：几个俄国的伟大作家，一起来中国游历，当他们踏上了上海码头时，就看见了一个绅士拿一根手杖殴打一个衣衫破烂的黄包车夫，黄包车夫只用双手扶着脑袋，没有一点反抗。这情景，都被这几位俄国作家同时看见，托尔斯泰即刻走向那绅士，说："你这样做是暴力的，不人道的，你应该拿出自己的良心，向这受辱的车夫忏悔！"陀思妥耶夫斯基却无助地、怜悯地望着黄包车夫，自言自语道："唉，被侮辱与被损害的动物，太可怜了！不但衣食困难，灵魂也很痛苦。"屠格涅夫却向车夫说："你要安于自己的命运，相信上帝，生活虽痛苦，但痛苦可以变为崇高的美丽。"高尔基可火了，他狠狠地痛打了那绅士一顿，即转向黄包车夫："你这懦虫，你这卑屈的奴性！起来！勇敢地跟这些恶棍们斗争下去！"

虽然这是一个编出来的笑话，这几句话也不能准确地概括这几位俄国大作家的主要思想特点，但从这里却可以看出：代表各种阶级利益或具有各种阶级意识的作家，他们对于现实的看法以及他们所得到的结论，存在着多么大的距离！

他们之间的结论之所以不同，原因就是由于各人所站的立场不同，所代表的阶级利益和所具有的阶级意识不同。一个站在剥削阶级立场上的作家，他的阶级意识决定了他不能（不敢）正视阶级斗争的实质，因此他的结论（即作品的主题思想），不但不能引导人们走向革命，不能鼓舞人们为推进社会进步去奋斗；而且可能相反，他们还有意无意地向读者散播一些有毒的观念。

经过革命锻炼的作家，就完全两样了。他们不像有产阶级那样，把个人的、小集团的狭隘利益作为考虑一切问题的出发点；他们所代表的阶级，并没有什么私有财富，没有什么顾虑；因此，他们考虑问题最彻底，能看到最远处，最富有理想，并勇于用他们的劳动与斗争来加速这理想的实现。因此，他们看得最全面，也看得最远，所代表的利益也最广泛。具有这种世界观与人生观的作家，能够更准确地认识现实的面貌和阶级人物的精神面貌，能够更好地掌握运动的规律，展望将来，并且知道如何启发人民按照发展的规律，去为美好的将来而奋斗。

在现在，谁没有这样的世界观，谁就不可能成为最优秀的作家。尽管他们自以为是优秀的作家，但决不能是为人民所热爱，又为人民所利用的作家。

作为“人类灵魂工程师”的作家，已不是应不应该站在工人阶级立场来看生活的问题，也不是应不应该掌握工人阶级的世界观的问题，除非你不想在思想领域里起任何作用。倘若你还想使用文学这门武器，并且愿意对人民有所贡献的话，首先就得改变立场，从非工人阶级的立场上转移到工人阶级的立场上来。倘不如此，你不但不能改造人们的心灵，而且可能相反，可能用你腐朽的阶级偏见腐蚀了人们的心灵。

正因为这样，所以我们应以高度的警惕心，防止一切资产阶级的或已经被消灭的阶级——封建阶级、买办资产阶级的思想毒素侵入我们新文学的领域。作为思想战线上的有力武器之一的文学，一定要保持它的思想的纯洁性、战斗性与党性。

倘不如此，我们的思想就可能因各种思想的侵入而造成混乱，我们的青年就会被各式各样的反动思想所毒害。

请你不要怀疑，我在这里所说的纯洁性和党性，是指作品的思想内容而言，并不是说要限制作品的题材范围。因此，与你信中所提出来的问题——即“其他各阶级的人物，可不可以作为描写的对象呢？”的问题——并无什么原则上的冲突。其实，这个问题，前两年就有许多人向《文艺报》提出来过，那些提问题的人中间，有一大部分是由于对毛主席的文艺方针不了解，另一小部分人却是蓄意来钻空子的。后一部分人还提出理由说：“入城后，群众改变了，小资产阶级在城市里占压倒的优势，应重新考虑工农兵的文艺方向问题。”有的说：“写工人的劳动太单调，太沉重，没有味道，应写些有趣味的有情调的生活。”这样的意见总是不间断地汇集到文艺刊物的编辑部来，一直到个别的、来自根据地的作家发表了充满庸俗的小资产阶级趣味的作品之后，这种意见才逐渐地少起来；因为他们已在创作中找到了“范例”，认为照着做就是，何必费笔墨去讨论呢？然而，到了某些作品受到批评之后，那些钻空子的人好像碰到了硬钉子，于是，老调子又想重弹了；可是，这一次他们知道老调子已经弹不响，人们也不爱听了，于是想出了另外的理由。他们说：“共同纲领明明规定是工人阶级、农民阶级、小资产阶级、民族资产阶级联合专政，为什么你们竭力反对资产阶级、小资产阶级甚至农民的思想感情在文艺作品中再现呢？这很使人奇怪！”

其实有什么可奇怪的呢？共同纲领不是明明白白地规定“以工人阶级为领导”吗？使人奇怪的倒是他们自己，在口头上他们不是口口声声承认工人阶级的领导吗？但在创作实践中，为什么又不愿意通过艺术形象去贯彻工人阶级领导呢？这种理论中如果不是出于对共同纲领的无知，那恐怕就是蓄意歪曲工农兵的文艺方向了。

我们认为，文学是心灵教育的重要手段之一，保持它的真实性、战斗性与党性，应该是每一个革命文学工作者所必须通晓的常识。只有这种认识在作者的头脑里明确之后，写什么题材的问题，就容易解决了。

当然，我们还是主张应该着重反映工农兵的生活，因为他们是推进社会、创造历史的主要力量，他们的贡献也最大。但如果你觉得非写资产阶级或小资产阶级不可，我们也不能勉强你一定不写。可是有一条必须记住，你必须站在工人阶级的角度去看现实，去看各阶级的人；否则，你不仅把他们当作描写对象，而且很可能不知不觉地做了资产阶级思想或小资产阶级思想的传声筒。同时，你还必须牢记着另一条，那就是：不要脱离了现实矛盾的主导方面，孤立地去观察他们，否则，也会歪曲现实生活的真实面貌。

有这么一篇作品，作者离开了现实斗争的主要矛盾，孤立地去描写某一个资本家的进步作用。结果，把那个资本家写成了“革命的灵魂”，把工人群众与干部都写成了“阿斗”；在那里，好像一切新的创造，新的设施，新的作风，新的气象，都是由于那个资本家的“领导有方”才会有的，好像离开了那个资本家，一切都将毫无办法。这样荒唐的描写，难道与我们的社会现实有一点共同之点吗？

这样孤立地去估计和判断资产阶级或小资产阶级的作用，其结果只有一个，那就是歪曲现实和歪曲阶级人物的精神面貌。

上面说了那么许多，你大概已经理解我的意思，现在概括成一句话来说，就是：一个文学作者，如果他不站在马克思主义的高处来看现实，不从发展的观点去观察现实，那他就很难认清哪是主流，哪是本质，也就无法辨别哪是典型特征……因而也就不可能真实地反映生活。

关于立场的问题，就谈到这里吧。这是一个带根本性质的问题，很难在一封信里谈得透彻。我写这封信的目的，只希望你对作家的立场与认识现实的关系有个较明确的概念而已。今后给你写信时，我还准备通过各种具体问题继续对这个问题进行探索……

一九五一年十月二十八日于北京

在斗争中认识生活

——“文学写作常识”之二

××同志：

……我在前一封信中所谈的关于作家的立场与认识生活的关系问题，你来信表示已经得到一个大略的认识，这自然是好的。但是，我还要告诉你，仅仅在理论上懂得立场的重要，并不等于就能够认识生活。要真正认识生活，还需要进一步地参加到群众生活中去，参加到人民战斗的行列里去；否则，所谓站在人民的立场，只会变成挂在嘴边的空话，如果不在斗争中或实践中去体现立场，就无法说明你是真的还是假的站在人民一边。

有些人，在口头上自称是“为工农兵服务”，“为工人阶级服务”，但在对待实际问题时，在创作实践时，他们仿佛又忘记了口头上曾经反复说过的话，而赤裸裸地、全部地用他的非人民大众或反人民大众的观点来对待问题了。——这些只把立场停留在嘴边的人，实际上他们不是站在劳动人民利益的立场去反映现实生活，而只是捧着“劳动人民的利益”，作为装饰品，企图给自己打扮而已。

在你来信中，所列举的那些作品，正说明有些写作者还没有把立场贯彻在创作实践中，在他们的作品里，虽然也是描写新社会的事物；但是，在字里行间或在细节、场景之中，却感觉不到作者有什么热情，只是像照相似的重现一次，读者竟连作者的爱或恨也感觉不到。在理性上，他们是知道应该爱新事物的，但是实际上他们对于新事物，却没有真实的感情；因此，虽然他们辛辛苦苦地搜集了许多材料，但是材料还是材料，作者的感情还是作者的感情，两者之间并没有融合；写出来的所谓英雄人物或英雄事迹，仅仅是一大堆原始材料的堆积，成为一堆没有生命的“死材料”。这些现象之所以发生，主要原因是作者对于描写对象并没有真正的爱，也没有真正的理解。

那么，针对着上述的缺点，用抽象的所谓作家的主观，去体验描写对象的精神世界，对不对呢？我以为也是不对的。描写对象应与作家的思想感情相结合，是正确的；但不是用随便一种什么样的思想感情都能够体验新人物的精神世界。比如用资产阶级的或小资产阶级的思想感情去体验革命者的内心世界，其结果显然只会歪曲人物的精神面貌。

曾经有些人把“作家的主观”抽象化了，以为用自己的未经改造的小资产阶级的主观，也能够体验出共产党员的精神面貌。结果呢？把共产党员写成了心地狭窄，情感阴暗的人物；他们在困难前面愁眉苦脸，看不见前途，遇到矛盾，则毫不冷静，没有原则；“他们的精神状态常常是紧张的，激动的，半疯狂的，甚至是歇斯底里的”。请问，这样灌满了小资产阶级知识分子血液的人物，哪里还有一点共产党员的气味呢？

那些毫无革命斗争经验的作者，固然无法以自己的“主观”去体验新人物；就是有过一些战斗生活经验的作者，也不能把过去一点点的生活经验当作“永远不变的法宝”来使用。当然，经历过一段战斗生活的作者，在一定的程度上，能够体验出一定人物的精神面貌；但作者却没有理由满足这段生活经验。因为社会正在向前发展，人们的精神面貌——思想感情，也不断地发展和变化。如果我们满足过去这一点点的生活经验，结果就会使作者的思想感情赶不上现实中先进人们的思想感情；如果还企图用这点点过了时的经验，去理解现在的新人物的思想感情，结果只会歪曲人物的精神面貌。M.巴巴瓦说得很好：“作家自满于其创作之成长，自满于观察那发生于我们社会中的现实过程的才能，于是英雄的意识超越了作家；我们现实向前发展的激流，正喧噪地经过作家身旁，面作家则被摒弃于现实的彼岸，那么，即使任何情节的机谋与任何谙练的专门技巧，都是无能为力的。”（见《人民文学》一九五一年五卷一期《追随英雄之后》一文）现在，我们不是有人还满足于游击战争的经验并企图用这种经验去表现朝鲜战场的情景和志愿军战士的思想感情吗？结果，不但不能正确地反映他们的生活和思想感情，反而严重地歪曲了他们的思想感情。

这些事实告诉我们：不管是没有战斗生活经验的，或有过一段战斗生活经验的作者，都需要经常地深入生活，理解在运动发展中的人民的思想感情。

要使文学艺术能深刻地反映伟大的社会事件、人民运动、人民生活的真实面貌，作家就一定要追随着时代前进。这是踏踏实实的工作；不如此，一切“偷巧”的做法，都只会失败。

要深入地、真实地理解人民在斗争中的思想感情，旁观的态度或抱着单纯“搜集材料”的采访方法，都将会毫无所得。只有以生活创造者的身份参加到生活中去，战斗中去，钻到社会发展的过程里去，在战斗生活的体验中去观察、研究人民在斗争中的思想感情，才是可靠的。只有在战斗生活的锻炼中，才能逐渐地考验立场与站稳立场，才能具体地感受人民的爱憎，只有这样，作者的爱憎才能与人民的爱憎相一致。

文学艺术工作者的爱憎，如果与人民的爱憎存在着距离，那么，作者所注意或所感动的东西，常常不是人民所需要的东西，这样的作品，首先在情绪上就会使人民感到“不舒服”，哪里还谈得到在精神上教育人民呢？

其次，作家的创作，并不是生硬地去写什么，而是先对事件或人物发生了爱憎，然后才产生对事件或人物给以艺术表现的欲望。如果作者对于描写对象毫无爱憎，即使他努力描写并写得很生动，顶多也只能成为一张表面的，没有贯注思想感情的照相。正如你所说的那样：“对新鲜事物，实际上没有什么兴趣，没有感情（爱或憎），每拿起笔来写作时，因为常感到自己的感情‘不对头’，而压抑着自己曾经感动过的主题，写一些觉得应该歌颂的新事物和新人物，但由于自己对那些新人新事并没有真实的感受，所以写出来的作品，别人都说我写得很虚伪，不能感动人。……”

你这种情况是可以理解的。试问连作者自己都没有感动过的主题和情节，如何能感动读者呢？

现在，有不少的文学写作者都和你的情况相仿佛，他们下决心去描写新事物与新品质，论其动机都是很好的，应该受到鼓励；但是他们所努力追求的，仅仅是片面地寻找重大的主题，反而把掌握重大主题的先决条件——即深入生活与提高思想——抛到脑后去了。在他们看来，好像只要能找到了重大主题，就一定能够写出伟大的作品似的；但是他们却忘记了一个更根本的问题，那就是，如果一个作者没有革命的战斗的思想感情，他怎么能够感受与理解革命的战斗生活和战斗生活中的人呢？

对于一个重大事件，如果你的感情不能接受它，又如何能成为你的作品的题材呢？既然你在感情上与描写对象有距离，那你怎么能够通过形象去打动读者的感情，进而激发读者去行动呢？

如果再进一步追问：那么某些作者为什么对新的描写对象没有感情呢？那就不能不归咎于他们的立场了。一个文学作者，他如果不以生活创造者的身份参加到斗争实践中去，不能从广大人民利益出发，不能在思想感情上彼此息息相关，他怎么能够与人民同喜怒、共哀乐？又怎么能够爱人民之所爱，恨人民之所恨呢？既然这样，对广大劳动人民所喜爱的东西，他又怎么会有感情（爱）呢？

所以说，仅仅抽象地知道立场，还不能在认识生活上起作用。更重要的，是作者认识了立场的重要性之后，进一步地深入到变革的实践过程中去，到火热的斗争中去，把立场贯彻到斗争生活和劳动生活里去。只有当作者与广大人民站在一个利益的基础上，作者才可能进一步在艺术形象中充分体现出作者的立场。

形象，是体现作家对生活认识的一种手段，任何“巧妙的虚假”也无法掩饰作家在形象中所体现出来的立场、观点、思想和感情的。是真是伪，是深是浅，是表面做作还是来自心底深处，读者在接触形象时都能够辨认出来的。……

现在我们进一步谈到新人物的描写与作者斗争实践的关系吧。

你来信问：“好些写新事物、新人物的作品，为什么都写得那样概念化呢？出现在那些作品中的新人物，几乎都是没有什么个性，他们只按照工作日程表办事，只按照上级分配给他的任务办事，他们没有什么思想与感情，倒像一架机器。我知道现实中的新人物并不是这样的，但我却不知道写作者为什么把他们写得这样……”你所指出的作品，我也看过一些，在这些作品中，常常有这样的现象：落后人物常常被写得很生动，也有血有肉；但一写到新人物，不但写得枯燥而且完全被模式化了。出现在这些作品中的所谓新人物，已没有为血肉生活所贯串的个性——思想感情；不能在他们克服困难时，看见在他们身上较集中地表现人民的智慧；也看不出他们高尚的品格，更看不见他们与群众关系中的血肉相连的感情。

为什么呢？那是由于这些作者并没有真正地理解新人物，更没有在生活斗争中认识他们的品格。这些作者之所以写新人物，是因为他们从理性上知道新人物应该歌颂；但是新人物的高尚的政治品质与智慧表现在什么地方？又起了些什么作用呢？他们却不很清楚。

你说："常常访问新人物，是一种很好的方法。"我以为访问固然可以帮助我们了解他们的事迹，但却不能使我们深刻地理解他们的精神世界。要真正地从他们的行动过程中认识他们的精神世界，写作者还需要参加到斗争中去，与他们并肩战斗，又经过反复的观察和体验，你才可能真正地认识他们。因为：如果写作者没有与人民一道斗争的经验，他如何能够理解那些与人民一道斗争的英雄人物呢？如果写作者不参加斗争实践，他又如何能够理解那些在斗争中的英雄人物的性格呢？

据说某炼钢厂里，有一个热修马丁炉的英雄，曾披着浸透了水的棉被，爬进一千四百度高热的马丁炉里，十分钟湿棉被就被烤焦了。若身体稍弱或超过了十分钟，人就会窒息在炉里，但这位英雄却胜利地完成了任务，安全地从炉里爬出来。事后一个文艺写作者听了这消息，就去访问他，问道："炉里热度太高，太危险了，你为什么一点也不怕呢？"英雄听了这句话冷冷答道："为人民服务嘛，有什么可怕的？"据说那位文艺作者带着满意的神情，把这句话记在笔记本上了。其实，从这句话里可以看出什么呢？不从斗争生活中去认识他们精神世界，只这一句话，又有什么用处呢？

在现实斗争中，有许多英雄人物，有更多具有英雄品格雏形的人物。当你站在斗争生活之外，用欣赏的态度去旁观时，你将无法理解这些正在萌芽、成长的新因素；只有与他们一起斗争，站在一个利益的基础上时，你才可能深刻地理解他们的性格；只有在这样的生活基础上，你才可能正确地体验并概括那些为血肉生活所贯串的性格，进而真实地表现这些英雄性格。

没有斗争生活的体验和深入的观察、研究，就不可能真实地认识生活。这一条浅近的真理，应该是我们每一个文艺写作者所通晓的常识。

但，是不是说：写什么生活（譬如写国民党特务、写刽子手、写妓女等）都要自己去经验一番呢？我以为不完全是这样。有些生活是需要作者自己直接去经验的；有些生活（如妓女、特务等）虽然作者不可能去直接体验，但只要作者有丰富的生活经验与知识，有着对于描写对象的深刻理解并善于利用间接的经验，再借助别人的经验，也可能真实确切地表现出来。至于表现得是否真实确切，那就要看你对描写对象的感情（爱或憎）以及对他是否有深刻的理解，和对间接经验感受的程度来决定了。关于用间接经验去体验人物性格的问题，就谈到这里吧，以后我将在另一封信里较详细地谈到它。……

一九五一年十一月八日于北京

生活现象的提高和概括

——“文学写作常识”之三

××同志：

……在前一封信里，我强调了革命实践对于认识生活的重要意义，强调了文学写作者必须在生活实践中去把握人物的精神面貌与矛盾的实质；但是，并不是所有在生活中的人，都能理解生活本质的。譬如你自己吧，也是在农村里做过半年工作的，“说自己不在生活中吗？不对。说自己对人民事业没有热情吧？也不对。可是回过头想一想，脑子里只浮现出一大堆零零碎碎的现象，到底在这些现象后面所蕴藏的是什么实质，我却至今还不太清楚”。是的，像你这样的情形，许多人都曾有过，而且有些同志比你工作的时间更长；他们凭着一股热情，整天忙忙碌碌地工作，忙于设法去对付各种浮面现象；他们一般地不太分析现象，不理解产生这些现象的根源是什么；他们天天在生活的海洋中，但他们只盲目地在这海洋里飘浮，他们不是按照水性（规律）去行动，而是被动地为浪花（现象）所左右。他们的工作方法，是“头痛医头，脚痛医脚”，他们不善于发现病根，对症下药，有时他们拿着一服自以为是的“良药”（办法），去对付各种病痛。

这样的工作作风与思想作风，正是我们所常常说的，是“经验主义”的作风。具有这种作风的同志，常常满足于表面现象或表面经验的积累。但这些现象从何产生，在什么条件下产生，他的某一次成功的基本经验是什么，却没有兴趣去研究。他们只喜欢把表面的所谓“经验”，到处搬用。具有这种作风的同志，如果他是文学写作者，我们能希望他在作品中真实地把生活中所固有的内在意义表现出来吗？

艺术形象，不是感觉材料的堆积，也不是社会现象和事件机械的再现；

艺术形象应该是作者把他所感受的生活印象和事实，经过他自己的世界观和美学观点的改造，经过融化和概括，塑造出既具有一般意义的、又独具个性的形象。因而，经过创造的艺术形象，就不再是低级形态的生活现象和事件，而是现实生活更深刻、更典型、更理想和更完整的反映。

要做到这样，作者就需要有一定的观察能力与概括能力。就是说，要善于从现象看到事物内在的意义，单靠热情是不够的，单靠盲目的实践也是不行的，还要求作者具有正确的立场，观点和正确的看问题的方法，要求作者具备一定程度的政治水平、思想水平和一定程度的美学修养。

你来信说："头脑里拥挤了许多材料，但都不能成为写作题材，因为我觉得这些材料都是零碎的，虽经过苦苦思索，也组织不起来。"这说明什么呢？正说明你只用感官感觉了现象，但你并没有深一层地去认识这些现象；你不仅没有认识这些现象后面的实质，也没有理解这些现象之间的内部联系。正因为这样，你当然就无法组织它们。请设想一下吧，如果我们对于一种思想根源所产生的各种各样的现象没有理解，反而把各种各样的现象孤立起来看待，那么，我们如何能够理解这些现象之间的内部联系，又如何能够概括这些现象进而创造出饱含着深刻意义的艺术形象呢？

但，文学写作者的政治水平与思想水平和写作的关系，绝不能理解为拿艺术语言去解说理论条文，或在人物形象之外附加上一些"议论"，也不是写作者在写作时才临时地去参考政治书籍或政策条文。这样的做法，不仅不能正确地帮助作者去理解生活，进而加强作品的思想内容，而且可能相反。有些作者常常用原则去硬套生活，而不是从生活中去提炼主题；结果，阉割了生活的逻辑，也破坏了作品的思想内容。正确的态度，应该是作者平日就学习理论，提高自己的政治水平与思想觉悟，善于在日常生活中运用正确的立场、观点和方法去看问题，去对待实际问题。只有当作者把马克思列宁主义的观点与方法贯串在日常的生活与斗争中，贯串在人与人的关系中，理论才能被作者消化，理论才不再是抽象的概念，而变为作者自己的有血有肉的思想感情，变成作者自己的心灵。只有在这样的情况下，作者才能有灵敏的感受，和丰富的生活印象的积累。只有如此，作者才可能把生活感受引向深化和概括，才可能"去粗取精、去伪存真、由此及彼，由表及里"地进入典型化的创造……

你来信说："有些写作者认为，写作不需要学习理论，有了理论反而会妨碍艺术创作。他们说，脑子里塞满了政治理论，首先就会妨碍艺术感觉，理论一多，就会使作品公式化。这种说法对吗？"不对，完全不对！文学是教育人民，陶冶心灵的工具，写作者的头脑，如果没有为革命为人民的理想，如果没有正确的立场、观点与方法，想通过他的"艺术创作"去教育人民和鼓舞人民，就会碰到许多困难。可以断言，一个完全不懂马克思列宁主义的立场、观点和方法的人，他就很难正确地、深刻地理解现实生活的实质。我不相信那种没有正确观点、方法为基础的"艺术感觉"，能够有把握地发掘生活的真理。

公式主义作品的产生，主要是作者不熟悉生活。按照公式去图解生活，不仅不懂得生活，也不懂得理论；他们用教条主义的态度硬搬理论，拿条文去硬套生活，把多样、复杂、矛盾多变的生活，套入一个框子里，把生活变成"一个样子"的模式。但是，一个真正为马克思主义理论所武装的作者，就不会这样荒唐，他们不是拿条文去套生活，而是运用马克思主义的立场、观点、方法去观察和研究生活，去找出生活本身所固有的实质及其规律性。

写作者如何去观察和研究生活呢？这问题，常常会使人觉得微妙，实际上也的确不太容易说得清楚。现在我试着谈谈它的大略的过程吧。文学工作者在生活实践中，他的感官不断地接触各种人物、各种事物的现象——如动人的面貌，表情，声音，人物性格，事件，大自然的景色等等——然后把这些印象与感觉具体地反映给头脑，这样的反映次数多了，同类的感觉的材料积累多了，经过作家在头脑里的"去粗取精、去伪存真、由此及彼、由表及里"的改造制作过程，起一种质的变化，达到作家对现象本质的理解。

这样说，还是没有清楚地说出文学写作者的认识过程的独特性质，比如说，写作者怎样对感觉材料进行改造制作呢？写作者如何把认识的过程与形象的形成过程统一起来呢？是不是写作者在取得本质的理解之后，再回过头来去集中、去组织印象感觉呢？……只有把这一连串的问题解释清楚之后，文学写作者认识生活的独特性质，才可能说得清楚。

写作者在生活实践中，把感官所感觉的现象具体地反映给头脑之后，作者的立场、观点、方法——政治品格、世界观、思想修养和美学观点等，就起着决定的作用。如果写作者的观点是反人民的，他的思想方法是主观、形而上学的，那么，他改造制作出来的形象，就很难正确地反映客观事物的真实面貌；如果写作者的观点是正确的，革命的，他的思想方法是辩证唯物主义的，那么，他就可能经过改造制作，达到能够正确地反映客观事物的结论。同样是一片新社会的新气象，但通过两个具有不同观点的作者的观察，却会得出不同的结论。譬如在工人阶级爱国增产运动中，工人们为超过生产计划，互相挑战、竞赛，搞得热火朝天，但一个写作者却以为工人们是在互相妒忌，把爱国主义竞赛看做是私人之间的意气之争。另一个写作者同样看到了工厂中的这种生活景象，但他却有不同的看法，他从工人阶级的生产热情和忘我的劳动中看到了他们的爱国主义精神；挑战和竞赛，正是这种精神的具体表现；从这里，他看到了作为国家领导阶级的工人的优秀的品质。

所谓改造制作过程，就是写作者运用立场、观点、方法进行深化与概括的过程，即抛弃琐碎的现象，选择更完整、更特征、更生动的东西，加以想象、比较、深化和概括的过程。但是，这样的认识的过程，到底与社会学家的研究过程有什么分别呢？有的，而且有显著的不同。社会学家把感性认识推移到理性认识之后，即将感觉所接触的材料抛弃；然而文学作者对于感觉材料的改造制作过程，是伴随着血肉的生活一起深化的，即把具体材料中表面的、偶然的部分抛弃，选择、概括并加深其本质的、生动的部分。就是顺着这样的途径，达到理性的高度。然而，这样达到理性的东西，仍然饱含着生活血肉内容的。那就是作品的主题思想。这样形成的主题思想，其本身就饱含着血肉的内容。这样认识的过程就与形象的构思过程统一起来。文学作者这种特异的思考问题的方法，用文艺理论的术语来说，就是所谓“形象思维”，或叫做“形象地认识问题”。

从这里，我们就知道，写作者认识生活的过程，并不是“由感性深化到理性，然后再由理性还原到感性”。有同志认为：“从感性到理性、再从理性还原到感性的过程，是文艺创作的思维过程；而这再从理性还原到感性的思维过程，则是有别于科学的抽象的思维过程的”（见《文艺新地》一卷三期中《实践——生活的实践与写作的实践》一文）。这种说法是使人糊涂的。“还原”是什么意思呢？难道写作者的认识过程可以是由低级的感性阶段深化到高级的理性阶段，然后又回过头来，“还原”到低级的感性阶段么？如果是这样，那么写作者何必要对感觉材料加以改造制作呢？感觉到什么就写什么，不是也一样吗？……

我所以向你说这些，主要是想说明写作者平日的政治觉悟与思想水平的重要。如果一个写作者在日常生活或工作中，不能贯彻他的立场、观点与方法；不善于正确地去观察、研究、处理平日所遇到的问题，他头脑里如果本来就无正确的立场、观点与方法，没有较高的政治觉悟与思想水平，一旦感官反映给头脑许多材料，他又如何能正确地改造制作这些原始材料，进而构成作品的题材——又有形象，又饱含着深刻的思想内容的题材呢？

谈到这里，我想顺便提到你前次来信中所提出的一个问题，在那封信里，你曾谈到一些作品，说“它们好像很强调思想内容，但这思想内容却一点说服力量也没有”。什么道理呢？你在信上说：“因为人物故事说的是一套，思想内容又是另一套。故事虽然很曲折，但跟作品的思想内容没有关系，所谓‘思想’只是在故事外面加上去，而不是从故事里体现出来的。”产生这种现象的原因是什么呢？我以为是写作者没有认识他所感觉到的生活现象，虽然那位作者知道作品应该有思想内容，但他却没有从生活本身去挖掘它所蕴藏的思想内容，即没有伴随着血肉生活去挖掘生活本身所蕴藏的意义。只把感官所接触到的生活现象编成故事。这样的故事，怎么能够体现出生活本身所内含的意义呢？又怎么能够与附加上去的政治概念水乳一样地相融合起来呢？

有一个同志这样问我：“你只强调作者的政治觉悟与思想水平，但你没有强调艺术感觉，要是一个文学作者没有艺术感觉，他还能成文学作者吗？”但仅仅片面地强调“艺术感觉”，也是不妥当的，因为只有艺术感觉，写作者对于感觉材料就无法深化与提高；如果只有政治觉悟和思想水平，就不能敏感地吸收和概括一切生动的具有典型特征的东西。如果不能经常通过感官吸收许多生动的具体的材料，作者又如何能运用头脑构思出完整的有生命的艺术形象呢？这两者对于文学写作者来说都是重要的，缺一不可。

只要写作者勤于观察、体验，不断写作，他的“艺术感觉”是会慢慢地敏锐起来的。现在，我以为提高作者的政治觉悟与思想水平，比培养“艺术感觉”，更加迫切而重要。没有马克思列宁主义的思想为基础的“艺术感觉”——这种“艺术感觉”是为革命热情与政治敏感所决定的——只会引导作者去关心无意义的身边琐事和浮面的生活现象。

一个写作者如果在平日没有什么政治头脑，不懂得马克思列宁主义的指导原则，而且在他的日常工作中、生活中没有体现这些原则的基本精神；虽然他的“艺术感觉”很敏锐，能大量地迅速地吸收了许多生动的材料，但他如何能概括这些材料，使之成为能体现生活真理的更高级的形象呢？一个具有高度政治品格与一定思想水平的作者，当他的头脑一接触到感觉材料，就能潜移默化地进入改造制作过程：应抛弃什么，应强调什么，哪些是本质的、主要的，哪些是琐碎的或表面的……他能一目了然。他绝不会像某些写作者当拿起笔来写作时，才想到去找理论参考书那样（当然，我不是一般地反对临时找参考书，只是反对那些平日不重视理论学习的人），硬把生活套入概念的框框里，以致抹煞了生活本身的辩证法，或者在故事里硬塞进一些与故事毫无血肉关系的政治概念。政治品格高尚与思想水平较高、又富有艺术感觉的写作者，就善于伴随着血肉的生活去概括并提高他的感觉材料；只要他对于描写对象具有热情，他就可能逐渐地使累积在头脑中的凌乱的生活现象变成完整的有生命的形象。……

在这封信里，恕我只谈到这里，以后有机会，我准备再跟你谈到题材构思和情节安排的问题。……

一九五一年十二月一日于北京

关于作品的积极意义

（来信摘要）“……我常常在刊物上看到，说文学作品应当以社会主义的精神来教育人民；可是，现在出版的一些小说（长篇和短篇），我看就没有什么社会主义的精神。……在这些作品里，常常描写着一些道德败坏的、缺乏共产主义品质的人物。从这些人物身上，读者只闻到一股臭气，他们哪里有半点社会主义精神呢？作者为什么要写这样的人物？难道作者忘记了文学应当以社会主义精神教育人民吗？……”

……来信中洋溢着对社会主义精神的热烈追求，是令人感动的。这不能不使我联想到，有些作者以“百花齐放，百家争鸣”为借口，企图在文学作品中抛弃社会主义精神的事实。如果这些人读到你的信，我想他们也许会感到惭愧。

不过，你把作品中的人物是否具有共产主义道德品质与作品是否有社会主义精神混为一谈了。这是两个不同的概念。如果混淆起来，反而容易使我们闹不清什么样的作品才有社会主义的精神了。

一篇文学作品是否有社会主义的精神，主要不是由作者所选择的描写对象来决定。问题在于作者站在什么立场来处理他所感受的人物和事件：是从社会主义事业的利益作为构思的出发点呢？还是从其他非工人阶级的利益作为构思的出发点？如果作者是从社会主义利益出发，又有充沛的社会主义的热情，那么，不管他所选择的，是具有共产主义道德品质的人物也罢，道德败坏的堕落分子也罢；只要作者能较深刻地理解他的描写对象，而且又能真实生动地表现出这描写对象，我想，作品都可能充溢着社会主义的精神。

当我们读作品时，我们首先不是去关心作者从什么立足点出发，更直接的，是要看作品引导我们去爱什么和去恨什么，是引导我们走一条什么样的道路：是走社会主义的道路呢？还是其他非社会主义的或反社会主义的道路？也就是说，作品所描写的生活（人物和事件），体现着一种什么样的精神，它带给读者的是一种什么样的精神力量。这股精神力量，如果能鼓舞我们去建设社会主义事业，能激起我们对社会主义的建设热情，又能增强我们跟那些破坏或损害社会主义利益的现象作斗争的意志和毅力；毫无疑问，便是一种我们所需要的革命的精神力量，也即建设社会主义事业所极其需要的精神力量。

因此，要在作品里体现这股精神力量，不完全取决于题材，这是很明显的。作者如果以主要力量去描写斗争中的具有共产主义品质的人物，固然可以体现出社会主义的精神，不过这不是唯一的；如果作者从保卫社会主义事业出发，满腔热情地去揭露那些不利于社会主义事业的腐朽现象，而揭露的结果，并不是使读者悲观失望，丧失信心，而是激起读者更昂扬的保卫社会主义事业的热情，我看，这也是社会主义的精神。

可是，一直到现在，还有些同志对作品的“精神倾向”或“思想意义”存在着不正确的理解。这些同志常常孤立地去评论作品中的某个人物或某件行为，而不是从一系列的人物的互相关系中去判断作品的倾向或思想意义的。譬如说，他们要求某一个人物要毫无缺点，（连人物因年龄与经验的局限所可能产生的缺点，也加以责备）；又譬如说，他们要求作品中某个青年团员必须从工作到生活作风，以至待人接物……都必须符合团章的规定；认为只有这样，作品才有积极意义与良好的倾向。但是，他们却偏偏不去注意这个人物在一系列的事件中给读者带来了一种什么样的影响和情绪。

写品德高尚的人物是完全可能的，也是应当的；但如果把人物的品德高尚与作品的积极意义等同起来，就不妥当了。

一篇文学作品是否有积极意义，不决定于作品中的主人翁是否每一言行都正确；而在于作者怎样来评价人物这一系列的活动和关系。只要看看一些优秀作品里面的人物，我们就会明白，虽然人物身上还残留着一些缺点，但在一系列的活动与关系的描写中，我们却不能不被他的英雄性格和高贵品质所感动（如牛虻，如夏伯阳，如电影中的董存瑞，等等），从这一系列的活动与关系中体现出来的倾向和意义，难道不是很积极吗？

自然，这种活动或人与人的关系，不是由作者任意处理的。读者在阅读作品时，应注意到这些活动和关系的真实性，也即应注意到人物与环境互相关系的真实性。只有真实地描写出这种关系时，从中所体现出来的积极意义才能是动人的，才能真正激发起读者的精神力量。

最后，我想附带地提一下，对于作品的意义，也不要看得过于狭窄，并不是一切文学艺术作品的意义都是具有鲜明的政治色彩的。譬如某些儿童文学作品，某些抒情诗以及美术作品中的风景画和花卉等，显然很难以政治观点来解释它们所显示的意义的；可是我们却不能因此就说它们毫无意义。例如不少优秀画家所作的优秀的花鸟虫鱼和风景画，又有什么政治色彩呢？可是它们却诱导你去爱富有生命力的东西和激起你对祖国山河无限热爱的情绪。这情绪，能说是消极的吗？显然不能，这样的情绪对于建设社会主义来说，虽不是那么直接，但却不能说它们毫无意义。……

以上所谈，仅仅是由你所提出的问题所联想起来的一些感想，并不是探讨作品意义的全部问题，不知对否，供你参考。……

一九五七年二月于北京

谈谈写人物

一

文学是反映社会生活的，其中最主要的是写人，写人的思想、感情、要求和愿望等。这里所说的人，不是指单个的生物的人，而是指活动在社会中的人。马克思在《资本论》中说过："不管个人在主观上怎样超脱各种关系，他在社会意义上，总是这些关系的产物。"这里面有两层意思：即人总是生活在一定的社会之中，这种人与人的关系、矛盾、斗争和变化，就构成了文学作品中人物生存、活动的主要环境；另一方面，离开了人，任何的"各种关系"、矛盾纠葛便不复存在了。

不少初学写作的青年，总是喜欢在情节上刻意追求，精心编排；却不注意在人物上、在人物性格上下功夫；因而他们笔下的人物常常"立"不起来，无气血，无个性、既不感人，也没有令人神往的力量，总之不能感染人。因此尽管场面轰轰烈烈，情节离奇曲折，甚至还有点刺激，但人们看过之后稍瞬即逝，很快就忘记了。自然更谈不到它有什么艺术的生命。

人世间任何事件（在作品中叫情节，或故事），都是人做出来的，是人与人的关系组合起来的，是人们之间的关系、矛盾和冲突凝聚起来的。就是在这种关系、矛盾、冲突的纠葛中，反映出人们的喜怒、哀乐、痛苦，不平、愿望和要求。而作品中的情节，就是这种人们之间性格纠葛或性格冲突的连续，由人物性格与特定环境相互关系或相互冲击所引起的。因此，离开人物，离开了人物性格，所谓情节，就将变成无源之水，无本之木，成为不可理解的了。人物性格不但不能离开矛盾纠葛，也不能离开环境的变化和发展，否则，它就失去赖以存在和发展的土壤和条件，变成空洞的不可捉摸的东西。

从文学的社会作用来看，也应该首先着眼于人。当读者读了一篇文学作品之后，不管是受到英雄人物精神品质的熏陶，道德情操的感染，或者从反面人物身上吸取了教训，引为鉴戒；都不是死板地去模仿某一现象、某一行动，或机械地吸取某一具体错误的具体教训。作品的社会作用、认识和美感作用，主要是通过事件中人物的精神，人物的性格来体现。读者随着形形色色的人物命运，或在爱悦、或在厌恶、或在同情、或在怜悯中受到感染和影响，并在潜移默化的过程中得到教育。如果忽视了人物，仅在情节上刻意追求，反而把人物性格推到次要的地位，就不能产生栩栩如生的艺术生命和揭示出深刻的思想意义或社会意义。

总之，不把人物写好，情节的前因后果就交代不清。这是关系到一篇作品的成败，关系到它所反映的生活深刻与否的关键。我在文学工作中，一直把它作为一条不可移易的规律；即不管在从事编辑或在辅导工作中，都用这规律来严格要求文学青年和初学写作者的。

二

写人的性格，只孤立地去注意人物的主观世界显然行不通，还必须十分注意典型环境与人物性格的关系。因为性格的存在和发展，是离不开社会环境的制约和影响的。离开了特定的环境，离开了促使或影响人物去行动的客观条件或依据，所谓人物性格将变成空中楼阁、变成任意捏造的东西；所以，凡是真实的性格，凡是有典型意义的性格，它一定发生在一定条件的环境之中，也在一定环境条件的影响下发展变化；否则，不仅情节的发生、发展不合情理，首先人物本身就“立”不起来。

许多作品之所以流于公式化和概念化，在思想上，流于表面和一般，其中可能还有别的原因，但最主要的，都是没有把情节写得合情合理，没有写出特定性格与特定环境相互关系的必然性。

人物性格只有通过和环境的互相影响、冲突，才有可能反映出社会的实质——反映出这个社会制度和广大人民的利害关系，从而揭示出作品的社会意义，进一步帮助读者去认识环境和认识社会。

通过人物性格和环境的矛盾来塑造人物形象，就是通过人物的遭遇、命运来阐明人物的生活道路，以及人物为达到某种愿望所经历的过程。作家的理想和倾向，正是从激动人心的矛盾冲突中，从人物命运的经历中，从对人物不幸遭遇的同情中，从对英雄行为和高尚品质的歌颂中，或者从对腐朽丑恶事物的揶揄中体现出来；如贾宝玉的出家当和尚，阿Q的被枪杀，林黛玉的吐血身亡，罗密欧与朱丽叶的殉情，都是在特定的环境下，人物性格之间互相关系的必然逻辑，也体现了作者的态度和观点。从人们的关系和冲突当中，让读者清楚地看见社会的实质是什么，并告诉读者什么是美，什么是丑；什么势力代表进步，什么势力代表倒退；从而认识生活，认识社会。

鲁迅笔下的祥林嫂，处于没有同情，没有怜悯的气氛中，冷酷、嘲笑、愚昧、麻木的人们直接或者间接在折磨、迫害她。她爱劳动，但没有劳动的出路；她要求最低的做人的权利，而不可得；当她起码的幸福破灭后，遂将希望寄托于地狱，寄托于来世。从祥林嫂的遭遇、命运中，从她对环境的直接或间接反抗的过程中，暴露了封建婚姻制度、封建礼教制度和封建迷信的罪恶本质。从她的发疯的结局中，更无情地暴露出旧礼教的狰狞嘴脸和封建道德的吃人本质。

三

创造性格与创造环境，都必须从生活出发，从个别出发；而不是从本质出发，从概念出发。只能通过个别去发现整体，通过特殊去发现一般，而不是颠倒过来。那种从共性出发，用表面的脾气、怪癖去装饰共性，用人的皮毛去图解本质或规律，这种做法，叫做“蹩脚的个性化”，其结果只能写成为没有感觉、没有呼吸、没有气血贯通的木偶。

性格和环境，都蕴藏在生活之中，它是作家对生活认识、思考、评价的结果，是作家在生活的喜怒哀乐感受中经过浓缩、发酵，并经过审美的编排，然后才得出来的表现形式。如果作家没有丰富的生活积累，没有对生活的理解、分析和研究，只满足于对生活肤浅的认识，是不可能获得个性化的人物性格，也不可能获得独特的典型化的环境。

性格和环境，应该都是个性与共性的统一，都是单个与一般、感性与概括的统一。在这问题上，在塑造人物性格时，写作者还比较重视，注意到人物性格的个性化；但在环境描写上，却常常被忽略了：只注意特定环境的共同性和一般性，而忽视了它的具体性和特殊性，忽视了环境的千差万别。为什么有些作品的情节，常常出现不真实，不合情理，又千篇一律呢？这是一个主要的原因。

四

塑造人物，塑造艺术形象靠什么呢？当然是依靠生活素材，依靠来自生活中千变万化、丰富多彩的生活素材。

作家在生活实践中，固然以极大兴趣去探索社会动向、社会面貌，并努力了解矛盾各方的基础和力量，以及其中所发生的事件的轮廓等等。但作家根据他艺术创造的需要，却把更多的精力放在生活细节与场景的观察和积累上。

形象——人物性格以及人和人的关系，是由许多细节、场景构成的，就像人的肌体之于细胞一样，离开细胞，肌体便不复存在。作家在社会生活中，随时都接触大量的生活细节和场景，所谓积累生活素材，主要是积累这些带着生活血肉的、活生生的、可触可感、可闻可见的东西。当然，不是什么样的细节都受重视，都被积累，比如有些极其皮毛的、不能体现任何内在特征的现象，对塑造艺术形象来说，是毫无价值的。那些能体现其内心世界、精神面貌或其本质特征的细节或场景，才是塑造形象最有用的素材。就是对某些个人的观察和了解，也不能离开其特征，因为离开了特征，就离开了本质的探求。只有通过那些独特的、个性化的特征，才能栩栩如生地透视出他的集团特征来，才能把这人物的典型意义体现出来。

作家观察、积累生活细节、生活场景的过程，其实就是广泛地、深入地理解生活的过程。因为作家不仅接触、观察这类细节和场景，并且还记录它们：不仅记录它们的现有样子，还把它应有的样子也记录下来；作家不仅把他所见所闻的形态记下来，还把他所考虑到、所认识到的样子也记下来。就是说，作家在积累生活过程中，不仅进行如实的记录，而且还进行了必要的集中和概括；不仅机械地记下了现有的样子，也把联想到的、预感到的凝聚起来，概括起来。由此可见，作家在积累生活时，对生活特征的浓缩、凝聚和提炼的活动就已经开始了。

当作家对生活的积累日益增加，到了一个由数量上升到质的飞跃时，即由数量的不断刺激或由爆发性的突然刺激升华为一种强烈的爱憎，或由某一偶然事件的触发而把平日观察、积累的许多特征性的东西调动起来，凝聚起来，而成一种急切要求表现的强烈欲望时，照理，应该是下笔的时候了。

但是且慢！从创作欲望来说，是到了该下笔的时候，但这只是在主题方面着眼。从对生活接触、感受以至于产生了爱憎，一直到要求表现，诉诸人，都是很自然的。从头到尾都没有离开生活，连创作冲动都是由生活本身所激发，作者所急于抒发的爱憎感情，也是由生活所引起；与那种从概念出发的“主题先行”或图解某种政治意图的做法，是截然两样的。但从丰富生活中提炼了主题，有了艺术创作的欲望，并不等于什么障碍都解决了。好些人不是经历过这样的情况吗？开始写作时，似乎很有把握，作品中矛盾冲突的始末，事件纠葛中的参与者都好像清清楚楚；可是提起笔来，却感到非常吃力；虽然苦苦思索，还是写得很不顺当，人物只会死板地说话，矛盾冲突却没有一点生活气息。为什么？

原来人物还未酝酿成熟。他们不但没有自己独特的个性，也没有自己独立的意志和自己的感情，更没有他们自己的爱憎；因此，在写作提纲中所安排的他们之间的矛盾和冲突，便无法按生活的样子去展开；相反，只能按照计划叫他们去行动和去说话。既然处处都不是根据人物自己的意志去行动，写起来怎能不显得处处生硬，处处别扭呢？

大家都知道，创造艺术形象，并不像照搬生活那样便当。它不但不能须臾脱离生活，还要与作家的思想感情相结合。对生活中有特征的现象，既要经过选择和集中，还要经过审美观的概括和编排。对于人物性格，不仅要求有典型意义，还要求它具有独特的个性特征，否则，所谓人物便很难活起来，更难有自己行动的能力。

我们曾讲到吸收生活中具有特征的细节和场景，但如何使这类细节赋予个性色彩呢？如何使这类富有个性色彩的细节与人物性格融合起来呢？

这就像巴尔扎克所说："拿几个近似的性格构成一个性格。……文学用的是绘画的方法，为了画一个美丽的形象，借用这个模特儿的手，另一个模特儿的脚，又一个模特儿的胸脯，再一个模特儿的肩膀。画家的责任是赋予这些被选择的四肢以生命，使它成为可能。"

作家的任务正是把他所选择、吸收来的细节和场景赋予鲜明的个性，把各色人物分别赋予生命、气血、情绪和脾气，使一些行为和言谈同某个性格统一起来。这一切既要可能，又要合理，不能有一点勉强。总之，通过作家的想象和虚构，充分的酝酿，使之天衣无缝。这是艺术形象创造过程中的关键阶段，人物能不能有生命和个性，就看你在这时刻付出了多少心血。

如果人物形象获得了个性的贯串，获得了气血、感情和气质的贯通，因此而有了生命，人物就必然有行动的意志和有爱憎的情绪，因而他就会因高兴而欢笑，或因悲伤而暗泣。……

由这样的人物之间，人物与环境之间的关系、矛盾或冲突所构成的情节，不仅具有艺术生命，而且也必然带着深厚的思想内容和社会意义。

一九八〇年九月于广州

关于生活细节的描写

文学是通过生活来说明生活；文学作品的意义，是通过生活的真实面貌来感染读者和打动读者的心灵；而不是用概念、道理向读者说教来达到的。

生活本身是丰富多彩的，即使在同一条件下的生活，也存在着千差万别，各具特异色彩。如果不把这种丰富多彩的差别性和特殊性表现出来，作品所反映的生活必然千篇一律；生活中事件的发生、发展和结局也必然一般化。一般化的作品是不能感染人的，如“四人帮”时期的那些所谓“作品”，一看头就知道尾，人物一出场就知道他是什么人；这样的“作品”还有什么看头，有什么意义呢？更哪里还谈得上真实地反映生活？

要反映丰富多彩的生活，就要重视对生活细节的描写。因为文学作品是通过生活细节的描写来表现生活和矛盾斗争的。所谓细节，包括人物性格，事件发生、发展，特定环境等等在内。描写这些细节，必须跟生活本身那样千变万化，那样特异，那样丰富多彩。只有这样，才能把社会纠纷或生活矛盾的发生、发展和收场有血有肉地表现出来；才能达到使读者如见其人，如入其境，如听其声，如闻其味那样地受到作品的感染。

其次，短篇小说总是截取生活的一段横断面，或生活的一个角落，要不然，就选择一个人物或某一情节为题材，也就是通常所谓的“通过一粒沙子反映一个世界”，如果连生活细节也不真实，事件的因果关系不清楚，怎么能从一粒沙子看到一个世界呢？

可见在文学作品里，细节是否真实关系到作品的成败。细节如果不真实，整个作品就很难谈得上真实了。细节不真实，不合乎情理，不但影响到人物性格，而且也直接影响到事件的发生、发展和结局；不仅人物很难表现得活灵活现，栩栩如生；而且情节发展的逻辑，也不可能表现得合情合理；那么蕴藏在这人物和情节中的社会意义，也就必然为之削弱。

有些作品在情节上虽然编得很离奇，但实际上，是经不起推敲，其可信性也是极有限的，主要原因是细节描写得很不真实。既然读者对人物性格、人物言行、人与人间的关系都产生了怀疑，都不相信，那么再曲折离奇的情节又有什么用？所以写作者在写作时必须十分重视细节的描写：细节写得越朴素、越自然，就越真实有力。越是这样的细节描写，越说明作者在观察时的细致和描写时所付出的艰巨劳动。

社会事件要写得真实、生动，就必须注意生活场景和细节的个别性、偶然性、特殊性等等的特征；只有这样，对某些具体事件的描写，才能逼真地、具体地表现出来。但是在描写生活细节时，必须注意把产生这些细节的差别性、特殊性的特定环境表现出来；否则，事件的发生、发展的原因，就会令人莫名其妙；所谓典型环境，即促成事件产生的社会根源，也就会模糊起来。若这样，不仅整个作品的真实性和可信性受到损害，而且作者意图体现在作品中的意义，也就会变得苍白无力。

一九八〇年一月二十六日于广州

问答录

马克思主义会妨碍创作吗?

——给一个青年读者的回信

来信问:“……和我同系的一个同学跟我说:只要能忠实地描写生活,就可以写出好作品来;他说,马克思主义的世界观,是不重要的;他还说,受了马克思主义的束缚,反而不能写出好的作品来。对他这些意见,我感到有点‘不对头’,但我无法反驳他;相反,我倒给他说的什么‘文艺的特殊性’等等弄糊涂了……”

……我以为,你要反驳你这位同学的“理论”,你最好先弄清他到底是想给什么人服务的问题。如果他不愿为人民(主要是为广大的劳动人民)服务,而愿意为已经死亡的阶级服务,他当然就用不着马克思主义;不仅“用不着”,而且他们还要千方百计地来反对马克思主义和破坏马克思主义。他们之所以要这样做,是因为他们认准了这是问题的关键。文学到底为谁服务,关键就取决于作者的世界观和他所站的阶级立场。如果我们中了他们的诡计,放弃了马克思主义,离开了工人阶级的立场,脱离了工人阶级先锋队——共产党的领导,那么,这将意味着什么呢?那就是从根基上——从思想上和精神上给解除了武装。

但如果你的这位同学只是由于思想糊涂,才对你说了这篇糊涂话,那我们就有责任向他解释清楚,希望他能从谬误中清醒过来,以免继续为资产阶级的文艺观点所毒害。

你的这位同学在心目中的所谓“好作品”,可能正是我们广大劳动人民所不需要的作品。你应当明确地告诉他:只刻板地描写生活,并不能保证作品获得真实性和积极的思想意义。在世界上,据我所知,还没有一部优秀的作品，是用“纯客观”的态度去“抄录”生活、而完全排斥作者自己的观点的。就拿文学史上的自然主义作家来说吧，他们何尝抛开过他们的观点和理想呢？所不同的，只是他们拿一种奇怪的观点（譬如生理学的观点）来解释生活罢了。

尤其是在今天，抱着所谓“纯客观”的态度去对待生活，就更加有害；因为社会主义时代的文学，它不仅要反映现实生活的面貌，更重要的，它同时还负有改造现实的任务。那些认为“只要忠于生活就可以写出进步作品”的观点和那些认为“不要马克思主义的指导也可以为人民服务”的观点，显然与社会主义现实主义的基本精神是背道而驰的。

为什么？

在社会主义时代，所谓“进步”，并不是抽象的概念；如果离开了社会主义的革命精神，离开了共产党所领导的伟大事业，所谓“进步”，就将成为难以捉摸的东西。在社会主义思想同资本主义思想展开激烈斗争的现在，一切拒绝共产党的观点和路线的人，不管他们的主观动机如何，在实质上，他们都走着同广大人民相反的道路。如果这些人是文学写作者，谁敢奢望他们能写出切合人民需要的作品来。

很显然，既然不为人民的未来着想，又不为广大劳动人民美好的理想——共产主义事业着想，试问，所谓“为人民服务”，除了自欺欺人之外，它还能有什么旁的意义呢？

在今天，不谈为人民服务则已；要想真正使自己的作品服务于人民，真正对广大劳动人民起教育作用，真正能激励人民为他们幸福的未来——共产主义社会的实现去奋斗，就不能离开马克思主义的指导，也不能离开党根据现状所规定的路线和方针的指导。

列宁说：“只有受先进理论指导的党，才能实现先进战士的作用。”同样的道理，一个抱着善良愿望的作家，只有当他接受了马克思主义的指导，他才可能通过他的创作发挥他的革命战士的作用。

我们不妨反转来设想一下，假如我们的作品，没有高瞻远瞩的共产主义的精神，没有为劳动人民的幸福未来而献身的热情，也没有能激发广大人民为实现共产主义事业去奋斗的信心和意志……那么，这样的作品，对于正在建设社会主义的劳动人民，还有什么意义呢？文学作品如果不能激发人们对建设社会主义的热情，不能鼓舞人们对社会主义事业的信心和扫除社会主义障碍的斗争意志，那么，它对社会还有什么作用？更哪里还谈得上对人民有什么教育意义呢？

当我们估量一篇作品的价值时，首先，应考虑它在社会主义建设中对人民是否有帮助，是否对人民有武装头脑的作用。如果放弃了这样的要求，那就等于说，文学在社会主义的斗争和建设中是可有可无的东西；也等于说，作家从事写作可以毫无目的，可以对社会主义的事业毫无责任，作家自己也可以毫无理想。……是不是可以这样看呢？我想，绝大多数的文学写作者都会否定这样的看法；有些作者甚至还会说，“这未免把我们看得太无出息了”。

既然承认我们对于社会主义事业负有光荣的责任，那么，请设想一下，假如作家拒绝接受马克思主义的观点和路线，离开了工人阶级的政治立场，他将如何来承担这光荣的责任呢？

我们已经知道，作家在进行写作活动的时候，总是在选择些什么和抛弃些什么；总是在按照他自己的见解拥护一些东西和反对一些东西。这说明，作家在进行构思以至于写作的时候，都不可能抛开自己的阶级观点和阶级感情，也就是不可能抛开自己的世界观。

说什么“马克思主义的世界观，是不重要的”，“受了马克思主义的约束，反而不能写出好的作品来”等等，都是极端荒谬的论点。如果我们承认作家在构思形象时，不仅无法摆脱他自己的世界观的影响，而是相反，他的世界观在形象思维过程中还起着决定性的作用；那么，为什么有些人偏偏要说马克思主义会妨碍创作呢？难道只有马克思主义以外的世界观，才有利于创作吗？应当指出来，以小资产阶级或资产阶级的观点和感情去构思和创造艺术形象，都不可能创造出具有社会主义精神的作品。

也许有人会说：“由于马克思主义的条文束缚着我们，妨碍了我们按照自己的见解去展开形象的构思，因而，我们无法写出好作品来。”实际上，并不是马克思主义束缚着他们，倒是他们的教条主义或资产阶级的意识束缚了他们自己。我敢说，一个真正为马克思主义所武装的作家，一个全心灵都为马克思主义的精神所灌注的作家，绝不会把马克思主义看作是一种“约束”；只有那些敌视社会主义事业的人或者是那些以教条主义态度来对待马克思主义的人，只有那些把马克思主义的词句停留在嘴唇边，而实际上满脑子填塞着资产阶级或小资产阶级思想感情的人，才会把马克思主义看作是艺术创作的障碍。

我们的看法恰恰相反，马克思主义不仅不会妨碍艺术创作，它对艺术形象的创造，倒有着无可估量的意义。问题是，我们是否真正接受了马克思主义；它是否真正变成为我们的思想感情，变成为我们的世界观；它是否已经与我们的心灵融为一体，成为我们的自觉意识，并支配着我们的感觉和我们的思维活动。如果马克思主义已经经过我们的消化，已经变成支配我们行动和思维的指南——见解、态度和理想，那么，到这时候，它不仅不会妨碍艺术创作；恰恰相反，它不但能帮助我们更好地理解现实发展的实质和特征，认清运动的方向，洞察未来的远景；同时，也能使我们对于新社会中的一切富有特征的典型现象和典型人物，更加敏感和更有热情。因而，它不是妨碍艺术创作，而是有助于艺术创作达到更高的水平。

因此，我们不同意某些人把公式化和概念化的产生，归罪于马克思主义世界观的指责。

公式化、概念化的现象之所以会产生，一方面固然由于某些作者不熟悉和不理解生活；另一方面，则是由于某些作者满脑子填塞着资产阶级或小资产阶级的思想感情。由于他们不能不掩盖住这种发霉的思想感情，不能不隐藏住自己肮脏的心灵，因而，他们只能以一种虚伪的、冷漠的态度，去对待生动活泼的、丰富多彩的现实生活；由于他们不能用自己的见解、自己的心灵去“感受”和“融化”生活，因而，他们只能拿一些马克思主义的条文去硬套生活，或者生吞活剥地把马克思主义的词句硬塞进“作品”里。

可以看得出来，并不是马克思主义促成了公式化和概念化，倒是这些人以虚伪的或教条主义的态度来对待马克思主义。

很难设想，一个作家的心灵如果没有为马克思主义所武装，他能够创造出能鼓舞人心又洋溢着社会主义激情的作品。

社会主义的激情，只能从社会主义坚强的战士的心灵里迸发出来；具有高度社会主义精神的作品，只能从富有社会主义理想、又坚决为实现这理想而奋斗的作家手中创造出来。

只有经过马克思主义武装了的作家，才善于站在共产主义的高处来观察生活。也只有他们，才能从国家整体利益来思考问题，从社会主义发展的观点去辨别什么是主要的、决定性的因素；什么是偶然的、个别的东西。因而，他们不仅能高瞻远瞩地看清现实发展的方向和前景，同时，也能时时刻刻清醒地看到全部社会关系的脉络。他们不会被某些消极现象所吓倒，更不会因这些消极现象而模糊了现实生活的主流和本质。正是因为他们对现实看得最准确、最深刻和最长远，所以他们最能掌握生活的真实——典型的环境和典型的人物。

又有人说："如果头脑里塞满了马克思主义的原则，艺术感受和形象思维就会衰退；满脑子尽是什么'特征'和'规律'，而创造艺术形象所必需的动人的细节、情景和对话等，势必会被这些'特征'和'规律'驱逐得干干净净。"如果这些话是用来嘲讽那些以教条主义态度来对待现实生活的人，问题又可作别论；但是他们把矛头指向马克思主义，企图否定马克思主义对于艺术创造的指导作用，却是极端错误的。

马克思主义的文艺理论，向来就坚决反对以抽象条文来硬套生活；也坚决反对以规律和特征来代替活生生的生活事实和多样复杂的社会关系；同时也承认艺术创造有它一套特殊的规律和形式；但是，在任何一个作家身上，只要他感受外界事物，或者进行形象思维，就不能不受他自己的见解、态度和理想的影响，也就是不能不受他自己的世界观的影响。

一个作家，只要马克思主义的原则真正被消化了，已经成为他的见解、态度和理想，并与他的心灵融为一体的时候，谁敢说，这个作家的艺术感受能力和形象思维能力会衰退？事实恰恰会相反，由于他有远大的理想，积极的态度，坚毅的意志以及对社会主义事业有不移的信心，因而，他对现实生活，不可能不是满腔热情；只要他能经常地深入到人民群众中，深入到矛盾的深处，那么我敢相信：这样的作家，不仅有丰富的社会主义的激情（包括与反社会主义事物斗争的激情），而且也善于感受和善于幻想；不仅善于洞察现实发展规律和前景，而且也富有诗的想象。

我们希望有大量这样的作家出现！

只有这样的作家，才善于发现普通人在日常劳动和斗争中的意义，才善于把日常感受到的、经验过的生活进行高度的艺术概括。

也只有这样的作家，才有可能创造出切合人民需要的、既有艺术感染力又洋溢着社会主义精神的作品。

我的信就写到这里为止吧。你所提出的，是一个大而复杂的问题，由于我自己的修养太浅，不可能谈得深刻和准确。你既然要求我回答，我就只能把粗浅的看法告诉你。不知对不对，愿给你考虑这方面的问题时作参考……

一九五七年十二月于佗城

作品概念化的原因何在?

近半年来有机会读了一些业余作者的习作，虽然这些作者都是生活在基层，有的在工厂，有的在农村生产队；可是他们的作品却写得很概念，公式化的味道很浓，生活气息稀薄，几乎没有什么艺术感染力；结果，虽然这些作者怀着极其积极的目的，却收不到预期的效果。这是很可惋惜的！但这现象并不是个别的，因此很值得注意。是什么原因呢？这里选出三封复信，就几篇作品作了简要的分析，对某些概念化的产生进行了粗略的探讨，以供业余作者参考。

一

……《迷惘》中所反映的斗争，是应该反映，也值得认真去反映的。但这篇作品没有写好，主要原因是你还没有将题材酝酿成熟，只满足于捕捉到一个朦胧的概念（反击“四人帮”），你就急急忙忙地提笔了。结果不仅没有创造出艺术形象，连这类斗争的一般特征也没有得到清晰的反映。

首先在人物方面，在你这篇作品里没有一个人物能给人留下印象的：他们的性格或内心活动、面貌，都使人摸不着头脑；几个主要人物，除了名字之外，读者完全触不到他们的内心世界或精神状态；他们的思想、感情、情绪和欲望，读者完全茫然；甚至他们的外貌特征，个人的脾气、爱好等等，读者也模模糊糊。人物既然这样，那么，怎么能产生动人的、合乎常情而又出人意料之外的情节呢？

从头到尾，你的确花费了不少气力，但作品的生活气息却稀薄得出奇。你仿佛匆匆忙忙构想了一场斗争的大致轮廓，就信笔写来。说得直率一点，你头脑里并没有这方面的生活素材，只是一种“想写作”的欲望激励你去构想这场斗争，而且还十分勉强地去铺排作品的内容。结果，当然只能写出这种既无人物，也无合理情节的概念化的作品。

说来奇怪，你生活在工厂里，怎么反映到你作品中的生活气息会这样稀薄？出现在你作品中的人物会这样抽象，这样无血无肉呢？这是值得你深入思考的问题。“四人帮”横行时，到处都有斗争，或明或暗，只是方式不同，而斗争却是普遍存在的。在你们那里大概也不会例外。只要你稍稍留心观察，并稍稍加以思索，就不难识别他们的特征，也不难抓住那些足以体现他们“帮性”特征的细节和场景。可是，从你的作品看来，你虽然身在基层，但你对基层生活的某些典型特征，好像很少留意，许许多多能生动地显示各种人物性格特征的现象，都在你的视线之外。作为一个业余作者，必须改变这种状况；否则，你将得不到塑造形象的材料，也无法写出有艺术感染力的作品。

我沉思了很久，忽然想起你在这里的一次谈话。在那次谈话中，你津津有味地讲到你搜集写作材料的情况，你谈到喜欢搜集一些你认为新奇的社会趣闻，例如什么盲公与跛脚妹闹恋爱呀，什么有人把家当卖光吃光，死期到了却没死，上了算命佬的大当呀之类。此外，你也谈到搜集了一些新人新事，例如什么某炉工冒高温抢修炉壁，什么一少年智擒悍匪……那次谈话留给我一个印象：你对稀奇古怪的事件感兴趣，却对事件的当事人毫不注意；对事件的始末讲得很详细，但对事件为什么发生，事件为什么这样收场，却毫不在意。也就是说，你只注意搜集情节，却不注意观察决定情节的人的思想感情；只注意情节的始末，却不理会酿成矛盾冲突的人物性格，更不注意那些能体现性格特征的细节和场面。

这样一来，你虽然生活在工厂里，却无法通过形象把工厂里的斗争反映出来；你虽然生活在工人中间，却不能生动地写出一个工人形象。问题已经很清楚，你平日虽然有志于写作，也努力去搜集写作材料，但你只从好奇心出发去搜集、积累离奇古怪的故事，却不注意观察、体验、积累能体现工人阶级本质特征的现象（细节和场景、言谈和举止等），也就是不注意研究、积累能体现工人生活中一些富有典型意义的现象。既然如此，那么，你靠什么材料来塑造工人形象？靠什么材料来表现工厂里的生活和斗争？（靠什么来构成你作品的情节？）那种瞬息万变、丰富多彩的生活情景又靠什么来表现呢？……

二

……在几天之内，一连读了你的三篇小说，给我留下一个很深刻的印象。首先，我觉得你在酝酿题材时，只把注意力放在情节上，把情节当作扮演（或图解）主题思想（或概念）的手段；以为安排了情节，作品的构想就完成了；因此出现在你作品中的情节以及情节的发生和发展，不但不自然、而且也缺少真实感。

为什么？最主要的原因是，你完全抛开了人物，抛开了人物的性格去编造情节，去安排情节的发生和发展。其实，所谓情节（或叫事件）是由人物之间的关系、矛盾或斗争的连续所构成的；而人物之间之所以发生矛盾或冲突，出现彼此之间的不融洽或者闹别扭，是由于彼此的性格各异；具体点说，就是由于彼此之间对某事物的观点不同、感情不同、态度不同，因而人物之间产生了对立，出现了矛盾或冲突。把这些人之间的对立关系、矛盾或冲突连接起来，就构成情节或事件。由此可见，作品的情节不能离开人物，不能离开人物的性格；假如你不刻画性格，不描写性格的矛盾和冲突（或不描写人与人的关系），哪里还有什么情节呢？可是你只依靠一些谁都知道的理由（道理、原因等）来编造作品的情节；结果，不但情节没有一点使人信服的力量，连生活气息也稀薄得可怜。那么，由这样的情节所显示出来的主题思想，还能有什么深刻的意义呢？

造成这种情况的原因，主要是你没有从生活出发，没有从丰富多彩的现实斗争中去发掘题材。读了你三篇小说，其中有个共同的缺点：都缺乏活生生的生活气息，缺少丰富多彩的生活情景。读者接触你的作品时，只感到你的情节十分生硬，十分一般化，十分概念化。譬如你写到人们与“四人帮”之流的斗争，无论是斗争的内容或斗争的方式，都是极其一般、极其笼统的，也就是报纸上常见的那种内容和形式；甚至彼此使用的语言，也是报纸上常常出现的那种语言。既然如此，你作品中的情节，又怎么能产生吸引读者的力量？至于艺术感染力自然就更谈不到了。

其次，我觉得你对人物性格是完全忽略了。情节是由性格之间的关系、矛盾或斗争所构成的，如果人物无性格，作品中没有人物性格之间的矛盾冲突，哪里还有情节呢？你每写到人物，只写他们最表面的东西，如身材、面部、衣饰等等。这种最表面的东西，怎么能表现人物的精神面貌和内心世界呢？既然这样，读者又怎么能识别人物的性格呢？

再次，你似乎只注意人们的共同性（比如“四人帮”的共同性和一般性），却不注意他们之间的个性，更不注意他们生活着的各种环境的特殊性。这也许正是你作品中的人物和情节显得这样一般化和概念化的原因吧？

本来，你是生活在工厂里，每日每时都在工人群众之中，可是在你的作品中所反映的，不仅工人的精神面貌模模糊糊，甚至他们的真实的生活情景也朦朦胧胧。这应该引起你的注意！……

三

……读完你的《纠纷》之后，我不知道该把你这篇作品归入哪一类，是小说吗？不像。是散文吗？也不是。是一篇文艺性的杂文吗？似乎也很勉强。因为你所写的中心事件，是对一个技术问题发生了对立的看法，双方各持己见，互不相让，于是一场激烈的争论展开了。虽则作者没有忘记赋予双方的人物以不同的性格，甚至还有点个性，可是这仅仅是一种装饰，而人物性格在矛盾冲突中不起任何作用。对技术问题的不同观点，以及由不同观点所引起的对立态度，才是矛盾冲突不断升级的主要因素。可是彼此所争论的，是专业性的技术问题，能理解它的读者大约也不会很多。这一来，技术辩论代替了对社会生活的描写。既然这样，哪里还像文艺作品？由这样的内容所显示出来的主题思想，还能有什么社会意义？

文学作品不是技术教科书，也不是工作方法的指南。它是生活教科书，只能在精神上给你一些启发，在情绪上给你一些刺激，并在思想上引起你去思考，进而激励你为改造生活去奋斗。

很显然，文学要达到这样的目的，决不能依靠图解政治学概念（或社会学概念）来完成，而是取决于你在描写生活时所揭示出来的社会意义的深度和广度。

文艺创作依靠形象感人，而不能靠抽象说教。所谓“揭示”绝不是使用抽象的说明的方式，例如用“由于……因此……”或者“原因是……结果便……”等等。这都是抽象的说明，并非形象的表现。这种方法，不仅无助于形象地表现生活，无助于揭示某些现象产生的根源，而且也不能使作品产生感染力。

我们都知道，人们对社会的观点、态度或行动，并不是孤立的，而是受着一定的社会环境和政治条件制约的。恩格斯要求作家写出“典型环境中的典型人物”，就是要求作者处理人物行动时，千万不要离开他所处的时代社会的条件和环境，否则，不但不能真实地反映当时人们的生活面貌，反而只会把人们的种种行动写成没有社会根源的偶然现象。像这样的作品并不是没有，一些只写出事件过程，没有写出事件产生的社会根源的作品，正是属于这一类。这类作品不仅不能揭示生活的本质，也不可能有较深刻的思想内容。

正确的做法，应当是人物的性格与行动不脱离典型环境的制约。这里不仅要求写出促使人物行动的社会条件与历史动向，而且也要求通过人物的遭遇（命运）反过来说明这个社会环境（包括政治制度、意识形态、社会风尚等）的好或坏。祥林嫂的性格与遭遇固然是她所处的旧礼教的社会环境促成的，而祥林嫂最后被逼成疯癫，死于路边，不正说明那个吃人社会是人间地狱吗？《祝福》这篇小说的深刻社会意义，就是通过那种吃人的礼教、风习无休无止地向这个善良的劳动妇女折磨和冲击，又通过祥林嫂不断地挣扎和抗争，由悲伤、绝望走向破灭来体现的。可见离开了社会与人物的互相关系、互相矛盾的深刻描写，离开了社会对个人生活或命运的巨大影响的描写，文学作品的社会意义或现实意义是无从表现的。

请原谅，我把话扯远了，但我的意思无非是希望你不要把技术或工作方法拿来当作文学题材；而应当认真地面向人生，面向社会，面向社会的矛盾和斗争。大胆地歌颂那些该歌颂的美好事物，也大胆地批判那些该批判的丑恶现象。只有你像生活本身那样丰富多彩地去描写生活，真实的动人的生活图画才能展现在读者眼前。只有这样，你的作品才能摆脱概念化的状态，而具有浓郁的生活气息和形象的感染力……

一九七八年七月于广州

典型、本质、形象与图解政策

——答业余作者问

问：过去，我以为文艺创作中的典型，就是指在同类事物中比较突出的、有代表性的事物，对吗？

答：把典型看成是同类事物中比较突出的，或者有代表性的事物，结果，只能写出类型的人物，只能具备某些类型的特征或某些集团的共性。这样写出来的人物，不可能成为艺术形象。艺术形象是怎么样的呢？它一方面是具体的，可感的；另一方面人物形象是有思想的，有感情的，能呼吸的，有脉搏的，能独立思考的。这样的一种人物，按照他自己的思考去说话，按照他的感情去行动，是自主的。就是说，不是由作家去支配着人物说什么就说什么，怎样行动就怎样行动。因此，是有生命的，有灵魂的，有个性的，有脾气的，这叫艺术形象。相反，如果从类型出发，从共同的规律出发，就是从突出的有代表性事物的规律出发，从共性出发，那么，他只能写出干巴巴的人物。这种人物是不能自主的，没有灵魂的，没有感情的，他就是木头人。因为作家要他讲什么话就讲什么话，要他怎样行动就怎样行动。这样，写英雄人物虽然豪言壮语写得很多，但那是不可信的，不感动人的。因为他不是按照自己的思想感情做出来的，是作家叫他做的，所以这叫做木偶。不按照客观规律、不按照事物的规律、不按照事物的特征来写人，不可能写出活生生的人物。两个人在一起发生关系就构成事件，构成情节。如果这种人与人的关系，不是自主的，是没有思想感情、没有灵魂的，那么，这个情节不可能是动人的。因为这些人是没有生命的，他们两个能发生纠葛，纯粹是作者捏造出来的，是假的。这样不可能写出人的性格关系，写出性格冲突来。因此，正确的做法必须从生活出发，从活生生的现实生活中吸取许许多多的生活事件、情节、场景、人物对话，把这些当作素材，经过集中、概括、浓缩、凝聚……然后创作出有鲜明个性的人物。而这些人物，才可能是一些活人，有呼吸，有脉搏，有脾气，有活生生个性的，从而反映出同类事物的共同特征，或者是集团的共性。通过个性来表现共性，不能用个性来图解共性，不能拿个别性来装饰普遍性。没有个性，人物形象就活不起来。

问：多数，主流，才代表事物的本质，才代表典型。过去我们在创作、评论时，往往用这种概念去套文艺作品，对吗？

答：多数与少数，不是典型的条件。典型不等于多数，也不等于是主流。但是有人把少数跟非本质、跟不典型等同起来，说少数不是本质的，也不是典型的，并且以这个东西当棍子，来抹煞、否定很多文艺作品。写“文化大革命”中一个妇女有两个丈夫的，就说不是多数，不真实，不典型。《炮兵司令的儿子》写干部变了质，有一些批评文章就说这种干部不是多数，不是典型，也不真实，等等。可见这种人，常常拿多数、少数来作为衡量典型的条件。文学是反映生活，反映生活的本质的。什么是生活的本质呢？什么是社会的本质呢？各有各的解释。有的人说，本质就是多数，本质就是主流，就是矛盾的主要方面。如此说来，问题就很大了。那就只许歌颂，不许暴露，只许说好，不许说坏。你说坏的，什么问题都来了。从过去的文学批评，从三十多年的文学历史看，充分说明这一条。比如说，共产党是伟大的、光荣的、正确的，如果你写党的干部蜕化变质，就说你诬蔑党，说你在党的干部脸上抹黑。通常有一句话这样说：“难道生活是这样的吗？”那你也可以反问他：“难道生活不是这样的吗？”党是伟大的、光荣的、正确的，这样说是没错的。但不等于每一个党员都是那么正确的。因为许多党员是从旧社会来的，受过旧社会的影响，带来了一些旧社会的残余，所以他们也有缺点。在社会主义时期，有时也发生悲剧。究竟这悲剧是怎样来的呢？有人说是产生于社会主义制度，这显然是不正确的。每一种社会制度都不是一开始就完美无缺的。社会主义制度是在实践中逐步建立、逐步完善起来的，它也存在着一些漏洞和一些缺点。但这缺点是怎样来的呢？就因为旧社会遗留在我们身上的污迹太多，留得越多工作毛病就越多，阴暗面就很难免。现在还有人打着社会主义的招牌去搞专制主义，“四人帮”就是这样搞的嘛。这个悲剧，难道是社会主义制度本身产生的吗？倒是由于我们对旧社会的残余意识和影响斗争得不够，让恶势力钻了空子，为所欲为。因此，写干部的缺点，与写党的伟大、光荣、正确绝不矛盾，一点也不矛盾。社会的本质应从内部的联系来看。有矛盾就有双方的斗争。有矛盾斗争，事物（包括社会，包括生活）才能向前发展。没有矛盾就没有世界，我们说没有矛盾就没有戏剧。只讲好，不讲坏，等于取消反映矛盾。所以，以为多数、主流才是本质，是不符合事物的规律，不符合历史事实的。例如：高尔基在一九〇五年就写了《母亲》这部小说，当时这种母亲支持儿子革命的就不是多数，也不能说代表主流，但这是不朽的艺术典型。《红楼梦》的贾宝玉与林黛玉这两个人物，在当时社会里也不是多数，也不代表主流，但却是两个不朽的艺术典型。鲁迅《阿Q正传》的阿Q，当时也不代表多数，不代表主流，也是一个不朽的艺术典型。文学史上这样的例子很多。无数事实证明这一点，典型不是多数，不是主流。你可以拿很多不朽的艺术典型来看看，研究研究。从矛盾斗争的内部规律来看，不论写哪方面的本质都是有必要的。只有这样，把矛盾的本质反映出来，才能把生活的矛盾、社会的矛盾以及这些矛盾的必然性反映出来；把社会矛盾，为什么发生矛盾，为什么发生斗争这个真实情况和必然规律反映出来。向前发展的要反映出来，阻碍发展的也要反映出来。写“四人帮”的破坏、逆转、倒流，社会主义革命和建设为什么会遭到破坏，反映这些东西，也是反映反动的本质，以唤醒人民的警惕，才能教育人民防止悲剧的重演。好的当然要歌颂，但是阻碍前进的事物也要把本质写清楚，使人们知道为什么不能前进，为什么会遭到破坏。

问：文艺作品只应写光明面，不应写阴暗面，对这个问题，应从阶级属性出发，你的看法怎样？

答：只从阶级属性出发，从阶级的概念出发，从框框出发，结果，只会把生活简单化，这样写出来的作品大都是公式化概念化的。凡从概念、从公式、从先验的框框出发，就不可能正确反映生活，不可能正确地反映社会面貌。结果，出身不好的只能做坏事，不能做好事；革命干部只能是好的，不能是坏的；只许报喜不报忧；写顺利的，隐瞒困难的；写光明的，黑暗面就隐藏起来，这叫粉饰太平，掩盖矛盾。这样就是叫人说假话，是虚伪的文学，完全是骗人的文学。“文化大革命”之前，我到五个省看的戏，情节都差不多。在河南看了十多个小戏，写的生产队长都是反面人物，支部书记都是很正确的。难道生产队长都没有正确的吗？难道生产队长都没有党的原则吗？有些生产队长虽然不是支部书记，但他坚持党的原则，所以他也是代表党。支部书记如果是满脑子个人主义，他又怎能代表党呢？这个东西不能看形式、看表面。现实主义叫我们从生活出发，不应该从概念、框框出发。应该忠于现实，忠于现实的生活，忠于人民，为人民说真话，忠于社会主义事业。勇于提出问题，解决矛盾，推动社会不断前进，这是我们的出发点。在这个前提下，该歌颂的就歌颂，应批判的就批判，要暴露的就暴露。如果从个人出发，就容易不知不觉地落入资产阶级自由化的圈套。现实主义告诉我们：忠于生活不是社会上有什么就写什么。文艺工作者应该有责任，有社会的职责。斯大林说："作家是人类灵魂工程师。"作家是创造艺术形象的精神劳动者，是负着改造人们的灵魂、提高人们的道德品质的艰巨任务的。作家对社会任何的斗争，有自觉的责任。凡是对人民不利的，对社会主义不利的我们就反对，就批判。所以，选择题材、提炼题材、塑造人物、构思情节，都要围绕这个宗旨去考虑。离开这个宗旨就离开了社会职责。一个作家，他总是有爱有恨的，而且不是无缘无故的爱憎，当你有了马列主义的觉悟，有革命的要求和革命的感情时，你就会忠于人民，忠于社会主义事业。这样的作家总是从爱恨出发，你爱得深，作品中的人物当然就写得生动，写得深刻。你所痛恨的人，作品就会写得令人憎恶。爱恨本身包括政治、包括感情在里面。作家是引导人们前进的，不要客观主义，不是见到什么就写什么。作家不要把思想解放误解为资产阶级自由化。思想解放是以四项基本原则为前提，同时，也只有思想解放才能实现四项基本原则，这是互为因果的。写作要时刻想到人民，想到社会主义事业，不能搞自由化。因此，文艺工作者要不断改造世界观。现在事物不断发展，写作要赶上去，时刻都要赶。学到老，改造到老，要严格要求自己，不断改造，不断跟着时代前进。

问：过去我们写中心，往往用文艺作品去图解政策，这种方法显然是不对的，你的看法怎样？

答：文艺是反映生活的，应强调反映论。过去强调为党的中心工作服务，写中心，唱中心，演中心。这些所谓配合中心的作品，现在看起来大多是图解政策，不是从生活出发。写作时，临时看看政策条文，然后就关在房间里瞎编胡凑，搞误会法。这些作品大都是公式化，人物是木偶，没有一点生活气息。这样写，不可能写出人物性格来，写出人物命运来。从政策出发，用辩论的形式去展开主题，从头到尾都是说教的。因为政策刚出来，本身没有经过实践的检验。所以，图解政策的作品，没有一个能留下来。文学是反映生活的。要求作者用马列主义的立场、观点、方法去反映生活，对的就歌颂，不对的就批判。要是按照“写中心”的精神来写作，近来好些作品就不会出现，譬如话剧《于无声处》，它是在天安门事件还未平反之前写的，它不是按照政策去图解。作者是用马列主义、毛泽东思想的立场、观点、方法去反映生活，反映斗争，他写出了广大人民的共同呼声，把生活的本来面目表现出来了，这个剧本得到了广大人民的拥护。党中央后来作出决定，为天安门事件平了反（否定了1976年的政策条文和精神）。可见，作者应忠于生活，从热爱人民、热爱社会主义事业的立场出发，运用最抒情的笔触去表现他的爱与恨，表现他的政治观点和政治态度，不应图解政策。图解政策的做法，二三十年来就有了，它从狭隘的、一时一地的政策出发，把丰富多彩的生活丢在一边，凭瞎想去硬编乱凑，闭门造车，这其实是一条绝路。这样写，社会矛盾反映不出来，时代也反映不出来。你可以回忆一下，这种作品没有一个能留下来的。

一九八〇年三月十三日于新会

分析作品能“先政治、后艺术”吗？

我看稿从来没有分成两个步骤，即先政治，后艺术。一篇文学作品首先要经得起检验的，是真实性的问题。无论对细节、场景、性格、情节或环境的可信性与感染力，都要经过读者的检验；如果这些都在阅读过程中被通过了，就说明题材是来自生活，又经过作者思想感情的培养，也经过作者美学理想的过滤、概括，而且还用恰当的语言表现出来。可见在形式方面是用形象表现了生活，是有感染力的。也就是说，这篇作品在艺术性方面是合格的。我常常碰到这样的情况：当这一关被通过时，其他问题（如作品的主题思想，作品的社会意义……）几乎同时也解决了。因为所谓“真实可信”，是在典型意义上讲的。既然情节（甚至细节以至于场景）是真实的、有说服力的，说明它们不但没有脱离典型环境的影响和作用，而且作品还把这种因果关系，通过活生生的生活描写——通过形象——表现得很有力量。事实上，作品的社会意义差不多都是通过一桩事或一个人（或几个人）的命运，同时还把社会根源毫不含糊地烘托出来来完成的。在作品中，我们既然承认情节、性格、环境的关系是合情合理的，即它们的出现和发展是合乎逻辑的，那就说明它们不但反映了生活的本来面貌，也显示了它们固有的本质和意义。这样的作品不是也有它的思想性吗？

如果一篇作品的真实性使人怀疑，即它的人物干巴巴，它的情节不合情理，它的细节和场景描写到处出现破绽，你能同时在这样的一篇作品中发现它的积极意义和健康的主题思想吗？至少，我是没有见过。因为这种在形象之外的“主题思想”，实际上是不存在的。它够不上称为文学作品的主题思想，顶多只是作者企图表达的一种“抽象观念”而已。因为文学是以艺术形象来表现生活、体现思想感情的；难道有一种主题思想，能超然于艺术形象之外，超然于生活画面之外吗？既然没有这样的“主题思想”和这样的“思想性”，我们又怎么能先在政治上肯定它呢？既然是文学，首先要看它的形象动不动人，真实不真实，是否深刻地反映了生活；如果这些方面都表现得令人失望，它首先就不是文学作品。既然不是文学作品，就不应该拿它当文学作品来要求。

当然，所谓“真实地表现生活”，也有不同的理解：一种是描写那些表面的偶然的现象；一种是反映一定本质特征或某种发展规律的事物。而所谓本质，也不等于“主流”或“主要矛盾方面”；本质是生活发展的内在规律，在发展中矛盾双方既有联系，也有斗争。所以在文学作品中只反映发展的一面，是片面的；应该反映矛盾双方的斗争，在斗争中揭示它们的本质特征。只有如此，才可能真实地反映生活发展的内在规律。所以，不仅先进的是典型，落后的、反动的也是典型；符合发展规律的，固然是典型，阻碍事物发展的也是典型。

综合上面讲的意思，是否可以这样说：凡是写出了典型环境中典型人物的作品，不仅真实地表现了生活，也反映了生活的一定本质和规律性。也就是说，这类作品不仅有一定真实性和艺术感染力，而且在思想方面也有一定的社会意义和教育意义的。……

一九八〇年四月

当前创作中的几个问题

——在中国电影家协会广东分会的一次谈话

一

真实性确是文学艺术的生命，没有生活的真实，便没有文学，也没有形象，更谈不到什么艺术。

下面两种对真实性的理解和做法都不正确，应该给予批判。

第一种，是把现实生活中所有存在的实在现象，都认为是真实的，理由是“我亲眼看见，还能不真吗？”不管是美的，丑的，个别的，偶然的，凡是现实生活中实有的，存在过的，都认为是真实的，而且有人还把这叫做生活的真实。这显然是一种误解。从这种错误的看法出发，于是，有人以为在文学艺术作品中描写了这种现象，就算反映了生活的真实，以为反映了真实就是反映了一切，真实就是一切。最近在广州召开的当代文学学术讨论会上，有人以为“反映了真实，暴露了现实社会中的问题和丑恶，就是最现实主义的作品”。可是，他们离开了人物与环境的典型需要，也不考虑客观上可能产生的社会影响与社会作用。有的则是完全用自然主义的创作方法，淋漓尽致地去描写“打、砸、抢”，并对这种不加批判、不加选择的描写持欣赏的态度，以为这种东西就是真实，这是错误的。

第二种，为了美化生活，而进行荒唐的捏造，只求美化，求大，求洋，不惜歪曲历史，歪曲所描写的地区的生活面貌和社会特征，甚至不惜歪曲人物的身份和职业的特征，这是骗人文学的特点。例如，《春苗》就有很多东西是离开了特定环境的：解放那么久，还把国民党时代的那些丑行搬到我们社会来。他们的主要目的是污蔑革命老干部，为了篡党夺权，于是就不惜歪曲一切。又如，重拍的《南征北战》，打仗时战士穿的的确良，比演习时还要整齐、干净，究竟当时有没有的确良？时代的特征、人物的性格特征都不管了。有人说这是高档生活，是理想，是浪漫主义。以上两种对真实的理解，都是与现实主义的起码要求不相符的，可以说是反现实主义的。

为什么要提得这么严重呢？因为现在对真实性的问题，在一部分同志中间出现了严重的分歧。有些人以为这就是真实，有些人就不同意，认为这不是真实。我认为：应该从生活出发，要按照辩证唯物主义反映论来反映生活。辩证唯物主义的反映论，是不能停留在对于现象或偶然事物的反映上，而是要从中反映出生活的本质和规律性。

什么叫本质？从前认为凡是光明的、进步的，顺着潮流的才是本质，凡是逆流、支流，或前进中的障碍，都不算本质。按照马克思主义的观点，本质就是事物的内部联系。它是由事物内部的矛盾构成的，矛盾双方，既互相依存，又相互对立。事物就在这样又统一又斗争中不断前进。就社会主义社会来说，这种矛盾贯穿在一切事物之中，表现在各个方面，如革命与反革命，先进与落后，正确与错误，光明与黑暗等等的斗争，所谓反映生活的本质，就是要反映这种矛盾与斗争。如果只反映统一的一面，而不反映斗争的一面，显然是不能反映生活的本质的。过去那种只承认正面的，顺着潮流的才是本质的观点，是片面的，不正确的。把生活的主流，把矛盾的主要方面与本质等同起来，而把支流、逆流、困难、错误、落后排斥在真实之外，排斥在本质之外，把矛盾的次要方面同本质割裂开来，这是一种歪曲，是经不起推敲的。由于对本质的不正确理解，因此，在文学艺术中反映支流或逆流方面的题材时，作者常常受到不应有的指责，过去，这样的例子很多。

我们应该从唯物主义的反映论出发，从生活出发，依照现实主义的原则去反映生活。要忠于生活，要对生活讲真话，该歌颂的就应该尽情歌颂，该揭露的就要严肃揭露。

在这里，我想必须强调要用最大的力量去恢复现实主义的好传统。什么是现实主义的好传统呢？首先，要求作品通过对客观生活的具体描绘，从中自自然然地表露作家的思想倾向，不要像“四人帮”那样搞“主题先行”。契诃夫有一次对一个作者说："你尽管喜爱你的人物，就是千万不要说出声来！"就是说，要通过艺术形象来表露你的看法，而不需要你出来说话。也不需要你借人物的口来说话。第二，要像生活本身那个样子去反映生活，要像生活那样真实和精确。生活本身丰富多彩，绝不是枯燥无味的。第三，不能就表面写表面，就偶然写偶然，应该把积累收集起来的生活素材，经过作家严格的集中、概括、浓缩、凝聚，创造成为有呼吸的、有脉搏的、有个性的、有血肉的、有生命的完整的艺术形象。这些年来，对现实主义的好传统破坏得很厉害，写空话、大话、假话的风气流行一时，现在应当是恢复现实主义的好传统的时候了。否则，我们就无法反映生活真实，无法达到生活真实与艺术真实的统一，自然就更谈不到反映我们伟大的时代面貌了。

二

艺术既不是原始生活的复写，又不能须臾离开生活。艺术既以感性的、具体的、个别的和偶然的生活形态出现，又不能满足于实际发生的某些个别现象或偶然现象的描写。

文艺创作是一种创造性的劳动。作家在进入创作过程时，应该把收集积累的生活素材，经过严格的集中、概括、浓缩、凝聚创造成为有呼吸、有个性、有血肉和有生命的完整的艺术形象。这是一个艰苦而又复杂的过程。而且每个作品的构思和创造过程也不一样，因而想用简单的几句话来表达，是办不到的。你们都是编导、作家、演员，在这方面有许多体会和经验，也尝到了其中的甘苦。这里面的微妙处是不容易说清楚的，现在只能把大家经常遇到的，而且是现在有争论的问题，简单地谈一谈。

创作，首先是要深入生活，在观察、体验中判断生活时，千万不要被数量迷惑住，不要满足于量的多少，最重要的要努力把握质的必然性。要从纷纭复杂的生活现象中去把握生活的本质和规律。质的必然性抓住了，对创造艺术形象是有很多好处的。越是把握住质的必然性，人物或事物特征的概括性就越大，浓缩和凝聚生活的程度就越高，其典型性就越强。高尔基说，典型"是牛奶中炼出来的凝乳，这是发过酵，提炼过的东西"。而不是原始生活的再现，而是更接近生活本质，更符合发展规律的东西。

什么是质的必然性呢？就作品的事件来说，它的发生与发展，作家总是努力避免实际发生的事实的照搬或表面的摹写，因为这类现象常带偶然性，很难揭示本质。对这种偶合的东西，即使写得很生动，也不能反映质的必然性。要使事件的发生和发展都符合此时此地相互关系的必然逻辑，都按照不能不发生的规律去发生和发展。总之，作家不是按照实际发生的样子去记述，而是按照它过去、现在和将来可能发生的样子去描写。这样，就比较接近生活的规律、本质和质的必然性。

艺术典型必须包括生活的本质和规律，但是，凡是包含本质和规律的，不等于就是典型。能称得起艺术典型的，除其他的特征之外，它还应该是对某种生活真理的新发现。就是说，既要在生活中有所发现，又要通过形象将这真理体现出来。

托尔斯泰在回答什么时候可以写作时曾说："只有当你感到心中有一种完全新的、重要的、自己明白而人们还不理解它的内容时，当必须表现这一内容的要求不能使你安静的时候，那时你才好写作。"重复别人已经发现的东西，或别人已经用形象表现了的东西，而且丝毫没有增添自己的任何新发现，这样的作品，尽管也体现了生活的规律和本质，但却称不上是艺术典型。

凡是成功的艺术典型，可以说，都是对某种生活真理的新发现。

有些生活现象在社会上大量存在，可是人们司空见惯，习以为常，更不理解它们存在的意义，作家如果洞察其内涵，将这类现象，经过集中、概括，创造出引人注目的艺术形象，就会使人恍然大悟。有的事物刚在冒头，许多人还看不到它们，或偶尔看到而不注意，或注意到了，却不理解它们出现的意义。还有些生活现象复杂多变，有的生气蓬勃，有的奄奄一息，有的忽然改变方向，有的却加快原来步伐等等，但这不是偶然的，如果仔细观察，发现其中因果关系，抓住它的规律和本质，并通过形象表现出来，就能创造艺术典型。《阿Q正传》中的阿Q，就是一个艺术典型。《于无声处》中的何是非，也是一个典型。它们有代表性，使一些人看过之后，感到刺到自己的痛处，甚至怀疑它是写自己，这可又不能完全怪作家，说像又不全像，说写自己又不全是写自己。总之，这些艺术形象使人惊醒，使人悚然而栗。

本质、规律不是抽象概念，而是具体的东西，有无限丰富的内容。如果把它变成抽象的东西，它在创作中就不起积极作用，写出来的人物就会变成概念。从前，有一种说法，认为在阶级社会里，阶级和阶级斗争的规律是最重要的，左右一切的；但应该看到，这并不是唯一的。新中国成立以来出现了一些好作品，不能说只是阶级斗争的规律在起作用。除了阶级斗争之外，还有很多因素，有民族的因素，有时代的特点，还有地区的特征，以及历史传统，道德风尚、文化教养、家庭环境等因素都在起作用。所有这些因素表现为一种综合性的现象。好的小说不是由一种因素决定人物的性格，而是由多种因素决定的。这种综合性的现象，不仅体现在典型性格中，也体现在典型环境中，因而形成了多样、复杂的典型环境。而且阶级斗争的内容和形式，也不能总是一个样子，它是发展的、曲折的。所以，这种典型环境以及人物、事件的发展和变化，也不可能总是直线的，而是很丰富、很复杂的。

过去，只承认英雄、正面人物是生活中真实存在的，甚至连典型环境似乎也只能写革命的、光明的、顺利发展的一面，这观点是极其片面的。所谓本质是内部联系，是对立的统一，有时互相依存，有时互相斗争，一时这方面占优势，一时那方面占优势，由于事物内部的不平衡，因而典型环境也不可能是固定不变的，更不能处处都是光明面。可是，过去不少评论文章却与此相反，对环境的多样化或对某些促使落后分子做坏事的典型环境加以指责，说“这是歪曲了典型环境，丑化了社会主义社会”。

作品要揭示其较深的社会意义，就一定要从人物和事件中，找出酿成事件的潜力与影响，即把特定环境与特定人物的特定关系及其结局，把典型环境深刻而明了地揭示出来，把酿成这种结局的社会根源揭示出来。例如，祥林嫂的形象就只能在那种封建迷信、旧礼教的典型环境中创造出来。不管是正面人物，或反面人物都是这样。

有些人看见现象就写现象，不考虑这样描写会产生什么社会影响。最近看了一篇报道，记述两位老人千辛万苦养儿育女，不仅为儿女们盖了房子，还为他们建了家，但自己老了之后，儿女们却都不管，逼得过年时讨饭，最后因活不下去竟双双上吊了。这件事，如果就表面写表面的话，准会使读者得出错误的结论。因为这种不加分析的自然主义的写法，会使人们以为根源是社会主义制度。现在就有人说：社会主义时期的悲剧，其产生的根源是社会主义制度。这种观点是彻头彻尾错误的。其实，像那两位老人自杀这件事，就同社会主义制度毫无关系，完全是他们的女儿自私自利的个人主义思想所造成的。而这些资产阶级意识正是与社会主义制度相对立的。只有着重把如何促成这场悲剧的典型环境揭示出来，即把造成这场悲剧的社会原因揭示出来，才能反映出生活的真实面貌。

对于某些揭露现实生活消极面的作品，对典型环境的描写更值得重视。在理论上残存着两种片面的观点：一种是把环境看作是固定不变的，如对《炮兵司令的儿子》，有人认为它不真实，理由是那种情况是少数，不占主流，因而不是典型；另一种，认为《假如他是真的》写的是典型环境中的典型性格，完全无视典型环境中矛盾斗争的真实状态，把人物的活动写得好像不受环境牵制，要干什么就干什么，如入无人之境……

我认为，对典型环境，不管是正面的或反面的，光明的或黑暗的，都应该有透彻的理解。现实生活中，有积极与消极的两个方面。在消极方面，存在着特权思想、官僚主义、派系活动、家长作风、裙带关系、一言堂等等；在积极方面，有实事求是、群众观点、艰苦朴素、扶危济困、救死扶伤、自我牺牲精神等等。我们国家经过长时期的革命与建设，考验了大批干部和人民。这些经过考验的干部群众，对特权思想等歪风邪气是看不惯的，是特权思想等通行的巨大的阻力。《假如他是真的》的主要缺点，是由于作者没有理解这些来自人民中的对不正之风的巨大的阻力，没有正确地理解这个典型环境。由于没有把正面的力量摆进去，所以只看见坏人当道及其活动，看不到反对他们的力量。特权思想是可以揭露的，不然，让它再发展下去就会有亡党亡国的危险。作者提出了这方面的问题，应该得到鼓励，但由于他对整个斗争判断得不正确，结果表现在作品里，就显得很阴暗。有人说，这个剧本的正面人物太少了，我看增加几个也解决不了问题，因为问题的关键是作者对这种事件作了不正确的判断。正因为这样，所以观众一方面认为剧本提出了重大的问题，一方面又觉得作者没有作出合乎历史规律的判断，而深为惋惜。

由此可见，创作不是生活机械的复写，而是把吸收来的生活素材，经过严格的选择、集中、概括、想象，创造出比生活更高、更有组织、更理想的人物和事件。

创作不是原始生活的刻板反映，而是有目的的创造；不是生活现象纯客观的照搬，而是现实生活与作家主观意识相结合的产物。在历史上，阿Q、林黛玉、王熙凤、哈姆莱特、唐·吉诃德、奥勃洛摩夫、葛朗台等人物，都是当时现实生活与作家主观意识相结合的产物，都是经过集中、概括、浓缩创造出来的，是发过酵、提炼过的艺术真实，是当时生活真实的结晶。所以，这些典型人物，经得起生活的检验，也经得起历史的考验。

三

对“百花齐放，百家争鸣”的方针，文艺界也有各种不同的理解。有些人，一谈到“双百”方针，就认为什么都是框框，什么都是限制，连四项基本原则也被认为是框框，六条标准也被认为是框框，甚至为工农兵服务也被认为“不合时宜”。还有些人，把“双百”方针理解为“放任自流”的方针，理解为“我要怎么样就怎么样”的无政府主义的方针，这样去理解显然是很错误的。

“双百”方针，并不是放弃自己的政治理想或放弃自己的奋斗目标。作品的思想倾向取决于作家的世界观，一篇作品到底起什么作用，引导读者走什么道路，取决于作者的世界观。一个作品到底为哪个集团服务，也取决于作者站在什么立场，为哪个集团说话，代表哪个集团的利益，这就是他的世界观。所以，作者有什么样的世界观，就创造出什么样的作品。这是客观规律，是不以人们的意志为转移的。托尔斯泰好像曾宣布过他只为真实而写作，可是他的世界观驱使他的作品引导读者去憎恨农奴制度和黑暗的教会。他的爱憎是很强烈的。你能说他的作品不起社会影响，不产生社会效果吗？这是不可能的。就作家的感情来说，他能因为有“双百”方针而放弃他的爱憎吗？

我们生活在社会主义革命和建设的时代，不可能没有自己的理想，也不可能没有自己的奋斗目标。一个革命作家绝不可能因为有“双百”方针而放弃自己的理想，放弃自己的爱憎，或放弃自己的观点和感情。可是，有些人在提问题时，把“双百”方针看成只能顺着他的观点，他的喜爱行事，别人如果对他的观点或喜爱稍有异议的话，他就说你向他打棍子，或者怀疑“双百”方针要“收”了。

要知道，“双百”方针是我们党提出来的，“是在承认社会主义社会仍然存在着各种矛盾的基础上提出来的，是在国家需要迅速发展经济和文化的迫切要求上提出来的”。这个方针是“促进艺术发展和科学进步的方针，是促进我们的社会主义文化繁荣的方针”。很清楚，“双百”方针是为繁荣社会主义科学与文化才提出来的，那些稍一遇到不同意见，就指责对方打棍子的人，实际上他们是堵塞人家的意见，妨碍自由讨论，阻碍艺术和科学向前发展的。

在共同目标的前提下，展开如何走向目标的讨论，有什么不好呢？只要有共同的愿望，不管意见多么不同，争论多么激烈，对于促进和改进艺术实践都是有好处的，因为它可以调动积极性，群策群力，集思广益，把大家的智慧集中起来。

至于题材、形式、风格的多样化，更是社会主义文艺所提倡的。只要有利于社会主义事业，有利于人民，又为人民所喜闻乐见，这样的“百花齐放”，正是我们社会主义所迫切需要的。这样来理解就不会对“双百”方针发出一些奇怪的议论。例如有人说：“我只要写真实就行了，为什么还要讲社会效果呢？”还有人说：“我的任务是真实地反映现实，管它发生什么影响？”这些人走得太远了，一味追求离奇情节，追求异国情调，完全不顾中国人民的欣赏传统。这一来，当然就可能会引起读者的异议，但对异议也未尝不可以讨论嘛。

说到这里，所谓社会效果的问题似乎不成问题了。既然处处从广大人民利益出发，处处从社会主义事业的利益出发，有哪个作家对自己的作品会不考虑它可能产生的影响与作用呢？每个作者都会考虑自己的作品会引导群众走什么道路的问题，除非是有成见的，或敌对分子，谁不为国家，不为广大人民（包括自己）的前途和利益着想呢？可是，前一段，竟有人把“真、善、美统一”也当成一根“棍子”，有的甚至把“坚持四项基本原则”也当成“棍子”。我看，这些人好像要离开人民大众，离开他的祖国似的。在他们的主观愿望上，可能不是这样，但这样走下去，客观后果是很可怕的。不然的话，为什么要反对讲社会效果？为什么对国家、对人民的事业可能遭到损害的事也反对考虑呢?

过去，有人装得很清高，把文学艺术看作是非功利的，宣扬为艺术而艺术。黑格尔认为：“真正的艺术家不知道自己在（为社会）做什么，这是一个错误的想法。”别林斯基也认为：“剥夺掉艺术为社会服务的权利，这不是提高它，而是贬低它。从而使它成为游手好闲之徒的消遣品。”所以，艺术家不考虑作品的社会效果是错误的。

斯大林称作家是人类灵魂的工程师，所有的艺术家都担负着提高和改造人们精神品质的任务。如果作家、艺术家没有美好的社会理想，没有崇高的政治目标，对什么都抱无所谓的态度，那他们凭什么去引导读者走向光明大道呢?

一九八〇年七月十八日于广州

如何写作品评论？

——答《文艺报》记者问

问：有些写评论文章的人容易犯一种毛病，即简单地叙述一下作品的情节，然后就贴上标签，你对这个问题有何看法？

答：这样的文章我也读过，就是简单地复述一下作品的梗概，然后用社会学术语或政治学术语硬套上去，以此来代替他的观点。这种贴标签式的评论，其实不是评论。评论一部作品，应该有评论者自己的观点。它不是现成的，也不是从别的地方搬来的。这个观点，只能从作品的因果关系、固有的矛盾中分析得来。文艺作品在于表现，其本身所创造的艺术形象就说明了这一点。你想了解它，摸清它的特点及其前因后果，就不能不通过艺术的分析。因为它对生活的判断，对人物的是非的态度，都是通过艺术手段来进行的，所以只有通过艺术分析，才能得出正确的判断和实事求是的结论。评论者应有马克思主义的立场观点，但不是硬套，不能用作品的客观实际去迁就现成的概念或适应你的主观需要。

问：有些评论常常把思想分析与艺术分割开来，请谈谈你的看法。

答：文学作品是人物与情节相结合的产物。分析一个作品的思想意义或倾向，必须分析其艺术形象。艺术形象是由作品中的细节、场景、情节、人物及环境等等构成的。情节是由人物的活动、关系、矛盾的连续所形成的。因此，情节是否真实，性格是否真实，环境是否真实，都需要经过切实的分析和判断。其次要探求作品中人物行动将引导读者走向何处，也就是探求作品的倾向性等问题，也必须经过艺术的分析，否则就不是文学批评。“四人帮”搞的那一套，完全离开了艺术的分析，谁承认它是文学批评呢？可以说，其中没一篇是为作者着想的，没一篇是为文学事业着想的，倒统统是打棍子、扣帽子，与其说是文学批评，不如叫做政治判决书。

所谓艺术分析，主要是对作品所表现的生活（不是靠说明，而是靠形象表现出来）作分析；文学作品是通过形象来表现人与人之间的关系及社会矛盾的。所谓艺术分析，首先就要看作品所反映的生活是否真实，着重点不是探讨生活中有没有发生这类事实，而是在作者所给予的条件和环境下可不可能发生这类事实？事件是否真实，这与环境有很大关系。在这个环境下可能是真实的，而在另一个环境下，就可能是不真实的；人物在这个环境里可能是这样行动，而在另一个环境里就不一定是这样行动了。所以说，典型环境决定着人物的性格。很多人写评论不注意这方面的分析，是很遗憾的。人物的哪些行动是真实的，哪些行动又是不真实的？环境如何促使人物性格产生、发展及其必然归宿，都需要认真分析。我经常谈到祥林嫂的例子。祥林嫂的悲剧性格的形成以及她的性格与社会的矛盾，是环境使然。分析作品中的典型环境和典型性格的关系，就抓到了艺术分析的根本。一部作品为什么成功，或者为什么失败，它的缺点和问题在哪里，都必须从这里找出原因，然后才可能找到正确解决的途径。我看作品，从来不是先看政治上是否站得住，尔后才分析人物，而是一次完成，从艺术分析入手的。艺术分析越细致，结论就越切实、中肯。

问：有些评论文章停留在一般的感性认识上，提不到理性认识的高度，这是什么问题？

答：对作品的认识只停留在第一感觉或最初感觉上，这样写出来的评论，至多只能给人一点新鲜印象；但由于没有把印象、感觉深入下去，自然就谈不到理论的高度和深度。如果再用别人常用的语言或流行的话来表达你的看法，甚至连原来仅有的这点点新鲜印象，也会被埋没掉，自然，更不用说发挥评论者的见解了。造成这种现象的主要原因，是对作品没有作具体分析，没有从分析中掌握住产生问题的内核，没有找出阐明问题的规律和思想。因而，就谈不上对作品的认识，更谈不到从感性认识提高到理性认识的高度了。这里，还得强调实事求是，强调从作品的客观实际出发，只有按照作品本身的主要特点进行深入分析，才可能找到其固有的规律性的东西。只有规律性的东西，才有普遍意义。须知在个性中蕴藏着普遍性的实质，把一篇作品分析得透彻，就可能使认识升华到应有的高度。这样说，并不等于要在评论中重复别人说过的结论，倒是希望通过具体的艺术分析，告诉人们一些生动活泼的有普遍意义的道理。

问：现在还有一些评论，让人家看了面面俱到，为什么看不到评论者主要想说明什么问题?

答：如果进行了深入、细致的艺术分析，就不会出现这种面面俱到的现象。由于抓不到作品的主要方面和主要症结，结果，评论如蜻蜓点水，好像什么都谈到了，但什么也讲不清楚，最后反而给人留下不知所云的印象。产生这个情况，还可能由于评论者缺乏开展正确、健康的文艺批评的勇气。对青年人的作品，一味只是捧，讲好话，对作品原有的缺点也不敢指出，或轻描淡写。要知道，捧杀与骂杀同样是有害的，都是戕害青年的毒药。还有的是为了某种政治需要，评论者不忠实于自己的观点和感情，言不由衷，胡凑成篇。当然，更多的情况是对作品看不准，甚至连主要关键或主要问题都没有抓到，写出来的评论自然就摸不着边际，不知所云了。

问：为什么有些评论写得很干瘪，不丰满?

答：有正确的立场、观点和方法作指导，又有深刻的、具体的艺术分析，使理论与实际紧紧结合起来，就能发表自己独特的见解，这样写出来的评论，不仅有深度，而且也生动活泼。如果不具体地分析具体作品，又只在概念上兜来兜去，还用现成的公式来表达，这种经院式的评论，不仅不可能生动活泼，而且肯定是枯燥无味的。我们分析作品，首先是分析作品所提供的具体矛盾，看看它有什么个性、特点，并深入探索下去。如果不对作品所反映的千变万化的、丰富多彩的生活进行具体分析，要想使自己的评论写得丰满而有说服力，是办不到的。尽量少说套话，不作居高临下的训斥；最好用普通的生活语言像娓娓讲述家常那样来写评论文章，这种文风很值得提倡。

问：现在有独特个性的评论似乎不多，这个问题你看应注意些什么?

答：这个问题与前面讲的有些关联。要对具体矛盾（作品所表现的生活）作具体分析，没有这个前提，生动活泼的文风是很难建立起来的。为什么要对具体矛盾作具体分析？因为每个作家都有自己的个性，自己表达生活的特殊方式和语言特点。评论者只有抓住了这些，用正确的立场、观点和方法加以分析和综合，然后才能获得自己独特的认识和独特的观点，并通过富于自己个性的方式表达出来（自己经过分析所获得的思想，常常不是大家常用的语言所能表达的，至少感到不能充分地如意地表达出来；常常须经过反复摸索、反复推敲，才找到比较合适的语言或概念，而这种语言或概念却不是常见的、众所周知的，而多少有点个人的特点或特有的风格）。只有这样，评论才可能具有评论者自己的风格。好些人喜欢引用经典著作，可是他自己似乎也不十分理解，只是为了装饰，以遮掩自己艺术分析的空虚而已，这种文章当然谈不到自己的风格。

评论者要形成自己的风格，基本条件有两个：一要实事求是，坚持唯物主义反映论的立场；二要作具体分析。对作品要有自己的观点和态度，甚至要忠实于自己对作品的情绪，并努力在评论中用自己的语言表达出来。

问：初学评论的作者，应该具备什么基本功？

答：搞评论工作，当然要读很多书，世界名著，古今中外的作品都要广泛涉猎，因为没有比较，眼界不宽，就很难谈得上艺术的鉴赏能力，也就无法判断一部作品的成败得失。马克思主义的文论，我国古典的文论、诗话，外国作家的创作经验，以及美学著作，都要有一个基本了解。此外，对生活不能茫无所知，虽然不可能都有深入的了解，但某类生活的基本情况及其运动法则，都应该知道。如果说基本功，这是起码的基本功。重要的应是在评论实践过程中不断学习，不断总结，不断充实自己，力求不间断地提高。

一九八〇年十一月十六日于广州

给文学青年朋友们

题材不是苦想出来的

……创作，怎么这样使人苦恼，常常弄得我睡不好觉，吃不好饭。有人说我：你这是何苦呢？可是，我热爱生活，喜欢文学，觉得世上许多美的东西值得赞颂，然而，却在创作中常常感到无处着手。写一篇文章，开头总是要用很长、很长一段时间去想，这怎么办呢？

请你给我解除这个苦恼吧！

切盼你回音！

湖北洪湖　杜园山　一九八一年六月十日

……如果你以为创作就像用模子搕饼那么简单，我劝你还是及早放弃这种想法。因为它不但会使你失望，甚至会使你一事无成而贻误青春。

创作不是一门技艺，不是掌握了几项技术就可以如法炮制的工艺。创作需要生活，需要对生活的爱憎，需要酝酿，也需要构思。如果连这点劳动也怕麻烦，那还谈什么创作？创作劳动是复杂的，它的成果应该是各具特色、日新月异的艺术。它来源于生活，来源于人生社会，但又不是像摄影那样机械地再现，创作是从生活中零碎的、分散的现象、场景和细节，经过掇合、发酵、凝聚，使之成为有个性、有气血、有生命的艺术形象。这样的艺术形象不仅活在古人心中，也活在现代人的心里；不仅活在中国人的心中，也活在外国人的心里。要使你所创造的艺术形象永垂不朽，深印在人们的脑海里，它所花费的心血，比建造一座摩天大厦还要复杂得多，艰巨得多。

翻开人类的历史来看看，在几千年的历史长河中，真正具有艺术魅力，经得起时间考验的艺术形象，虽然可以摆一条长长的画廊，琳琅满目地展示在人们眼前，但在这悠久的历史中，毕竟还是少数，因此它们是珍品。

如果你真的“觉得世上许多美的东西值得赞颂”，那你就有一股赞颂的热情和冲动。如果你真的“热爱生活、喜欢文学”，那你自然就会留意观察社会生活中的各种现象，你就会对这千变万化的生活有所爱憎，并且将你的爱憎感情和你熟悉的生活融汇起来，正是这样，便有了创作的题材。当这些人物急于到人世间时，作者就急迫地要求寻找适合表现这些题材的形式。经过一番探索（有时也许会很快地被找到），一篇有结构、有人物、有情节、有高潮和结局的作品轮廓便在你的脑海中诞生出来。这时候你还会以此为苦吗？如果你能这样在艰苦中去建立创作的乐趣，那你就不会感到“苦恼”，也不至于常常“睡不好觉，吃不好饭”了。

你在信中说：“写一篇文章，开头总是要用很长很长一段时间去想，这怎么办？”我上述的意见，大概已经使你感到头痛了，怎么办呢？没有别的办法，除非你彻底放弃这门既“使人苦恼”又感到“无从下手”的劳动，否则，你就得坚持攻坚的精神……

一九八一年八月十三日东病区

应从生活出发

……我是一个文学爱好者，当然也喜欢写作。我也看过了数十本关于写作的书籍；可是，每蓬（逢）我提起笔来的时候，往往把脑海中原来构思好的情节，一动笔就打乱了，老是开头和结尾写得比较理想，中间部分，不是失真，就是离题，说不明问题。我为此落过眼泪，常常责被（备）自己太死板，脑子不灵活。……今来信，请求你和我谈一下这是什么原因，我应该从那（哪）里开始学起。我怀着迫切和感恩不尽的心情等待你的指正。……

包头　李喜　八月十五日

……来信已经看过了，你所说的话，可能与你所碰到的实际有点距离。我不太相信，在你脑海中构思好的情节，怎么会在动笔之后就被打乱了？这是不可能的。这只能说明在你动笔之前，并没有进行认真构思，或者没有构思成熟，就想到别的事情上去，因而才会出现一动笔就乱套的现象。

按照常理，你如果从生活出发，从生活中感受到的东西，经过酝酿、凝聚和发酵，你不但能从中提炼出情节，而且也能提炼出人物来。这些人物，不但有集团的特征，而且有个性的特征。你所描写的环境，不但有时代和社会的特征，而且也有地方的色彩。由于你是按照人物的行为作为线索，所以整个情节的发生、发展都有头有尾，合乎逻辑，每件事的发展变化都合情合理，都有变化发展的必然性，只有这样，你的题材才算构思完整。如果你所说的题材确如我所说的那样合理又完整，怎么可能一动笔就乱了套呢？并且写到中间部分，“不是失真，就是离题，说不明问题”呢？这是不可能的，至少你的说法是不诚实的。

我要向你提出一个忠告：不要去追求离奇古怪的情节，它只会使你在创作道路上走更多的弯路，碰到更多无法解决的疑难，甚至会使你流更多的“眼泪”。在你构思任何一个作品的时候，都要注意情节的发生、发展的逻辑，要按照人物性格、环境条件行事，千万不要超越环境的局限，否则，就不合情理，就不能真实地反映生活面貌。

你“常常责备自己太死板，脑子不灵活”，是没有必要的。重要的是努力深入理解生活和深刻生动地表现生活，并努力掌握创作规律。……

一九八一年九月二十日东病区

写作要求作家说真话，发真情

……我是一个文艺爱好者，总觉得肚子里有话要写出来，但有的东西却又不敢写，虽然它是我亲身经历的。这主要是考虑到政治内容。……我出生于一个地主家庭，祖父是个有名的民间医生。……我想通过自己的一家在“四人帮”横行时的遭遇，来反映新一代中国青年的顽强好学、积极上进的精神，同时，以此揭露“四人帮”压制人才的滔天罪行。这样的主题，我想命名为“我”，如果这样的主题和材料有一定意义的话。我几次想动笔，却又怕别人说我是为地富翻案。所以几次都只开了一点头就没有继续写下去了。今特来信求教，万望答复。……

湖北　宋志清　一九八一年四月十九月

……因最近常患病，未能及时给你回信，请原谅！

创作规律要求作家讲真话，发真情，要求用真实感情投入艺术构思中去，并用作家的激情与观点去渲染、哺育、培养、塑造形象；否则，感人的有生命的形象，是不可能被创造出来的。

你的出身是不重要的，关键的问题是你现在站在什么立场？是站在人民一边，还是与人民为敌？处处为人民利益说话，还是相反？如果是站在前者，为什么不敢写呢？为什么怕人家说自己为地富翻案呢？

一个人在人民生活中间，其态度是十分鲜明的，爱什么，恨什么，拥护什么和反对什么，总是不含糊的，至少在自己的心目中是非常清楚的；因而，由此所产生的感情、情绪，也是十分清楚的。

客观事物（事件、矛盾……）只有与主观感情相融合，成为情景交融、物我一体时，被描写的对象才能获致生命，同时也鲜明地流露了作者自己的观点和态度。

假如隐瞒了自己的真实感情，用一种矫饰出来的或做作出来的感情来写作，写出来的人和事一定是虚伪的，绝不会有令人信服的力量，即使如此，但作者对这种假感情，却是清清楚楚楚的，难道需要拿这来问别人吗？是正确还是错误，也是一看就明白的，难道也需要拿这来征求别人的意见吗？

你所构想的题材，即“我想通过自己的一家在‘四人帮’横行时的遭遇，来反映新一代中国青年的顽强好学、积极上进的精神，同时，以此揭露‘四人帮’压制人才的滔天罪行”。这意图原是无可厚非的，但从你来信却看不出表达这主题的任何题材线索或思想基础。可是你又怕别人说你“为地富翻案”而中断，“没有继续写下去”，特来信“求教”，老实说，对于这样的问题，我实在无能为力。一开始我就说过，自己对生活、对社会的态度难道自己有不知道的吗？从什么角度去反对或拥护，难道自己能不知道吗？……

一九八一年八月十四日于医院

坚持写作实践与青年作者的成长

——答爱好文学的青年朋友们

前　言

我每天收到许多文学青年的来信，其中的共同倾向就是：要求收学徒，带徒弟，最终目的是传授创作秘诀。

本来文学创作是一种艰辛的、复杂的劳动。每个艺术形象的诞生，几乎都经过作者含辛茹苦、呕心沥血的过程；这明显地是一种日新月异的、永远不许重复的创造。可是现在却被一些青年误解为刻板的、僵硬的技艺，以为用这种死板的模式，再采用一种不变的手法，便可以写出文学作品，便可以使自己成为“遐迩闻名”的作家。有些青年（虽然不是很多）甚至向我提出：“知道你很忙，如果时间来不及，回复我三五句话就行，只要在这几句话里把写作秘诀告诉我，并切望用这秘诀写成的每篇作品都达到发表的水平。”熟悉这门劳动，懂得创作甘苦的同志，看了这些话，也许会感到可笑，但是，事实确实如此。

这里的症结问题，是不愿从写作实践开始，不愿老老实实地、一点一滴地去积累实践经验，并从经验中去总结有规律的东西。因而，（一）由于没有写作感性经验作基础，便读不懂别人根据经验所归纳的理论，除了背诵概念和词句，几乎什么也不能领会；（二）由于不认真在实践中来磨炼自己，不强调在实践中提高概括生活和表现生活的能力，因而，在写作方面老停留在一个水平上，老停留在从表面写表面，从个别写个别，既不深入，也没法提高。偶尔读别人的作品，只会模仿人家的形式，或模仿事件的过程，却不注意抓取构成事件的人物性格和心灵。

这些来信者不像那些自然走上创作道路的人那样，在创作之前，对生活有爱憎，心中有不平要叫喊，有怨气要发泄，有愤怒要喷发……而是先有“当作家的决心”，再东摸西闯地寻找捷径，恳求传授秘诀。因为内心无东西要倾吐，没有创作的强烈欲望，因而拿起书本不知学什么好，也不知如何学习。但盼望能很快获致成果的空想，却使他们失望，于是他们闷闷不乐，满腹悲伤。

对于这些在迷惘中彷徨的青年，我希望他们认真想想自己，从自己的实际出发，千万不要把宝贵的时光浪费在不切实际的幻想上。这正是我回复这些信时所怀的希望。

一九八一年十一月五日于东病区

重要的是认真积累总结实践经验

……我是个文艺爱好者，也写了些文章，每次把这些文章寄到编辑部，都被退回来……

我经受过无数次的失败和挫折，但我总是勉励自己：坚持吧！坚持下去就是胜利。实践使我深深体会到：创造好比在茫茫人海里游泳，不是坚持到胜利的彼岸，就会淹没在失败的波涛里……

于是我想到你，想请你谈谈写作方法和体会，也请你出一个比较有价值、符合我的口味和适应时代要求的书目，使我能更好地学到主要方法和表现技巧……

安徽庐江　徐刚　六月九日

……你在写作过程中遇到一些失败和挫折，对一个文学青年来说，是不稀奇的。世界上从来没有轻而易举、一蹴而成的事业，你才练习写作不久，还谈不上积累了什么经验，因而，你的一些习作不被刊物所采用，也是很自然的。但是你把创作比作在大海里游泳，认为“不坚持到胜利的彼岸，就会淹没在失败的波涛里”，这里仿佛有这样的意思：写作只准成功，不能失败。依我看，这种想法很不实际，也很危险。

从来信看，你对创作这门劳动，似乎还没有起码的认识。凡是有创作激情的人，首先绝不是因为他有写作技巧，更主要的，是因为他有话要说，有爱憎要倾吐，有不平要发泄，正是因为这种强烈的愿望和要求，作者才急切去寻找能够表现这种内容的形式。虽然一下子找寻不到最完善的表现形式，但因不断摸索，不断改进，由浅入深，由粗到精，由表层逐步深入……这个急切要求倾吐的内容，终于找到一种表现形式和结构。当然，这形式不是十分完美，但总是经过自己的刻意探索和艰苦实践。经过如此苦心钻研的作者，多少总会有些实践的经验，只有对这类经验认真总结，才能抓到其中一些规律。虽然还很表面，很片面，但只要以这片面的经验为基础不断总结，不断实践，就可能在创作过程中逐步积累更丰富的经验并把握规律。

但你好像完全不把这些做法放在心上，反倒很迷信别人的传授，迷信别人传授的方法和技巧，实际上，这是因果颠倒的想法。就算是别人很认真地把实践的一些方法告诉你，你自己如果在实践上毫无经验，也从来不重视这类经验，那么，你如何能够理解别人从实践中总结出来的经验呢？你如何去吸收别人告诉你的方法和技巧？你又如何把这类方法和技巧具体地运用到你的写作实践去呢？

总之，从你来信看，你不但相信有一套万能的写作秘诀，而且你还相信有一套适应各种人口味的书目。其实，除了这封信之外，我一点都不了解你，又如何能提出一套“符合”你的“口味”的书目呢？……

一九八一年十月二十四日于广州

没有实践经验就无法理解别人的经验总结

……现在，我愈加爱好文学了，有许多小说给了我力量，强健了我的身体。我总在厂休日上新华书店和报纸杂志出售部。今日我买到第四期《作品》杂志，有幸读到你的文章《关于创造艺术形象的断想》，得益非（匪）浅。我现在很喜欢这种向导式的文章，我很想成为一个作家，业余的也是理想的。但读了你的文章由于水平关系不能理解：什么是艺术真实？再如你的文章中提到的，“经过严格的集中、概括、浓缩、凝聚，创造成为有呼吸、有个性、有血有肉和生命的艺术形象”。

很遗憾，我没有读过文学专论，对此百思不得其解。因此，今天就贸然地给你写信，希望你给我介绍几本文学巨著，同时希望你为我解释一下上述的疑问……

浙江嘉兴　蔡雪林　五月七日

……读来信并通过你对问题的理解，知道你并没有写过任何东西，也不曾进行过任何写作实践，因此，你对写作实践中的一些常识以及写作中常遇到的一般过程或一般困难，都“百思不得其解”。

你之所以不理解，并不是因为你“没有读过文学专著”，主要的障碍是由于你根本没有进行过写作实践，没有领会过创造艺术真实的起码经验；因而，你不仅不懂得“艺术真实”这个概念，同时你也无法懂得艺术创造过程中所经常出现的现象、问题和手段等等的概念。其主要理由是，你没有从事过这门劳动，无法领会这门劳动过程中的复杂情况和甘苦，因而，你对其中的一切都茫然无知，甚至当你接触到别人著作中提到这些过程时，你也会“百思不得其解”。

你既然没有写作过，你自然就无法理解有关创作方法、创作规律或创作过程中所有的论述和分析；因而，即使我向你介绍几本“文学专著”，你也未必能读懂；你如果硬着头皮读下去，顶多只能收到一知半解或囫囵吞枣的效果。你既然对写作如隔靴抓痒，毫无感性的感受与体会，那么，我向你解释什么是“集中”、“概括”，什么是“创造”，什么是“有个性”、“有生命”，什么是“艺术形象”等，对你能有什么用处？而你又怎么去理解它们呢？

像你这样提出质疑的青年，已不是个别的，在我这里几乎常常读到类似的来信。我对于这类青年颇表同情，也深知他们的苦闷，但想来想去我无力帮助他们。虽然这类青年也像你一样，直截了当地宣布：“我很想成为一个作家”；但他们既不观察研究生活，也不考虑如何表现生活，更不为如何塑造一个有鲜明个性的人物而动脑筋，总之，这类青年从来没有为创造一个艺术形象而操过心。请问，他们打算通过什么创造去当作家呢？

你也许会反问我：难道学一门知识都要先有实践么？不，我不完全是这个意思。我只是说，学一门知识需要有理解这门知识的基础，至少要抱着实践的目的去学习这门知识。否则，除了会背诵一些抽象概念之外，你大概什么也不能学到。

无论是自然科学或社会科学，每种知识或每门学问，都与社会实践有着密切的关联，否则，便会失去它们存在的价值。文学也一样，它反映生活，反映社会，并影响人们的精神面貌。它的作用不是直接用道理说教，而是通过艺术形象去打动人心，从而去影响人们的精神品质。为创造艺术形象及评价作品，需要有人从事创作和评论。总之，不管是从事文学的何种活动，可以说都是围绕着文学创作来进行的，否则，这些活动一旦离开了促进创作和繁荣创作的目的，必然将失去它们的意义。创作实践也是如此，青年人如果只有坚毅的决心，而不老老实实从事写作，不扎扎实实积累经验和总结经验，反而把时间和精力花在“找秘诀”上面，这种做法不仅不可能写出像样的作品，甚至连别人根据丰富经验所总结出来的规律，你也无法理解，以致“对此百思不得其解”……

一九八一年十月二十三日于广州

不要把希望寄托在秘诀上

……我自从学创作小说开始，到现在我见到小说就看，看到一些作家创作经验，更是如饥似渴地学习。现在，我基本上掌握了创作小说的起码知识。……但也知道自己离创作小说还有一段距离，但不知怎么搞的，总是一心想开始创作，真不知如何是好？……我有个愿望，希望你在空闲时，想些办法给我讲讲：该怎样练笔？该怎样开始写小说？或讲些写小说的经验或讲些范本！……

湖北八七三一三部队　陈凤举　一月一日

……写文学作品，主要不是靠写作知识，也不是依靠写作技巧！对于一个初学写作者来说，更重要的是生活，是对生活的感受和认识。只有当你在生活的漩涡里，被水流（明流和暗流）冲击得不由自主，不能自持的时候，你才会对生活、对社会产生爱憎感情，而且有一股非倾泻出来不可的强烈要求。这时候，写作的冲动搅得你心神不宁，蕴藏在心里的人物和事件，迫切地要冲到人世间来。如果说，写作要有什么首要条件的话，这大概就是首要的。如果没有生活积累和感受，没有对生活的认识和爱憎感情，又没有生活实感与主观感情的融合，作品是不可能产生的。艺术形象的创造也是不可能的。可是有些青年却常常倒转来看，把生活积累和生活感受不放在眼里，反而把写作技巧当作创作的首要条件来考虑。你这次来信，也把“基本上掌握了创作小说的起码知识”，看作已具备了写作条件，于是你“一心想开始创作”。老实说，这是本末倒置的看法。

这种看法也表现在你的愿望上：你迫切希望知道“怎样练笔”、“怎样开始写小说”，也希望别人“讲些写小说的经验”……总之，你把“写作方法”、“写作技巧”之类当作法宝，并把这些方法或技巧当作万能的模子，仿佛掌握了它们，便可以毫不费力地写出好作品来。

事实上，作家从事创作，从来就没依靠过什么固定不变、到处适用的技巧或模式。这种玩意无论在任何地方和任何时候，都不曾存在过，过去没有，将来也不会有。奇怪的是，在许多青年的来信中，都不约而同地向作家要求传授秘诀，请求接受为学徒。其实这都是误解，不但我没有秘诀可以传授，即使是世界上最有才华的作家也没有可以传授的秘诀。凡是有巨大成就的科学家、发明家和艺术家……没有不是历尽艰辛、呕心沥血的。有些青年人既想走捷径，又不想多费力，甚至怕麻烦；又想获得伟大的成果和声誉，那，除了妄想之外，什么也不会得到。

一九八一年十月二十五日于广州

为什么你对四周的生活看得如此平淡？

……我对写作很有信心，我坚信它终有一天会成功的。可是，我的记事本现在还是空空的，我感到没有可记的，我接触的人不是坐，就是行；不是笑，就是哭。我现在看不到什么工人的劳动热情，也看不到知识分子为四化而攀登科学高峰的决心，更看不到恋人们手挽手或坐在公园里谈心。因为我家乡是渔港，是方圆不到三平方公里的小地方，我以后应该怎么办呢？对那些哭、笑、行、坐的平常现象，可不可以记在本子上呢？……

广东阳江　黄国强　一月二十日

……半年前已经读了你的信和习作，所以迟迟未复，主要是因为我常患病，常住医院；有时病稍减轻，医生同意我离开医院，又因临时事务赶往外省……可以说，这大半年来，我都在病痛和奔波中度过的，因而，许多读者的来信来稿都无力处理。现在我仍住在医院里，由于治疗需要，医生和护士常来劝告，禁止我过多的脑力劳动，但积压的来稿来信太多，有时我不能不违反医生的善意嘱咐，趴在案头写信……

我反复读了你的来信和习作，始终弄不清楚你的信心（你说：“我对写作很有信心，我坚信它终有一天会成功的。”）到底从哪里来的。一个人要创造一项业绩（一件发明，一种创见的建立或一个不朽艺术品的创造……）除了客观条件之外，还需要主观的种种因素。譬如一个打算创作一系列激动人心的画卷的人，他起码要有“对着猫能绘猫”、“对着虎能绘虎”的本领，要是连这点素描基础都没有，反而自夸将要创作一系列激动人心的画卷，谁能相信呢？

从你来信中所显示的情况看，你似乎还不具备起码的写作条件，也没有这种欲望，首先你认为你四周的社会没有什么可记和可写的。用你自己的话来说：“我所接触的人，不是坐，就是行；不是笑，就是哭。”既“看不到什么工人的劳动热情，也看不到知识分子为四化而攀登科学高峰的决心，更看不到恋人们手挽手或坐在公园里谈心”。对于丰富多彩的社会生活，很少人像你看得那样单调和平淡。渔港也是一个社会，而且还与四周农村相联系，地方虽小，但它不可能不存在着新旧矛盾，人们的思想作风不可能没有悬殊，大家对于事业也不可能都一条心。……可是你却视而不见，听而不闻。为什么？除非你毫无社会理想、毫无奋斗目标；如果是这样，那就难怪你对社会现象会如此迟钝，不但没有爱憎，连是非也看不见了。难怪你觉得周围生活平淡，以至没有可记的写作素材。既然如此，那么，你认为你的写作打算“终有一天会成功”的信心，是凭什么树立起来的呢？

由于你对现实生活如此冷淡，对今天沸腾的生活如此漠不关心，你当然就看不见好人和坏人，也看不见好事和坏事。你所以还想到记录素材，有时还想写一些所谓作品，只因为你想当作家。但由于上述种种原因，你只看到人们“不是坐，就是行”，你只看见最表面的生活现象，因而出现在你笔下的所谓“作品”，除了一些最简单的事情过程之外，再看不见人物，更看不见他们的精神世界和性格。正是这样，“作品”不仅没有生活气氛，没有真实性和感人的力量，甚至内容也使人觉得飘浮空虚。由于你没有写出事情发生的根源，也没有写出人物在事件发展中的作用，因而，你的习作《书记的计划生育》只是见事（的表面过程）不见人（的性格）。

从这些情况看来，你不具有这种感受和表现生活的素质，我诚恳地向你劝告：千万不要为想当作家而蹉跎岁月，还是趁自己还年轻努力去做你所能胜任的工作吧！只要对社会发展有好处，任何工作都是社会需要，也能对社会作出巨大的贡献……

一九八一年十月二十六日于东病区

生活真实不在于量的集中，而在于质的必然性

……我从小对文学就很感兴趣，求知心切，恨不得把写作知识全部学到手；然而，这许多年写作水平一直提高得不快，为此，我很着急，我真想拜你为师，不知你肯否收下我这个学生？

由于自己没有什么文学修养，寄来一篇小说《萌芽》一定有许

多缺点和错误，但这反映的是现实。……这些都是发生在我周围的事，现在我把这种现象用文学表现出来。“作品”是根据这些材料加以想象的，可能没有真实感，你也可能看不下去……

黑龙江依安县　聂默然　四月五日

……读了你的信，你那种迫切的求知心情，我是理解的；但是，你对于文学写作这门活动，似乎看得过分简单了，以至于把它当作一门技艺来看待。在你看来，仿佛谁掌握了这门技艺，谁便能够写出文学作品来。好像所有作家都秘藏着一套写作秘诀，他们之所以能够写出作品，只是由于他们秘藏着一套秘而不宣的万能的写作方法而已。于是你恳求人家收你为学徒，最后目的是认真地向你传授“秘诀”，如像盼望老中医向徒弟传授“秘方”一样。如能取得这套“秘诀”，便可一劳永逸，又能通过捷径走上创作大道，何乐而不为?

其实，这只是一种虚构的幻想。文学既然是艺术，就需要日新月异地创新，就需要每篇作品有自己独特的布局、结构、环境和风格，为做到这一点，写作者就需要有绞尽脑汁，呕心沥血的决心，有时甚至还要经历种种无以名状的痛苦。

你随信寄来的习作《萌芽》，正说明你对写作抱着一种轻率的态度。表现生活的能力，对写作固然很重要，但对一篇作品如何构思，常常起着决定性的作用；因为构思不好，无论你怎么表现，也无法挽救这篇作品的失败。你的《萌芽》只是你从生活中随便拣来的一个片段，没有经过周密的凝聚和概括，就草率下笔。出现在作品中的环境，仿佛是信笔写来，显得杂乱无章，本来环境描写（包括社会环境和自然环境的描写）是促使人物行动的依据，也是人物感情、情绪的反映。但你似乎不注意这些，反而用一种纯客观的态度去观察环境和描写环境，结果，使你的恋爱故事离开了社会，离开了具体环境；既然不受社会制度或社会风气的影响，那么杨秀丽和王春的关系，还能有什么社会意义？在表现上，你笔下的杨秀丽只是害羞和胆怯（而她的胆怯又好像与社会无关），除了心理活动之外，整个作品很少行动，更看不到什么情节。这样一来，还能说明什么呢?

但你还把这些都看作是“现实的反映”。要知道，表面的或琐碎的生活现象并不等于生活真实，周围发生过的事实，也不等于生活真实。把生活原原本本地描摹下来，也不等于艺术的真实。艺术的真实，不在于量的集中，而在于质的必然性；它绝不是客观事实的再现，而是逻辑的真实，是事物发展的必然性。因此，文学反映生活，不是看见什么就写什么，而是要经过主观意识或感情的融化，然后通过具体形象表现出来。这一来，不仅反映出现有的样子，也反映出它应有的样子。这个具体形象不仅反映了个别形态，还在其中听到时代脉搏的跳动，同时也反映出社会发展的脚印。

千万不要相信所谓的写作秘诀，也不要迷信什么万能的写作技艺，更不要只从书本上去提高写作本领，重要的，应踏踏实实地从实践中不厌其烦地去探索，去寻求和去总结……

一九八一年十月二十五日于广州

理论是实践经验的总结

……我对文艺理论比较爱好，特别是文学批评这方面。我试着写过几篇作品评论，但由于理论基础很差，并且不能把所学的理论运用于对作品的具体分析，失败了。

前不久，读了你在《文艺报》一九八一年第四期上发表的《如何写作品评论》一文，深受启发。怎样才能成为一个评论工作者呢？我抄下了你的这段话："搞评论工作，当然要读很多书，世界名著，古今中外的作品都要广泛涉猎，因为没有比较，眼界不宽，就很难谈得上艺术鉴赏能力，也就很难判断一部作品的成败得失。马克思主义的文艺理论，我国古典的文论、诗论，外国作家、评论家谈创作经验的论著，以及美学著作都要有一个基本的了解。"……世界名著很多，是不是也有重点；"马克思主义的文艺理论，我国古典的文论、诗论，外国作家、评论家谈到创作经验的论著，以及美学著作"，究竟有哪一些？……不知道重点，要读一些什么参考书？要读的书不少，用什么方法学习效果最好呢？

我读了《高尔基论文学》《生活与美学》《鲁迅论文学》《外国作家谈创作》《西方文论选》等。然而印象却不深，尤其是《西方文论选》，读了很长一段时间，但内容太多，无法留下很深的印象，有的根本没有印象……

现在的文学刊物越来越多了，文艺理论方面的内容，就显得更多了……全部想读完，来不及，这个时间你看怎样安排好呢？我越往下学，越觉得自己无知，觉得要学的东西就越多，时间也就越紧，头脑里越来越糊涂。……你说没书读吗？读不完。你说有书读吗？又不知从何读起。拿到一本书也不知怎么个读法。为这个我整天闷闷不乐。只好请你指点指点。……

湖南宁乡　张世平　四月十日

……要我回答一些关于文学评论的疑难问题，我觉得有些为难。说句老实话，我是最不善于做这方面工作的人，在思维方式上，我从来就不喜欢有条有理的分析和逻辑周密的推理。从中学时代起，我就习惯于幻想、想象、联想、虚构……喜欢钻进人们的内心去探索心灵秘密，爱好勾画人们的外貌特征或表情，更热衷于编织人们之间的喜剧或悲剧。总之，我较习惯于形象思维，一直到抗日战争在戎马倥偬中，仍然保持着这种习惯。不过由于革命需要在抗战之前不久，才开始读一些辩证唯物主义和政治经济学；后来又由于工作的需要，组织上派我从事文学的理论工作和编辑工作；正是出于业务关系，有时不得不写一些理论性的短文；但如果拿逻辑思维与形象思维相比，我始终较习惯于后者，对前者则很勉强。不过我始终感到幸运，如果我开初不曾从事写作，没有经历过形象塑造的一系列困难的摸索，不亲身尝尝创作的甘苦，不积累了一些极其复杂的写作实践的经验，我以后大概会遇到更多的困难。譬如，如果我没有这些实践经验作基础，如果我没有从经验中摸出一些规律性的东西，那么，后来遇到创作中一些复杂的情况和问题时，将无法理解；对别人所总结的规律、所研究出来的理论，也许会领会不深，甚至一知半解、似懂非懂，或者只会背诵一些概念，而完全闹不清它们的精神实质和对实践的意义。

这些情况说明我对文学理论的基础并不深厚，学习也不是从书本开始，而主要的是从实践开始，从经验中去摸索规律，从实践观点出发，去领会规律对创作的指导意义。你在来信中似乎抱着与我相反的见解，有“先学好了理论，然后才去实践”的意思。实际上，这是一种事倍功半的做法或者是一种费力不讨好的做法。

我个人以为，最好的、效果最显著的办法，是一面努力实践（包括创作实践和评论实践），不断进行总结，不断摸索规律，使实践经验升华为理论，使自己不仅有丰富的实践经验，而且把经验升华为规律性的理论；同时，一面努力学习理论（即别人的实践总结），以自己总结出来的规律为基础，去消化、吸收他人发现的规律，使之不断地充实自己，努力使实践水平逐步提高。

你为什么“不能把所学的理论运用于对作品的具体分析”呢？关键可能是你只背诵书本上的概念和词句，而没有掌握它们的精神实质，没有深入领会其中的立场、观点和方法。

为什么你对于《西方文论选》无法留下“深刻的印象”，甚至“根本没有印象”呢？很明显，你没有读懂这些书，自然更谈不到理解它们的精神实质了。读不懂的原因，那是由于你不重视实践，不愿从实践中去总结经验，因而，你对于别人根据实践所总结的或经过分析研究出来的规律，便无法理解。

从来信看，你似乎怕麻烦，怕刻苦；处处流露出走捷径，妄图找到一种一蹴而成的方法的情绪，甚至也害怕博览群书。“既想马儿跑，又想马儿不吃草”，你既不愿多看书，怎么能够发现有价值的又有借鉴作用的书呢？不博览，不比较，那么你凭什么去提高区分真伪、辨别高低的能力呢？

想做一个合格的评论工作者，应多涉猎一些名著和典籍，不过，这只是其中一方面的条件，并非全部；更重要的是实践，是对实践的总结，并从中去寻找规律性的东西；否则，你对这方面知识的积累便无从谈起。读书不能毫无目的，如果不是从中寻找指导实践的规律，至少也应当怀着改进实践的动机去读书……

一九八一年十月二十七日于东病区

把成功寄托在别人代你修改作品，是不实际的

……我是一个进厂半年的青年工人，七九届高中毕业生。虽对文学、音乐、美术都有浓厚的兴趣，但因胸无大志，没有恒心，没有毅力，“三天晒网，两天打鱼”，以至没有什么长进。

盼望能够将自己的作品寄给某些大作家亲自修改，是我梦寐以求的宏愿。……忽然，在我病休的日子里发现了你的著作……看到上边有不少是根据别人的作品来进行分析时，我更是爱不释卷……我终于鼓起勇气给你写信，并不自量力地给你寄来几篇“作品”，请求指教。……

湖南长沙　匡谷生　八月十二日

……像你这样的来信和类似的要求，我真不知读过多少了。但面对这种情况和这种期望，除了摊开双手表示无能为力之外，我想不出任何有效的办法来进行帮助。真抱歉！

你既对文艺怀着浓厚的兴趣，但对这门劳动却没有恒心，也没有毅力，只把希望寄托在“大作家亲自修改”上，即希望有这么一些有闲的作家，能帮自己修改作品。另外一些青年还诚恳地提出：不仅希望把他们的作品修改成功，还希望作家热情地把他们栽培到底，负责把他们的作品介绍给文艺刊物发表。这类青年人这种打算并不稀奇，可是却不实际。首先他们自己如果确实写出了有基础的作品，初步流露出创作的才华，因而引起别人的重视与精心辅导，是完全可能的，过去也有过这类情况。但是，我们所遇到的事实，却往往不是这样，来稿不但显不出才华，甚至连修改的基础也没有，它顶多只是普通中学生的一篇“作文”，既没有生活气氛，也没有形象创造，老实说，还没有达到文学创作的水平，叫人家怎么去辅导呢？何况作家们都有他们分内的工作，如果有时需要他们去做一些必要的辅导活动，那也只能在工作之余。所以作家们的辅导活动在时间和精力上，都是有限的，绝不可能“亲自修改”许多初学写作者的习作。这一点，请青年同志多加谅解，并设身处地多为别人的困难想一想，否则，只会招来不痛快和失望。

你的情况怎样呢？阅读了你附来的几篇诗作，便大略知道你的习作水平。如果把它们当诗来要求自然还差得很远。可以说，这几篇习作都没有创造出诗所应有的境界，除了直接用理性语言说教（如《姑娘呵，请听我说》）之外，都没有把抒写对象与自己的真实感情融合起来。因而有的毫无感情（如《雾中行》），有的感情朦胧（如《思友》）。既然作者没有把感情投进去，没有达到情景交融，那么诗的境界如何能出现呢？在你的作品中不仅没有具有艺术魅力的意境，连你要表达什么意思也令人难以猜测。这一切，皆由于你缺乏强烈的爱憎感情，没有让这爱憎感情去取舍生活，概括生活和融化生活的结果。

让热烈感情与抒写对象融合越来，是文学创作最起码的要求，但在你的习作中却完全被忽略了，因而，你一开始写的东西，不仅没有生命，而且连最低限度的感染力也感觉不到。请想想，对这样没有经过酝酿的、不成型的作品，别人如何帮助你提高？又如何能亲自帮助你修改成功呢？……

千万不要以为艺术形象是凭借一种模子搕出来的，艺术创作更不是千篇一律地、机械地重复，所以不要把作家最复杂的、最艰辛的劳动，误认为呆板的、可以传授的“秘诀”。……

一九八一年十月二十九日于广州

关于文学期刊的编辑工作

文学刊物是社会主义文学事业的重要组成部分，刊物办得好不好，直接影响到文学事业的繁荣和发展。为了办好刊物，为繁荣我国的文学事业做出贡献，经常交流各地文学刊物的编辑工作经验，是很有意义的事情。根据我个人在编辑工作中的体会，要办好一个刊物，我认为应注意如下几点：

一、文学刊物一定要有自己的特点和个性。否则，刊物就不能有自己的风格，也就将失去自己的生命力。我们的国家幅员辽阔，各个省、市、自治区的情况不同，革命历史、地理条件和风俗习惯的不同，决定了各地的刊物都应有自己的特色。譬如广东省，它有侨乡，有潮汕平原，有珠江三角洲，有岭南山区，有南海渔港，这些都是广东的地理特点。广东还毗邻港澳，是祖国的南大门，现在又是实行特殊政策和灵活措施的经济特区，这也是一个很大的特点。有些香港作家写信来，说广东的刊物能转载一些香港作家的小说，反映了港澳的生活，他们看了都很高兴，认为既然是祖国南大门的刊物，就应该能闻到一点大门外的气息。

在全国来说，有很多具有普遍性的问题，如揭批林彪、“四人帮”，恢复革命传统，四个现代化的建设等等。对这些有全国意义的主题，如果能通过各地方不同的生活方式、历史特点、风俗习惯和地方色彩表现出来，作品就会有更强烈的吸引力和更浓郁的地方色彩。我们的文学刊物，如果在这些方面都注意表现自己的特色，各地的文学刊物一定会更富有活力和有更鲜明的特色。

二、一个文学刊物要办得像样，还应该有鲜明的主导思想，不是来什么稿就发什么稿，而要有所选择，要体现自己的主张，才能显出自己独特的风貌。每个刊物都应有自己的主张，提倡什么，反对什么，歌颂什么，暴露什么，一点也不能含糊，在政治倾向上要旗帜鲜明；在艺术形式和艺术风格上也应有自己着重追求的方向。

譬如叙事诗，我们就主张通过抒情来叙事，而不要仅仅用韵文来叙事；另外，我们也提出抒情诗一定要有意境，希望诗人们写抒情诗要注意诗的意境。我们需要有意境的抒情诗，不需要那种说空话、假话的东西。我们希望新诗应在民歌和古典诗歌及五四以来新诗的基础上进行探索，在民族形式上有所追求。总之，办刊物要有明确的主张，不是来啥发啥。

在理论上也要有鲜明的主张，不要随风倒。在小说方面，我们提倡五千字以下的短篇（但实际上还很难办得到），也提倡题材多样化和人物多样化。但也应该有所侧重，自己心中还是有重点的。

即使是同一个刊物，同一个编辑方针，由于主编的人不同，编出来的刊物的风格也不一样。从这里，可看出主编的影响与作用是极其重要的。

以上这些，对于形成一个刊物的特点、个性和风格，都起决定性的作用。

三、刊物要不要配合政治任务？一般来说，文学刊物完全脱离当前的政治形势是不行的，但不能机械地配合，也不能什么都配合。如果像过去那样，“五一”、“六一”、“七一”、“八一”、“十一”都配合，那就成了“时令刊物”了，这样办刊物是办不好的。既要不脱离时代，又要注意艺术质量，不要为配合而配合，不要流于形式，更不要从政策条文上去配合，而应从总的精神上去配合，比如在落实干部政策时，发一点评论《十五贯》的文章就很适时且有启发作用。现在有些人还有一种机械配合的观点，以为从精神实质上的配合不是配合，其实这才是真正的配合。同时，也不能每种艺术形式、每个栏目都去配合，这也会影响刊物的质量。

四、如何保证刊物的思想和艺术质量？在这个问题上，来稿的质量当然很重要，但首先要解决的还是编辑思想问题。在编辑的指导思想上，要时刻想到广大读者，要向广大读者负责，要经常想到向读者提供健康优美的精神食粮，即思想和艺术质量都比较好的作品。首先要考虑对读者是否有益，是否有艺术魅力，要考虑读者是否会受到感染，并乐于接受。因此，选择稿件一定要注意思想质量和艺术质量。艺术效果问题与读者是否乐于接受，其实是一个问题的两方面。

在选择稿件上，公式化、概念化的东西固然不行，思想内容有问题和政治倾向有错误的也不能选用。我们不能为了照顾某些作者而发表质量太差的东西，这关系到我们对读者的责任感的问题。我们不能搞“照顾文学”。对于一些老作家、老作者，偶然照顾一下，是允许的，但如果其作品质量不好，就不应当。如果不问作品的思想和艺术的质量，只看作品所反映的题材，而且还考虑各条战线、各个阶层、各个方面的平均数，结果，刊物的质量势必垂直下降；某些人也许很满意，但是读者却不欢迎。

在这方面，我认为在保证作品质量的前提下，要注意两点：一是要注意反映本地区的人民生活，应当以反映本地区的生活斗争为主；二是要注意依靠本地区的作者，特别是青年和中年作者。他们的成长、发展和本地区的文学事业以及刊物的成长、发展，都有着密切的关系。要不断地关心青年作者的健康成长，要十分重视评论他们的作品。他们在成长过程中会出现这样或那样的问题，也会创造各种各样的新鲜经验，为了及时地吸收他们好的经验并有效地纠正他们的偏差，地方刊物应积极地实事求是评论本地区青年作者的作品。

五、组稿问题。光坐在编辑部里等稿，“守株待兔”，是难以在刊物上体现自己的主张的。要积极地组稿，主动地按照编辑方针和意图去组稿；但我们也不主张盲目地到全国各地去组稿。为了组织到较好的稿件，我们前几年用举办短期创作学习班的办法，是可行的，它可以解决部分稿源问题。在举办学习班之前，先发现一些基础较好的稿子，然后将作者集中起来，一方面学习、讨论，一方面改稿子。这过程，先抓作者的学习是最主要的，而不是急急忙忙去改稿子。在这样的创作学习班上，对当前文艺界的文艺思潮，对文艺界有争议的问题，对创作上的思想障碍等等，都可以展开讨论，通过学习讨论来解决作者的认识问题，努力把创作思想提高一步。需要修改的稿子，也可以在更小型的学习小组上组织讨论，集思广益，共同提高。这样的创作学习班如果不时开办，作者就会得到不断提高。在编辑思想上，首先要着眼于培养作者，为他们打基本功，而不是急于看到他们较好的作品。因此要注意把母鸡好好哺养，不能光想到拾取鸡蛋。

评论文章，更要靠组稿，不能来什么稿就发什么稿。来稿一般都跟不上形势，不仅跟不上政治形势，连创作实际的形势都无法跟上；其次，一般来稿也很难符合编辑部的意图与要求，所以不组稿就很难应付当前的形势。在评论上，主张什么，反对什么，都要旗帜鲜明，半点不能含糊。编辑部的主张，可通过评论员的文章来表达，也可用比较轻松活泼的形式来体现。这都要有意识地进行组稿。

刊物要提倡有艺术分析的评论，对作品的评论一定要进行艺术分析，无论是谈主题，谈思想倾向，谈艺术成就或不足，都应当通过艺术分析来得出恰当的结论。人家的作品既然是通过艺术手段来表现主题，你评论作品的时候，如果不通过具体的艺术分析去剖析作品的艺术形象和典型环境，往往就会使评论脱离作品的实际，而容易变成不讲道理的武断或粗暴的判决。因而要提倡从作品的实际出发的、有艺术分析的评论，反对那种脱离作品实际的、从概念到概念的学究式的文风。

在改稿上，应尊重作者原有的生活基础和艺术构思；不能用编辑自己的想法去代替作者的想法，更不能包办代替地给作者修改稿子，这不是培养青年作者的办法。任何越俎代庖的办法对作者都无帮助，这样“硬扶”起来的作者至多只能昙花一现，或者正如契诃夫所说：像乌鸦那样叫了两声就不再叫了。

对于青年作者，首先要从思想方面去关心他们，经常帮助他们解决思想认识问题，同时注意提高他们的艺术表现能力。一个刊物应该帮助几个青年作者逐步地成长起来，一定要切实地辅导、培养一些青年作者，这里既有条件，也有可能。这项工作是每个编辑责无旁贷的神圣职责。

六、编辑的提高问题。提高编辑人员的思想水平和业务水平，十分重要。我们要辅导、培养青年作者，首先就得提高编辑人员的思想和艺术水平。这要从编辑人员平时看稿、分析来稿、处理稿件的过程中，不断发现编辑思想上、艺术上的问题并帮助他们逐步解决，才能做到。有些编辑人员，缺乏分析能力，审稿或评价作品时，往往是标签式的，而不善于从作品的具体分析中得出实事求是的结论。为了提高编辑人员（特别是年轻的同志）的分析能力，应特别强调和要求他们经常给作者写退稿信，在退稿信中，不仅要指出来稿的缺点和问题，更重要的是要指出产生这些缺点和问题的原因。这样分析得多了，慢慢就能掌握住某些缺点产生的规律。一个编辑如果能掌握住规律性的东西，他的水平就有条件（或基础）逐步提高了。对于编辑同志写的退稿信，应经常进行检查，对其中分析较细致，结论较正确，又有说服力的，应鼓励改成文章发表，（过去在《文艺报》上，有一栏叫《读稿随谈》，就是从编辑人员的退稿信加工而成的。）也可以每星期在编辑部召开来稿问题讨论会，由大家各抒己见，谁的发言切合实际、理论性强，又有说服力，大家就公议他把发言改成文章，并给予发表。这样既能提高对来稿的分析能力，又能提高他们对来稿发现问题的兴趣，于是他们成长得更迅速，既使大家都乐于承担重担子，同时又感到它推动自己进步，有奔头。

编辑的水平提高了，就容易从来稿发现有苗头的稿子，一旦发现了，他们就能抓住不放，就能进行翔实的辅导，一直让作者把稿子修改出来。教学相长，不但培养了作者，也培养了编辑。

作为文学编辑，也不能脱离实际、脱离生活，应定期让编辑下去接触生活实际，也可以出去参加在地区或县里召开的创作座谈会或创作问题讨论会。管评论的编辑，也需要经常接触生活，了解各方面的创作动态和创作思想。每个编辑都应担负一定的写作任务，要对他们压担子，要磨炼他们，要在压担子中练出真本领来。这对于提高编辑的思想水平和业务水平，都是十分重要的。

（原载《南风》1981年第4期，后来作者做了修改）

序　论

《羊城一夜》序

陈国凯同志将他准备结集出版的十八个短篇小说送给我，要我为他写序。这些作品在发表之前，大部分我都读过。今天能有机会集中地细读一遍，心里感到无限欣慰。

陈国凯是新中国成立后，党培养起来的优秀工人作者之一。他的作品，在南国的读者中留下较深的印象。我认识陈国凯是在一九六二年，他发表了小说《部长下棋》以后，我们便建立了友谊。那时候，他是才二十岁刚出头的青年，近视眼镜后面闪动着一双发光的眼睛；他不善于谈吐，但所谈的却很有见地。仅仅几次接触，我发现他对工厂的生活和各种人物都极有兴趣，每谈起这些不仅在外形上绘声绘色，且看得很深，能一语通透灵魂，后来，在他的习作中还发现他很注重写人的性格，并且在这方面露出了一些才华。我，作为一个长期从事文学工作的人，看到这样一株茁壮的、饱含着生命液的文学新苗，当然是十分高兴的。这样，我们之间的交往就慢慢密切起来，他有时写信来，有时也顺道上门来找，我们无所不谈，谈生活，谈革命，谈创作，有时也谈创作中的欢乐与苦恼。偶尔，我也针对他在创作上碰到的某些难关给他介绍一些中外短篇名著，尤其是契诃夫的一些作品。

正当他陆续发表了几个较好的短篇的时候，便遇上了林彪、“四人帮”的文化专制主义，我竟亲眼目睹了一位工人业余作者并不比老作家好多少的遭遇！他因为《部长下棋》被扣上“配合蒋介石反攻大陆”的莫须有罪名，而遭到无休无止的批斗；一篇六千字左右的小说，作者为此写的检讨竟达五六万字之多。特别是一九七三年发表《大学归来》之后，在“四人帮”搞的所谓“反文艺黑线回潮”的妖风下，他这篇小说被诬为“毒草”，并准备在报上重点批判，政治上的压力不仅使他无法继续创作，而且几次迫使他几乎走上绝路。这些情况，我是从他偶尔来信中“欲言又止”的破碎语言里面得知的。当时虽然我的处境也十分困难，但还是给他回了信，也用“破碎”的语言表示：绝不向邪恶势力屈服，光明一定会出现！

陈国凯和我，终于盼到了“四人帮”的覆灭。旺盛的创作活力，又回到了他的身上。一开始，也许由于来不及抖落“四人帮”在文艺创作上所散播的种种毒雾，因而，他写的作品还不可避免地带有某种程度的图解政治、模式人物的痕迹；但他很快发现这种枷锁和镣铐，并在一次来信中大呼：“下笔如有鬼！”一旦当他摒弃了这套“三字经”，真正从生活出发，从人物出发，严格地遵循革命现实主义道路前进时，他的创作即出现了从未有过的旺盛时期。在工作任务繁重，不脱离生产岗位的条件下，他利用不多的业余时间，常常通宵达旦，奋笔疾书，就这样，连续发表了十几个优秀的短篇小说。其中《我应该怎么办》虽然已在社会上引起了极其强烈的反响，但《眼镜》《龙伯》《家庭喜剧》《开门红》《女婿》等等的感人力量并不因此而逊色。

收在这个集子里的十八篇小说，都是反映工厂生活的。这些作品描绘了众多人物，我们读着它，如同置身于沸腾的工厂生活之中，一个个性格鲜明的人物形象，就出现在我们眼前。从这些短篇中可以看出，作者善于刻画老工人和青年工人的形象，同时作者还为我们描绘了战斗在工厂的工程技术人员、领导干部和工人家属。从一般业余作者来看，能着重于写人，写人的性格，是陈国凯突出的优点。作者善于从平凡生活中捕捉并提炼具有典型意义的细节来表现人物，还善于用简洁的语言，写出人物在特定行动中的典型心理状态，并善于写入物自身性格的变化和发展，从而体现出人物精神面貌的复杂性。他的小说，风趣幽默，有工人的特点，富于工厂生活的实感，有生活情趣；而场景和气氛的描写也较传神，且有地方色彩。

这个集子所收的十八篇作品，其中粉碎“四人帮”以后写的占了十篇之多。可以说，它们无论在思想性和艺术性上，都标志着作者创作上的一个飞跃。这些作品的可贵之处是再现了打倒“四人帮”以来工厂的战斗生活以及广大工人的精神状态和思想风貌，提出和回答了人民群众普遍关心的问题。作者选取题材，刻画人物，提炼主题都十分注意将它们放在这十几年来的斗争生活的广阔背景上去斟酌、推敲和琢磨，并且自始至终与广大人民的爱憎感情息息相关。正因为作者能与时代、与人民一起思考，并通过艺术形象给予说明或回答，所以，这些作品才能那么强烈地拨动了广大读者的心弦，产生了有益的社会效果。作者的这一成就是同他自己长期的感情积累和深化分不开的。可以想象，在这十几年中，作者如果不是亲历其境，身受其害，是绝不可能写出如此令人激愤、如此激动人心的作品来的。

回顾陈国凯走过的创作道路，可以清楚地看出，作者始终没有离开过工厂生活。他十分注意在生活中观察和分析各种各样的人，又积累了丰富的素材，于是各具个性特征的人物也就越来越多地活现在他的脑海里。他只读过高中一年级就进了工厂，整整在工厂生活了二十年，先后当过化学分析工、车间电工、仓库搬运工、清洁工、炊事员、还搞过工会、宣传等工作。他小说中的人物，大都有作者自己、他的亲人、朋友以及周围群众的影子。

一个小说作者，无论在什么情况下，特别是在创作上取得一定成就的时候，千万要注意不要脱离生活。生活之树常青！只有牢牢地扎根在生活的沃土之中，并从中不断吸取养分，才可能在创作上不断出现新的突破和获致新的成果。

自然，陈国凯也有他自己的局限性和弱点，社会斗争中存在的一些较尖锐的问题——也即是广大人民群众所关心的，迫切需要提出，但又还没有提出的问题，在陈国凯的小说中还反映得很不够。有些业余作者很善于思考，对斗争中的一些问题，经过反复的分析和深化，最后通过形象尖锐地向读者提出来，这是极其可贵的。今天，凡是优秀的作家，他首先必须是先进的思想家。在这一点上，陈国凯同志应当急起直追。当然，我不希望他用议论的方式去表达这种思考，而是运用他所习惯的形象手段去发挥他的思考。

这个小说集的出版，是一件很有意义的事情。“文化大革命”之前，有影响的工人作者为数不多，现在，反映工业题材的作品还比较少。本集的出版，对今后进一步反映工人的战斗生活，无疑是一次推动；对于广大业余作者，当然也是一个很好的鼓励。

一九七九年五月于广州

《月夜》后记

当读者偶尔翻到我这些散文、小说时，有人也许会感到奇怪：萧某不是一向都搞文学评论吗？怎么现在也写起散文、小说来呢？实际上，我向来就不善于运用逻辑推理、抽象地来思考问题的；只是由于工作的需要，才不得不把时间和精力转到这方面来；但是按我的习惯和爱好，我却更喜欢想象和幻想，更习惯于概括和描写活生生的、可感可触的东西。其实这种爱好也不是忽然产生的，早在三十年代初期，我就是一个热心的投稿者。当时，我在广州一家日报副刊上曾发表了数十篇短篇小说，其中有一些（如《倒闭》）曾引起评论，有一些（如《乌龟》）还被人改成话剧演出。在当时（一九三二年到一九三五年）在同一副刊上，发表小说最多的，是杜埃、楼栖和我。可惜时间过了快半个世纪，现在再翻阅这些幼稚的作品，大概也不容易了。

以后在上海过流浪生涯，还是靠卖文为生，其滋味，只要略加想象便容易猜到的。当时，曾将《薄暮》《在医院中》两篇小说寄给《光明》，据说准备采用，但因抗战爆发，稿子在战乱中遗失。抗战以后，我随八路军转战于太行山、冀南一带，为了革命需要，也曾在滚滚的黄河上飞渡，在河北大平原上奔驰。即使在那些戎马倥偬的日子里，我仍然热衷于微末细节地观察和体验生活，喜欢把事情掰开揉碎地反复地进行观察，并且把我观察过和深思过的事物——人物、细节和场景，都记在小本子上。这样，我一边积累，一边也写些文艺通讯和报告文学。其中《井屹塔的血》，是一篇对日寇暴行的控诉，是一家善良人民被惨杀的实录。曾在重庆《新华日报》发表过，而且还有些影响。可是这篇作品如像抗战时期我写的其他作品的命运一样，在我这里，现在都不留痕迹了。

一九四九年后，当绝大部分国土解放了的时候，组织上派我到《文艺报》《人民文学》以及青年作家工作委员会工作。虽然当时担负了很重的理论工作及评论工作的任务，感到十分吃力，以致需要加紧学习才能勉强应付；但还是本性难改，对自己一向习惯了的形象思维，依然很有兴趣。只要有深入基层生活的机会，我从不轻易放过；除参加一些必要的政治运动之外，每年还有一定时间的创作假期；就这样，我只要一离开办公室，一深入到农村中，深入到人民斗争的漩涡里，深入到人民生活气氛的中间，我每次都不由自主地提起笔来，不是写一两篇小说，就是写几篇散文。编在这本集子里的习作，都是在这间隙中写成的。

这中间，还有些作品是拿来作尝试的。当时我正在《文艺报》工作，常常听到这样的议论：认为“从熟悉的日常生活中进行集中概括，倒容易写成小说；但要在群众运动中，抽取些素材立刻写成小说，却很困难！”我的短篇《高经理》，就是我在“五反”运动结束的当晚开始写作的，当时我一边写，这种半信半疑的想法一边在我头脑里转动。完稿后，即以“郑文森”的笔名发表在《人民文学》上；张天翼同志看了，正惊异“五反”运动还未结束，反映它的小说却出现了，并且认为它还写出了一两个人物；便问我是谁写的，我没有回答，只笑了一下。从这尝试中证明：在斗争过程中，你只要留意观察斗争中的人物，并注意他们的性格特征，不仅可以写出小说，而且能够写出个性鲜明的人物来。只是由于我观察不深，酝酿得太匆促，没有把小说写好罢了。

其实，集在这里的其他作品，都没有写好。首先，对人物形象的刻画都没有达到应有的水平。其中，可能还有其他因素，但最主要的原因，却是对生活理解得不深，尤其是对其中人物的观察、体验还很肤浅。现在之所以把它们留下来，只是把它作为自己文学生涯中可资纪念的一些脚印而已。

也是由于我对创作一向很感兴趣，并且还亲自参与其实践，因此，对于创作这门劳动，不仅尝过它的甘苦，懂得它创造过程的复杂性，而且也粗略地知道它的一些规律。于是，每当我捧读别人的创作原稿时，我常常总是替作者着想：为什么没有写好？怎样才能写好？现在什么障碍在阻碍着作者？……即使在写评论时，我仍然抱定这样的态度。虽然我的态度有时很严厉，有时甚至提出过高的要求，但我的出发点却是热望作者写得更好，更感人和更有力量。正因此，我很乐意做业余作者的诤友，却永远不愿意做作品的审判官。

集完这本作品，编辑同志一定要我说几句要说的话，但涉及创作问题的话很多，也很复杂，现在就简单地写到这里吧，聊作“后记”。

一九八〇年一月于东病区

《吕雷小说》序

吕雷同志送来他新编的小说集，要我给它写篇序言；对这件小事，我一时竟犹豫起来：一来，我不善于写这类文字，不知说些什么合适；二来也觉得对于他的成长，没有出过什么力。

一九七九年三月，我因偶然的机会到了茂名，在招待所里，第一次读了吕雷的小说《血染的早晨》，这篇小说是我所读到的第一篇反映武斗的作品——作品描写了两兄弟，他们原是相亲相爱的骨肉同胞，不幸在“文攻武卫”阴风恶浪的蒙蔽下，竟成了势不两立的仇敌，在朦胧的曙色中，哥哥居然亲手把自己亲爱的弟弟枪杀了。这是谁导演的悲剧？小说不是清楚地告诉人们：是林彪、江青一伙和他们的走狗们吗？我读完之后，仿佛一勺火红的铁水，猛然浇向我的心头，那是一阵火燎燎的撕裂似的剧痛。想痛哭？还是想疾呼？我无法说出来，最后，竟忍不住咬紧牙根，攥紧拳头……

那年五月，这篇作品在《作品》刊出了，可以说，这是吕雷正式在文学杂志发表的处女作，也是吕雷第一篇从生活出发的作品。自那以后，吕雷十分勤奋；在这三年多来，他一连写作并发表了十余篇小说；不仅在数量上显示了他的努力，就在作品的思想、艺术质量上，也体现出他一种奋发向前的执着追求。在这些作品里面，总使人闻到一股大海的清新气息，并洋溢着早晨那样的蓬勃朝气。由于吕雷长期在海滨石油基地上生活，积累了丰富的生活素材和深刻的感受和体验；再受到目前现实矛盾和斗争的刺激，调动了他在“十年内乱”期间的耳闻目睹，牵动了他的想象和联想的翅膀，于是题材犹如涓涓细流，不断从他的构思中涌现出来。这正是吕雷创作的基础，虽然不能说十分厚实，但也绝不是一层浅浅的浮土。

正是在这样的基础上，吕雷能够历数“十年内乱”的罪行，指出它的社会根源和产生它的恶势力。除了《血染的早晨》之外，还抒写了杜曼霞老师“最后的微笑”；实际上，她的独生女儿早在“文革”武斗期间已被杀害了，唉，这个可怜的老母亲却犹如一支临风的残烛，还在挣扎中等待。谁是制造这类悲剧的刽子手呢？小说不是已经指出它的罪魁祸首正是“四人帮”吗？（见《最后的微笑》）

尤其可贵的，作者没有停留在这类矛盾的表面，也没有满足于悲剧事态本身的描绘；而是把眼光、把笔触深入到由这类矛盾所引起的思想作风和工作作风上。在《浩浩大江流》中，知识青年苗芳从实际生活中认清了在“文革”期间被“四人帮”迫害惨死的农场老场长是革命者，是正派人，她冒着“随时被捕”的风险，仍不放弃为这位英雄树碑的壮志。她的行动感动了“受命监视”她的小宋，而且渐渐彼此相爱了。可是在毁身之祸迫在眉睫之时，苗芳出于公心断然拒绝了小宋向她提出一起逃离的要求。在《海风轻轻吹》里面，讴歌了女青年晶晶的恋爱观，对于极端自私、思想情操低下的纨绔子弟卫卫，她处处表示蔑视；却热爱着富有革命理想、主张“把挫折苦果变成人生补药”，同时，热情勇敢地捍卫别人利益的海上钻工何帆。在《彩虹在伸延》中，也通过一对青年的描写，毫不含糊地痛斥了那种只知肉欲，只知相互利用和相互依附的“关系学”；歌颂了人与人的真诚友谊，并且肯定：只有真诚地相互帮助和无私的献身精神，才可能产生真正的爱情。

这类主题在吕雷的小说中，占了很大的篇幅，据他自己说：“我笔下的人物，大多是青年，我较喜欢描写在困难和挫折面前不屈不挠、勇往直前的青年形象，他们有执着的追求，有倔强的个性，有美好的心灵；然而道路大都坎坷不平。”是的，作者很注意青年人对未来、对人生和对爱情所持的态度，因为这直接关系到祖国的前途，关系到社会主义事业。因此，他从来没有孤立地去反映爱情生活。这态度是正确的。在阶级社会或在阶级意识支配着的社会里，一旦离开了社会，离开了人民所关心的问题，而孤立地去处理爱情题材，这类作品是很难体现出它的社会意义的。

还有一些类似的主题，也没有逃过作者的注视，譬如十多年来由于政治运动动荡不定，人们的社会地位升降无常，于是在人与人的关系中，一些人为了保护自己的乌纱帽或捞到好处，遂出现了形形色色的看风使舵、上谄下骄的恶劣风气。在吕雷的小说中，不是有一对蔑视“关系学”的青年——婷婷和刘雪华吗？他们虽则相亲相爱并准备结婚，可是却找不到房子。后来听说办了“只生一子女”的结婚手续，便可分到一间“独优楼”。待他们办完手续，房子分到手时，却无法搬进去，因为这时正有三个单位都起劲争夺这间房子，而且各不相让。是怎么回事！原来这三个单位的负责人都听到刘雪华的父亲要回来当第一把手的确讯，都私下争着为“第一把手”的儿子留新房……（《浪花呀浪花》）这种溜须拍马、讨好上司的不正之风，难道不应该引起人们深思么？另外一篇讲着这样的故事：一只船载着不少西瓜从陆地开往钻井平台，一个小伙子偷吃了半个西瓜，被基地副主任老柳发现，给“抓了典型”，并勒令小伙子当场买瓜赔偿；副指挥郭欣很称赞老柳这种严明的作风。但后来，当郭欣发现老柳请吃的，也是运往平台的西瓜时，才认清老柳那副媚上压下的真面目，即刻严肃地掏钱买瓜偿还，表示出以身作则、公正严明的作风。（《半个西瓜》）

总之，吕雷写着他的感受、体验和联想，写着他的所见所闻，也写着他所认识和所理解的生活。在这本集子中，他所写的钻井工人，发奋自学的青年，坚持原则的老干部，都有他的同学、朋友、老熟人，也有他父辈朋友的影子；而且都经过长期的酝酿之后，“直到适合这个题材的人物出现在脑子里，而且能活起来，才敢动笔”（引吕雷自己的话）。这说明吕雷已从闭门造车、凭空虚构的死胡同里走出来。他曾告诉我：从前曾写过一些配合中心工作的作品，但都是图解概念，公式化的东西。从粉碎“四人帮”以后，看到了冲禁区的文学作品，思想受了很大震动，开始描绘一些震动过自己内心的生活，这就是《血染的早晨》。他对主题的孕育，也不是从概念、从预定的框框出发的，相反，他处处受着爱憎感情的支配去接触、感受、选择、概括和深化他认为可写的人物和事件。这种种说明吕雷已从曲折的道路踏上创作的正道。最近两三年，他所以能写出一些受人称赞的作品，并不是偶然的，主要原因是他已抛开了庸俗的功利主义，从图解概念的牢笼中解放出来，开始从现实生活出发，并用自己的爱憎去哺育人物、构思题材和提炼主题，并且与广大人民的命运紧紧连在一起。这种现实主义的创作态度，不但应该肯定，也是值得庆贺的。

但并不是说吕雷的作品毫无缺点，相反，由于他走过曲折的道路，旧的影响不可能一下子摆脱得干净；他最明显的缺点，是情节发展的必然性太薄弱了；在他作品中几乎处处都依靠偶然性，依靠偶然发生的事来推动、转移情节的发展。这种斧凿痕迹，只会给读者一种不自然、不真实的印象。这说明什么呢？说明作者还不善于处理性格与性格、人物与环境的相互关系。我们都晓得，所谓情节，是人物与人物或人物与环境相互关系的必然延续；是性格之间相互关系、相互矛盾或斗争的合乎逻辑的发展；同时我们也晓得，一定的情节产生于一定的环境之中，因为环境或具体社会条件是促进人物行动的依据，也是推动人物性格发展的动力。如果在构思情节时，完全不顾影响、左右人物的环境行动（特别是社会环境），又不顾人物周围的人物（性格）的反射作用，而孤立地去追求情节的离奇，特别是在急于追求“出新”、“不落俗套”的心情下，常常不惜借助偶然事件来作为自己的救生圈。这情况虽则不是出现在吕雷的每篇作品中，但也绝不是偶然出现的个别现象。在这本小说集中为什么还有些章节使人觉得不自然、不真实和缺乏使人信服的力量呢？原因就在这里。

当然，不能把我的话理解为“不能在小说出现偶然事件”，古籍说：“无巧不成书”。文艺作品常常通过偶然的、个别的甚至离奇的事件来表现典型环境中的典型人物。其实关键不在这个偶然性，而在于通过偶然事件反映出必然规律，反映出事物内部发展的质的必然性。作者曾经说，“真实性，典型性是作品的生命，因为文学更多的是通过人物形象的艺术力量潜移默化地起作用”，虽然在理性上认识了，但在艺术实践上，吕雷显然还需要严肃对付，并认真向创作同行学习。

我知道，吕雷比较倾向于通过主人公的感觉来观察和描写矛盾，并试图以散文的笔调把人物的内心独白和行动描写交错起来进行。作者有这种向往，自然可以自由探索；但必须考虑这种手法或这种风格能否深刻生动地反映生活和内心世界为前提；不然，若迫使内容迁就形式，反而处处以风格手法为前提，结果，就势必损害艺术形象的创造。作者在一些作品中，所描写的正面人物，差不多几乎都通过转变人物或落后人物的眼光去观察和判断他们的内心活动和精神面貌的。这个角度显然有很大的局限性，它首先会障碍作者准确地去揭示人物的思想感情和精神面貌。至少，如果像目前那样的做法，应当引起作者严重的警惕和注意。

最后，作者对于作品的标题，也有自己的追求，他想“用自然景物烘托情绪，企图制造出诗一样的意境”。这种美好的用意，自然无可厚非；但《天边，那一片火红的云霞》《春夜，正在悄悄逝去》《海风轻轻吹》《彩虹在空中伸延》《浩浩大江流》《浪花呀浪花》……这类题目是否能表达作者的意图呢？第一，作品中的人物行动与自然景物显然都没有融合，也没有达到情景交融的境界；顶多，作者只有时（忽然想到）勉强把两者凑在一起而已；第二，作者企图通过人物与情节所体现出来的真谛（意义或涵义），也没有显示出来。读者对于这类题目，除了留下一种飘飘忽忽的模糊印象之外，大概再不会有更多的感受。

吕雷还年轻，要走的路还很长。中国的文学事业，正待繁荣发展，璀璨的创作高峰，期待下一代去攀登；因而凡是目前妨碍前进的路障或绊脚石，都应勇敢踢开；只有如此，他们才能勇往直前，轻装前进！

一九八二年三月七日于广州

《小城之夜》序言

一个作家，当他把艺术的触觉，伸向社会，伸向人生，并企图探索出生活的真谛时，他最初的创作，总不免单薄和幼稚，显出学步的痕迹。这正如一个人的成长，必然经历着从襁褓到成年的生长过程。读了程贤章同志最近编选的这本小说集，便有这样的一种感觉。

程贤章是六十年代初、在党的教育培养下出现的一位业余作家（前年才调来作家协会广东分会从事专业创作）。他原是地方报纸的记者。他教过书，在基层文化单位干过实际工作。他的家乡是在粤东偏僻的小山村。他周围的亲戚朋友，左邻右舍，大多数是农民群众。地方报纸的宣传对象，也主要是农民和基层干部。由于他自身的经历和职业的需要，他对农民比较熟悉并逐渐加深了理解，从而使他对农村生活和农民群众，产生了强烈的感情。他深深地热爱他们，并企图通过自己的作品去讴歌他们。表现新中国农村面貌的变化，刻画社会主义新型农民的精神面貌和美好的心灵，是程贤章为自己确定的创作主题。

选进这本集子里的小说，概括了作者从六十年代初到七十年代末十多年来所经历和所理解的生活。从天真纯朴，执着地追求纯真爱情的俏妹子；到因病致残，但热爱生活、热爱集体的农村青年小癞子；以及目光远大、淳朴深沉的农村基层干部洪伯；忠心耿耿，热爱商业工作的公社食品站主任，甚至包括那因贫困而变得有点私心的郭德嫂和小癞子爹，都无一不是热爱党、热爱社会主义，并热情地为人民为祖国而贡献自己力量的农民。他们身上虽然也还存在某些缺点，还来不及抖掉历史遗留在他们身上的一些灰尘，但他们大都能够在生活的激流中前进。作者善于抓住一些生动的细节，并用风趣、幽默的笔触，向读者们逐一展示这些社会主义新型农民的美好心灵，并热情地帮助他们克服缺点与不足，推动他们把自己的劳动，溶化到社会主义生活整体中去；使读者通过这一支农村的生活小插曲，听到中国农民六十年代以来前进的脚步声。而作者也通过对这些题材的认识与探索，逐步形成了自己创作的基调。

要真实地反映农村生活，就必须通过文学形象，并以社会发展的观点贯穿其中，才能积极影响工农群众。这样的作品，必须把它写得明快易懂，兴致盎然，才能为大众所喜闻乐见。本书的作者能够从生活出发，从中捕捉一些能表现人物性格和内心特征的细节和场景，去构思情节和刻画人物。因此，他的作品，较有农村生活的气息。他有一些作品，发表后在广播电台广播深受读者欢迎，这不是偶然的。程贤章在这方面的努力是可喜的，探索也是有成效的。他努力学习中国古典文学的创作传统，积极探索运用民族化、大众化的表现手法，并善于吸取人民群众的生动语言，融为自己作品的血液。因此，他的作品富于生活情趣，具有中国民族特点和气派，读来流畅自然，谐趣幽默，朴素亲切，使读者感到有一种浓郁的农村气息扑面而来。

文学创作贵在创新。但是这个创新，必须以深厚的生活为基础。绝不是闭门造车，也不是把概念图解拼凑，更不是借助于朦胧谲奇、艰深晦涩、迷离飘忽等等不可捉摸的故弄玄虚的表现手法。程贤章在近二十年的创作实践中，所遵循的是革命现实主义的创作道路，循序渐进。尤为可喜的是，在“文化大革命”以后，他所写的一些新作，看出他正在努力探索和思考现实社会中的一些较为复杂的新问题，并力图正确地去表现它。新作《小城之夜》等，正是企图通过艺术形象，去批判和清理林彪、“四人帮”及极“左”思潮所带来的种种流毒，严肃地向人民提出一些尖锐的值得深思的问题；而在剖析这些问题时表现了作者的希望和信心。因此，读完这个集子，犹似闻到一阵阵清淡的花香。也许，这朵花还不够馥郁，色彩也不够艳丽，但是，它仍不失为艺苑中一朵小花，或者说是树林里一株争荣向上的小树。它还需要培土，施肥，也还需要扎根深土以吸收养分，但是，小花既然开放了，却总要结出籽实来。

任何一位作家，在前进过程中都会有成就和不足，有他的长处和短处。由于生活方面的局限，也由于认识理解生活能力的局限，他的作品，在开拓主题方面仍然感到不足。面对社会诸种复杂的矛盾斗争，现实主义的作家，还应该有表现更为广阔和重大题材的勇气。生活中既然提出了尖锐的问题，一个社会主义的作家应该努力去反映这些问题，在艺术上也应该努力去探索和逐步掌握表现典型人物的手法。写小说首先要把人物写活，要注意刻画人物性格的形成及其发展，并力求使之出现和发展合乎自然，合乎逻辑。任何生硬的拼凑和过多的人工斧凿，都是有损于艺术形象的创造。在这方面，程贤章尚须继续努力。

艺术的创作道路无止境，只有勤奋和不畏艰辛，才能使艺术的生命常青！

一九八二年二月二十日广州

《萧殷自选集》序言

一

编完这本集子，出版社要我写篇序言。该说些什么呢？还是就事论事，谈谈由这些文章所联想到的一些问题吧。

有同志问我，这三十多年来，为什么不研究些理论专题，不研究些名家名著，这不是更有价值，更有影响吗？为什么偏偏在青年习作这个小圈子里兜来兜去呢？这问题虽然简单，却不是三言两语能够讲清楚的。我回忆了一下，主要原因大约有两个：

首先，是由于客观形势的需要。自从全国解放以后，政治运动不断出现。几乎每次都一样，每进行一场运动，随之而来的总是向“左”转。愈是向“左”转，实事求是的传统作风便愈来愈遭到破坏，客观规律就愈被否定，主观主义和形而上学便愈益泛滥，复杂的事物被看得越来越简单。反映社会生活的文学创作也是如此。人物形象越来越单薄，情节发展越来越直线，人物关系越来越简单，生活气息越来越稀薄，作品越来越不真实……总之，文学创作的基本规律被弃置一边。文学创作自然就越来越困难，阻力越来越大。不用说，这更是苦了文学青年。他们缺乏经验，还未形成自己的见解，很容易被运动搅得晕头转向，于是在创作道路上拐来拐去，不知该怎么办，迫切需要指点。这时候，有些实事求是的、有责任感的人难免要喊几声，呼吁尊重艺术规律。单凭自己过去的一点朴素的写作经验，也觉得应该按艺术法则来创作，才能写出形象丰满，打动人心的作品。而我又长期编文艺刊物，面对着创作上的这些错误偏向，可谓首当其冲，自然不能置之不理。不得已，常为此约请别人写些文章，自己也写些短文，力图做点力所能及的澄清工作。遗憾的是，由于运动不断，“左”的观点，“左”的作风不断出现，好些本属常识性的问题，并且已在前一个时期解决了，但后来又受到“左”的冲击，正确的观点又被搅乱，于是不得不再一次进行澄清。为了创作的正常发展，特别是为了引导文学青年能在文学正道上迈步，也就不能不反反复复地做些“炒冷饭”的工作。可以说，这三十多年来，我的主要精力都用在阐述文学创作的基本规律，只是在不同时期所针对的具体情况、具体问题不同罢了。因此，类似的观点常常反复出现。我自己也感到没有多大味道，可是，有什么办法呢？即使到现在，还不断地有青年写信来要求解答那些基本问题，其中有些问题，实际上三十年前已经解决了。既然这些问题仍然不断地被提出来，我就只能不厌其烦地再三进行阐述了。

二

现在可以看得很清楚，“左”的倾向持续越久，影响越大，其后果就越严重。同时，也应看到，有时也出现右的倾向，由于政治上的“左”右摇摆，导致文学创作偏离了正确的道路，违背了创作的基本规律。比如说，全国刚解放不久，就有人把文学的服务对象与反映对象混为一谈，并以此为根据，企图否定工农兵方向。几乎在同时，又有些人提出“领导出政治，群众出生活，作家出技巧”的荒谬主张，把生活、思想、技巧各自孤立起来，把文学创作看作为这三者的拼凑，从根本上否定了创作法则。五十年代还出现过“抢题材”的现象。每当社会上出现了新奇的事件，就有许多人蜂拥而上，像新闻记者抢新闻那样来争夺写作素材，把创作误认为真人真事的刻板摹写，分不清生活真实与艺术真实的区别。还出现过“为中心工作服务”的口号。“配合中心”成为文艺工作者和文工团的主要任务。作者不得不忙不迭地编造事件来图解政策，以配合宣传鼓动。至此，文学创作实际上已沦为廉价的、应时的政治宣传品，而完全放弃了对现实生活的真实描写和人物形象的塑造。与此相联系，还有一种只要思想，不要艺术的倾向。忽视形象创造，把从生活出发，从真情实感出发，运用形象思维，寓思想于形象之中，寓教育于娱乐之中等等正确方法完全抛弃了。结果使作品变成了干巴巴、冷冰冰的概念化、公式化的说教。有时，也出现只注意情节、忽视人物的现象，只注意情节冲突，不注意性格冲突，更不注意环境与性格的关系，热衷于编造一些离奇情节或炮制一些毫无意义的噱头。在文艺批评方面，则常常有人拿文献、社论、政策条文、政治教科书或其他社会科学著作的原理、原则来硬套作品。套得上的就赞扬，套不上的就指责，根本不进行具体分析，完全离开了作品所描写的社会生活和人物性格。另一种是用理想来代替现实，睁眼不看现实，无视现实生活的丰富复杂性，否定现实中的活人，否定有缺点的人，这样的人都被斥为“歪曲”、“丑化”、“不典型”，等等。这种批评风气，除了助长简单、粗暴的偏向而外，对作者和读者，对繁荣文学创作，都没有任何好处。毫无疑问，文学应当反映生活的本质和发展规律；可是，在一个相当长的时间内，只承认正面的、前进的、符合革命需要的，才是本质，才符合规律；于是把本质、规律缩小了，片面化了；把本质地反映生活变成了反映生活的正确方面，把典型地刻画人物变成了专写正面人物或英雄人物。这就取消了社会矛盾，抹杀了现实生活和人物性格的矛盾。题材的多样化和人物的多样化都受到严重的限制。到了“四人帮”横行时期，作家被禁锢得几乎没东西可写。在那些“从路线出发”、“主题先行”、“三突出”等枷锁的羁绊下，除了适应“四人帮”篡党夺权、祸国殃民的政治阴谋，而极尽造谣、诬蔑之能事的东西甚嚣尘上之外；有生活气息、真情实感、情景交融特色等作品几乎绝迹；假、大、空是这个时期“文学”的特点。粉碎“四人帮”之后一个时期，其遗毒还在流行。一些“左”的做法，老实说，至今仍然没有完全肃清。另一方面，近年来也有些标榜思想解放，鼓吹“表现自我”的人公开声明“不屑于表现自我感情世界以外”的生活和斗争，把文学创作当作纯粹个人的玩意儿。有的宣称只要写真实，不管其他，不愿考虑作品的社会效果。不幸，他们所理解的所谓“真实”，只是些表面的、偶然的、实有的现象而已。另外，在一些人的心目中，只承认真实是所谓“心理真实”，特别是那些本能冲动、潜意识，等等。有的作品孤立地描写消极面、阴暗面，流露怀疑党，怀疑社会主义的悲观情绪，割断局部真实与整体真实的联系，无视社会主义正气和时代潮流对社会弊端的不可阻遏的冲击，因而不能真实地再现典型环境。有些人借名探索，实际上是盲目地搬运西方已经过时、在我国三十年代也已被淘汰的货色。他们应该明白，艺术上的探索与借鉴，其目的是为了更好发挥自己民族传统的长处，为了更充分、更鲜明、更深刻地表现我们的生活和斗争；绝不是用外来的形式来代替民族的形式；更不能搞一种不伦不类、莫名其妙的风格，以致把我们的生活表现得更模糊、更晦涩和更难懂。

够了，不必再举例了。从上面简略的回顾中可以看到，尽管在不同时期，创作中出现的具体情况、具体问题不同，但都是在生活真实与艺术真实的关系上；在真实性、思想性同艺术性的关系上；在人物、环境和情节的关系上等等脱离了正轨；因而，这三十多年来，我也就是针对不同时期的具体情况和具体问题，反反复复地阐述这些基本规律。如此“炒冷饭”的活动，连我自己也感到味同嚼蜡。但从这三十多年不同时期所写的文章看来，特别是对形象创造的规律，其基本观点始终保持着一致；当然不能说在大风大浪中，自己从没有晕眩，好在晕头转向不久，能很快地醒悟过来，避免了踏上错误的岔道，这是值得庆幸的。

三

我为什么这三十多年老是在这小范围内兜圈子，除了上述的客观形势之外，还有另一个重要原因，是出自对青年作者的同情。每当我看到他们在文学歧路上徘徊彷徨，来回走弯路时，内心就深感不安。我总是不由自主地想到自己，想到自己的年轻时代，想起自己在写作道路上摸索前进时，那种无人帮助、无所适从的困难处境和苦闷心情。且不说什么培养人才，单从这种设身处地，推己及人的心境出发，便很自然地使我与他们站在一处，想到一起了。记得我上小学的时候，刚好遇上东征军过境。他们当时的口号：“有田耕、有工做、有饭吃、有书读！”深深地打动了我；我开始受到革命理想的鼓励，产生了对未来社会的憧憬；但我的故乡，我周围的社会现实，却是那样黑暗，贪官污吏横行霸道，人民群众饥寒交迫。以后我读了鲁迅、蒋光慈和其他人的小说，便很自然地引起共鸣。于是我深感社会的不平，觉得有许多话憋在心里，要倾吐，要发泄，要呼喊。在这心情激发下，从中学开始，我就拿起笔，学习抒写农村的悲剧。虽然我同报刊的编辑素不相识，但我最初写的那些小说，都意外顺利地被刊用了。尽管如此，在写作方法上，当时我还处于一种盲目状态。有时写得很如意，有时又写得很苦；像爬陡坡那样，有时爬了上去，有时又滑溜下来。每次都一样，经过呕心沥血，总算写出了作品，是好是坏，自己却毫无把握，也毫无信心；成功了或是失败了，自己也不知道原因是什么；既缺乏一般的写作知识，又不会总结失败的教训。那时多么希望有个良师来指点一下呵！可是在那个时代，这明明是空想，有谁来睬你呢！现在时代不同了。在社会主义时代，我觉得无论如何不应当像旧社会那样，让文学青年瞎碰乱撞了。一九三九年，从我刚刚开始在报社工作，我就有了这种想法。那时我在太行山《新华日报》编报，同时编了个油印的小刊物，叫《通讯与联络》，便是着重分析作品的，企图给文学青年以些微的帮助。以后我在延安中央研究院，较系统地学习了文艺理论，同时懂得了理论与实际的联系，于是就开始分析作品成功与失败的原因，进而从理论上总结创作规律。此后我一直在文艺报刊担任编辑，也曾负责过“中国作家协会青年作家工作委员会”的工作，与青年作者接触的机会更多了，联系更密切了。渐渐地便不仅限于对青年作者的同情，而且也随时给他们一些力所能及的帮助。我相信一个简单的道理：任何大作家，都不是天生的，都是从稚嫩的不知名的文学青年中产生出来，成长起来的。因此，发现、扶植、培养青年作者，是繁荣创作的一个根本性措施，不可忽视。看到某个青年作者露出才华时，编辑们才积极地前去拉稿，而平时对他们却很冷淡，这种做法，对文学青年的成长至少是轻重倒置的。我认为培养青年作者如像培育小母鸡，我常常这样比喻：“不要急于取蛋，重要的是善于发现良种，哺育母鸡；只要小母鸡成熟起来，不愁它不源源下蛋。”因此在辅导文学青年时，重要的是指引他们走文学正路。当他们开始学步时，如果路走错了或是走偏了，以后就越来越难纠正。所以，应特别着力帮助他们弄清文学的任务和创作的规律。这些想法在我意识中越来越明确，我就越来越自觉地投身于辅导青年写作的工作。可说是一头钻进去，再也出不来了。如此匆匆三四十年，现在不觉年近古稀，两鬓已白，始终未能越出雷池一步，分不出力量来研究其他文学问题，只能在这么个小圈子里留下几个脚印而已。唉，说来惭愧，毫无建树！

正是出于上述动机，我时刻想到我的服务对象是初学写作者，我处处考虑的是创作实践中的问题。因此，平日不管遇上什么，从自然到社会，从植物、动物到人的生理现象、心理现象，我都很自然地将它们与创作过程、形象思维过程联系起来，借助它们来解释创作现象，说明创作的规律，目的是把这些非寻常的、不易懂的道理讲得更浅显明白。平时与人交谈、通信，也是三句不离本行，谈论的尽是创作问题。我的那些文章，大多原先是书简、谈话记录或读稿随笔之类。因此，文章不拘形式，显得很随便，不像正儿八经的理论文章。由于处处从创作实际着眼，因此我所谈论的全是创作实践中出现的具体问题。旨在分析这些问题、解决这些问题。又因为我自己也从事过多年的创作实践，深知个中甘苦，因此我谈作品时，总是处处设身处地替作者着想，为他们打算。因而不单指出作品的缺点，更注重的是分析这些缺点产生的原因；对作品的优点、成功，也不仅仅止于赞扬和祝贺，而是着力总结成功经验，指出应该发扬什么，应该继续向什么方向努力。力图向作者提供比较具体、切实的帮助。据有些青年作者和读者反映，我的文章比较易懂，也比较实际。所谓“实际”，其实就是与创作实践联系得比较紧密。确实，我写文章，压根儿未想到怎样才更有“学术性”、“理论性”，我倒是注意力避抽象地从理论到理论，力戒那种深奥艰涩的学究式的文风。

我一向认为，无论是文学理论、中外文学史、中外文学批评史、中外作家作品研究、文学编辑工作、文学教学工作以及文学领导工作等等，尽管它们彼此的研究对象或工作性质很不相同，但归根结底，都是直接或间接地为繁荣创作、发展创作效劳的；倘离开了这最终的目的，这些工作就将失去存在的意义和价值。而文学评论，更是从作品或创作实践中引出来，又回过头去指导创作实践的。因此，文学评论工作直接关系到创作活动的盛衰，是创作活动最亲密的伙伴。创作中如果出现某种不健康的现象，评论工作者要是不及时指出，任其自由发展，最后，创作本身必然受到戕害；相反，如果创作中出现某些符合时代发展的新倾向或新突破，评论家要是不及时鼓吹，并积极评价，显然也会使正常的发展减缓，影响创作前进应有的速度。这都说明文学评论与文学创作息息相关，是相互依存和相辅相成的关系；证明这两者并不存在谁高谁低、孰轻孰重的问题。社会上有些人轻视文学评论工作，我以为这是不正常的现象，是一种偏见、短见的表现。但，我们也反对把文学评论当“棍子”来使用。若干年前曾使依靠科学分析的文学评论沦为“政治判决书”，这一来，哪里还有半点文学评论的气味呢？这种做法曾经大大地败坏了文学评论工作的声誉，今后不能再让它继续出现了。

以上所说，都属于闲话；但多少也说明了我写这些文章的动机、性质和风格。现在就把这些闲话，权当本书的序言吧！

此外，我最近意外地发现了三十年代初期二十多篇小说，现把最早发表的《乌龟》《疯子》等以及新中国建立后所写的一些报告文学和小说，也选几篇放在这里。虽然这只是我创作的一小部分，而且很不成熟，但它们总能为我所走过的道路留下几个脚印吧？

一九八二年九月于石牌

文学书简

致丁力

丁力同志：

来信悉。知你正在编辑《诗探索》论丛，甚喜！向我索稿，理应遵命，对于诗歌，我本有些意见想进行探索，不过年来体力日衰，各方逼稿甚急；加上琐事冗繁，虽每日忙乱不堪，但用于写稿的时间却很少；脑力又迟钝；写稿的速度远不如前几年了；因之第二期《诗探索》所需稿件，我无法应命。在半月之内要赶三篇文章，无论精力、时间都有困难。乞谅！

你对目前诗坛上出现的古怪诗提出一些意见，颇有同感！有些诗向朦胧方向发展，向谜语方向发展，让人猜也猜不懂的所谓“新的崛起”，明明是开倒车。几次打算写文章参加讨论，但都因为杂事忙乱而中断了。如能在各报刊展开一场辩论，真是太需要，太迫切了。香港的刊物，这种倾向愈来愈严重，而国内有些人亦步亦趋，日益脱离群众，令人莫名其妙。

陶萍问候你！匆祝

编安

萧　殷

一九八二年八月十日

致国柱

国柱兄：

又一个多月不见了，近来好吧？你寄来的《一个年轻艺术家的画像》及结构主义的理论与实践等书，均已收到，勿念！

你回去不久，国义弟就来过，他说你想买《周易》《曾文正公全集》等书，要我写封介绍信。只几天，我就将介绍信要来，并曾两次写信给国义弟，希望他快来取信；但至今仍未来取，不知是什么原因？我是按下列地址寄信的（宝华路十五甫正街六号之二、三楼），大概没有写错吧？现在想把介绍信寄给他，也不敢了，因怕地址错了。你看怎么办？

半月前，忽然在作协看见一张香港《文汇报》，有篇文章是介绍你的，你可能看见了吧？

《与阿瑛谈川端康成》已读，很有启发。你这里谈到新感觉派，我一下子就联想到横光利一，而且回想一九三七年春读横光的《拿波仑与轮癣》时的光景，当时对新感觉派的作品还留下较新鲜的印象，除接触日本的横光利一的作品外，当时中国有一部分作家标榜新感觉派，其特征除表现手法外，大都是描写青年……读者一再催促的任务，似乎再不能拖下去了。为了能解集中精力和时间，我想抛开《作品》主编的职务。现打算把这计划提出来，还不知能否取得同意？

有空望来信，你的近况以及香港的情况都可以谈谈。我在新会注射"核酪"后，体质略有好转，但胃口仍未改善，所以依然骨瘦如柴。

陶萍嘱笔问候，顺颂

夏祺

萧　殷

一九七九年七月二十日

致启强

来信说："最近看了一个'荒诞派'的剧本《犀牛》，其以人变为犀牛这样离奇、怪诞的情节，表现了西方人格异化的过程，不知怎的，我竟从这次调资中，看到了那股促使人格异化的力量—— 一些原来勤奋、憨厚的人，居然抛弃了自己的美德，而企图用奉承手腕……一句话，用人格去换取那区区的几元钱。当然，这类人学得不像，更谈不到高明，所以他们常常以失败告终（我们这里有因此而精神失常的，也有因此而上吊或互相殴伤的人）。正因为如此，才让人心里发颤，发痛，不忍耳闻目睹……"作为题材，你的编辑朋友虽然很称赞，可是他却认为"这类作品很难发表得出去"。理由是"太现实了"。——"除非给作品多涂抹些明朗的色调，否则，很可能被扣上'阴暗'或'暴露'的罪名，被打入冷宫或置于审判台上"。你自己呢？对于这类涉及人格毁灭的题材，似乎既很欣赏，也有顾虑，吞吞吐吐赞同"涂抹些明朗的色调"，但是又担心这一来，可能给作品加上了一条"光明的尾巴"，平平白白地多添了个累赘。

我认为你应该从生活出发，严格地按照生活的本来面貌去描写生活，并按照你所认识的样子去表现它们。只要你写出它存在或产生的必然性及其发展的趋势，作品不仅令人感到真实，而且会使人信服。那种对近似阴暗的题材，随便添加光明尾巴的做法，除了使作品导向"虚假"之外，大概什么也不会获得。有些该有个美好结局的题材，当然不在这个范围之内。不久前，康濯同志送来他的小说集《春种秋收》，其中有一篇《我的两家房东》就有个明朗令人欣慰的结局，但这不是画蛇添足，不是离开人物之间的逻辑关系平白增添的多余的情节；因为这个光明的结局，正是该小说中特定环境与人物相互关系的必然结果。类似的情况，赵树理同志的《小二黑结婚》也有过。相反，鲁迅先生的《祝福》《孔乙己》和《故乡》能添一条光明的尾巴吗？契诃夫的《万卡》和《小公务员之死》能添一条光明的尾巴吗？什么题材决定什么形式，既然要暴露这些腐朽的意识和作风，不仅要撕开它丑恶的灵魂，而且连促使它发展的典型环境也暴露出来，只有这样才能清除它们，才能为完善社会主义制度清除障碍。

刊在《羊城晚报》的《几元钱=？》已看了。这里反应很强烈，说明大家很关心这方面的题材，但根据我对你的理解，你似乎可以写出比这深刻得多的作品，如“人格的毁灭”之类……

萧　殷

一九八〇年八月十三日

致景春

你这次寄来的《谈想象与艺术》一文。我只能粗粗地读了一遍（请原谅，在粗读一遍过程中，曾被来访者中断了四次），也不可能经过仔细的考虑，就匆匆忙忙地给你写信。因为好些类似的来稿者也在等着我写复信。因此，对你这篇文章只能简略地说说我一些粗浅的看法，仅供你参考，请原谅。

在整篇文章中，对想象在创造形象中的作用，是作了充分的说明的，在整个形象构思过程中，想象在其中的作用，也作了符合规律、符合事实的说明。其中还有些精辟的阐述，这是主要的成就。恕我不在这里重复了。

不够的地方，是有些概念似嫌混乱，譬如“形象”一词，你似无固定的含义，对它的使用便有时出现含混不清。把“记忆形象”、“事物印象”、“形象感觉”和“生活原型”等混淆起来，不仅把艺术上通常的所谓“形象”模糊了，甚至把一些使想象发生作用的因素，如生活原型、有特征的生活细节和情景等也搞混乱了。

从全文来看，想象在艺术构思中的作用，是说清了，也强调得差不多了，但作为想象基础的现实生活，引起想象、引起艺术构思的生活基础却强调得不够，它们之间的必然关系，也没有讲清楚。这样，就可能使人误解，以为艺术形象的创造或高低，全靠所谓“艺术家的想象力”，以为有了想象力就有艺术形象。至于想象从何而来，想象与艺术家生活经验丰浅的关系对想象力的影响，虽然接触到了一些，但显然是太不够的。

再次，“创造艺术形象”与“创造角色”，两者虽有相同的地方，但也有不同的地方。如把两者混起来谈，形象创造的复杂性，可能因此而被模糊、被简单化。而艺术形象之创造，比之进入角色，比之根据剧本形象之再创造，使之丰富地、完整地、栩栩如生地再现于舞台之上要复杂得多和困难得多。这一点，你只借助于斯坦尼斯拉夫斯基（因他只讨论表演艺术）的说法，显然是不够的。要是你把某些表演艺术与创造形象中有关构思、想象及其某些集中、概括等，互补长短地、互相引证地结合起来，集中地去阐明构思形象的复杂过程，也许会说得更清楚和更有力量。因而，你这篇文章的中心也就更鲜明突出，其指导实践的意义也就更强烈。不知你以为然否？

这是读了你的文章一点不成熟的感想，仅供参考。如不对，请批评。匆匆，祝春节好！

萧　殷

一九八〇年二月二十五日于广州

致梁超荣

梁超荣同志：

读了你的来信，感到有两个问题需要向你说清楚。

第一，关于“赶形势”的问题。从来信中给人一个印象是，你的创作活动好像很活跃，既答应给上海厂写一个反特故事剧，又为写一部自卫反击战的剧本而到天津部队去体验生活，还先后构思了不少于十个的作品。但由于感到时局迅速变化，赶不上形势，只好一个接一个地放弃掉。由此看来，你对文学的创作，还缺乏应有的认识。很明显，你纯粹是为了使作品能够发表才去写作，并不是出于对生活的感受或激起爱憎，如鲠在喉，才产生了不得不写的创作欲望的。加上你片面地理解文学创作是为中心工作服务，为配合形势去赶“任务”，所以总是感到赶不上时间，因而等一个题材好不容易构思成了，形势却“早已过时”，于是又不得不“放弃”。

你大概还没有弄明白，文学是一种艺术，是一种通过语言来塑造文学形象的艺术。既然是艺术，那就不能死板地受时间、空间的限制，更不要死板去配合中心工作，去赶“任务”。因为按照中心工作或具体政策条文的需要杜撰出来的人物，顶多只是一个木偶，这样的“人物”是没有感染力的。这种做法，绝不是文学创作，而仅仅是图解概念而已。

第二，关于创作素材的收集问题。要写好一篇文学作品，一是要有生活，二是要有对生活的感受，只有两者结合起来，创作才算开始。目前，知道你正着手写一部广西英家起义的长篇小说，并为此，你还走访了一些宣传部、档案局，并收集了有关的资料，也拜访过当年直接指挥这次起义的领导同志。看来，你对这些材料似乎很有信心。但我要诚恳地告诉你：只是热衷于从档案局、资料室搜集来的一大堆资料，而自己却完全没有这方面的生活体验和感受，反而妄想从这一堆冷冰冰的材料中去塑造有生命有个性的艺术形象，是很困难的。甚至是费力不讨好的。但请你不要误会，我不是一般地反对借用档案局的资料，而是像你这样生活阅历尚浅，生活经验不很丰富，写作还没有一定基础（你甚至对一部历史题材的小说中的人物，是否使用真名实姓也不知所措）的青年，应先多接触生活，多接触社会，多从生活出发，从体验过的生活出发，先扎扎实实地学写一些短篇。先学会走路，然后再学跑步，这样摔跤的危险就会少些。我不是向你泼冷水，就你写的这封信来看吧，其中有些语句是费解的，不该有的错别字（如把“十月怀胎”写成“十月怀始”，“触及”写成“蝻及”等），在信中也出现了。因此，我建议你不要好高骛远，特别对待创作长篇小说、电影剧本这样复杂的精神劳动，不能掉以轻心。俗语说，心急吃不上热饭，还是老老实实从短篇开始，从自己所熟悉的生活开始，当有一定刻画人物、表现生活的能力时，然后再写你的鸿篇巨著吧！我希望，只要你肯下决心，刻苦努力，能不断在写作实践中总结经验，不断提高自己的思想水平与写作水平，你的原望是能够实现的……

萧　殷

一九八一年八月六日于广州

注：梁超荣，时为广西桂平矿务局干部。

附录：蒋子龙给梁超荣的信。

梁超荣同志：

理解您的心情。我自己也解决不了这些难题，常常感到苦恼，萧殷同志是老前辈，你还是多找他求教。

匆此

敬礼

蒋子龙

十二月十六日

致焜炳

焜炳同志：

你的《谈“问题小说”》已读过，从基本论点上，我很赞同你的看法。多少年来，创作上存在着概念化的倾向，不但没有受到有效的制止，相反，却受到某些领导人与某些评论人士的鼓励，因而这种不良倾向愈来愈明显，愈公开合法，几乎有以概念代替形象的声势，其中尤以“问题小说”最值得注意。有一段时间，为了强调作品中“提出社会问题”，甚至把作家的思考强调到不适当的地步，仿佛它能在文学作品中独立存在，比形象创造更加重要似的。当然，强调在创作中通过艺术形象体现出深刻的生活意义，是应该的，必要的，也合乎艺术创造的规律，否则，为形象而形象，为性格而性格，即使写得很真实，很生动，也不会对人，特别在“完善人类灵魂”方面起任何积极作用。其实关键还在于：从本质到本质，还是从形象去体现本质？从具体的个别入手，还是从抽象的“结论”入手？按照创作法则，掌握并描绘独特的个别形态的人和事，才可能获得艺术的生命，才是艺术创造的正途。基于此，所以我同意你的论点。

萧　殷

注：焜炳，萧殷的学生，1981年为作协广东分会创研室副主任。

1981年4月—5月4日期间致信（论文应是《谈谈“问题小说”》，载游焜炳：《文学思考录》，花城出版社1992年版，第62—69页）。

附录：我怎样走上文学道路

一、灰色的童年

我出生在广东龙川县佗城竹园里一个贫穷的家庭。佗城面临东江，背靠鳌山，山清水秀，景色宜人，处处古刹，古色古香，是南越王赵佗称帝的古城。但到我懂事的时候，它和全国农村一样，正面临着农村经济的破产。“农民头上三把刀，地主官吏高利贷”。加上连年遭灾，农民纷纷逃荒要饭，美丽的故乡满目疮痍，一片凄凉。

我的家庭和其他农民兄弟的遭遇一样，生活相当困难。八岁的时候，父亲病故，母亲因风湿长期卧床，嫂嫂是个脾气古怪的人，哥哥不在家，在城里当店员，每月只拿五元工资。靠这微薄的收入，除了帮助家庭，还供我上学。

当时的政府根本不顾人民的死活，每年早晚两造，从惠州府派来的“粮官”仍然依期坐着轿子到乡下催粮，威风凛凛，前呼后拥。所到之处，老百姓都要杀猪宰鸡敬奉。这种人压迫人、人剥削人的黑暗社会，在我幼小的心灵中埋下仇恨的种子，我有一肚子不平、有一肚子愤怒，想向世界控诉。

一九二五年，“北伐军”第二次东征，以周恩来同志为政治部主任的东征军，主力是黄埔军校的学生军，共产党员和共青团员是其中的骨干。他们打败了盘踞在东江一带的军阀陈炯明，又点燃了东江人民革命之火。东征军张贴出“有田耕，有工做，有饭吃，有书读”的巨幅标语，使灾难深重的农民看到了希望的曙光，它像磁石一样吸引着挨饥受冻的广大农民。

这时我正好十岁，读小学四年级。这动人的标语，对我这穷孩子也是很大的鼓舞和启发。我第一次打开了眼界，开始憧憬着未来，梦想着一种人人有工做、有田耕，各尽所能的大同社会。

我的国文教师，是个很有革命朝气的人，既教语文，又教音乐。他上课的时候，经常离开课本讲天下大事，热情地向学生们传播革命火种。我们小学的礼堂里也开始挂着马克思、列宁、孙中山“世界三伟人”的相片。日益浓烈的革命气氛，冲击着萧条贫困的农村。我开始意识到：做一个人要像人那样生活，要有一个公平合理的社会环境。可是，环顾四周破产的农村，满目疮痍，处处不平，是人间？又似地狱？我心里似乎有很多话要说，要控诉，控诉这不合理的社会。为了寄托我心头的不平之气和爱憎感情，于是我开始接触民间传说和民间歌谣。

我上了高小，很爱体育活动，也喜欢用功读书，连中午都不放过。我的成绩很好，高小四个学期成绩都是第一，除了用功，更重要的原因是我身体好，记忆力强。每当老师讲课时，我的精神都非常集中，除了老师讲课，几乎什么声音我都听不见，因此老师所讲的，我全都听懂，全都记得。所以晚上自修，也不费气力。到考试的时候，成绩几乎都达到一百分。

由于成绩优良，课本已远远不能满足我的学习要求。而我的求知欲又那样强烈，因此，除了背诵、默写英文生字外，我把大量时间，包括早晨、晚上的自修时间，都用来阅读课外书，特别接触了大量中外文学读物，除蒋光慈的《鸭绿江上》和《少年飘泊者》之外，连荷马的名著《奥德赛》也没有放过。（它当时的普及本叫做《俄德西冒险记》）

二、中学时代

由于几位小学教师积极帮助，替我交了学费，我才能进入中学，此外，还靠教师向高班同学借来课本，才省去了买书的钱；可是每逢更换教科书（比如由“新学制”换成“新时代”）时，就又遇到了难关。

还是初一的时候，我就开始写作。我记得当时曾写好了几篇散文，都在学校墙报上发表。有一篇叫《风雨之夜》，内容是反映一个家庭贫困的学生，因为第二天要交学费，到处奔走借钱，但自己周围都是穷亲戚，他们的日子也不好过，而那些富裕之家又不肯借，在这风雨之夜，分外凄凉，“我”失望、痛苦、悲愤、焦急，明天就要交学费了，该怎么办?

这篇文章，其实是自己生活的写照。是压抑在心头中的一簇愤怒之火，是对不公平的、人剥削人的旧社会的控诉和反抗。文章后来在广州一个全省展览会获得二等奖。这件事，对我这立志要干出一番事业的穷学生，是一个很大的鼓舞。

同一时期，我还写了一篇散文《挑水妇》。我读书的那间中学，几百个师生，只靠几个女工挑水。不管酷暑严冬，不管下雨刮风，那几个妇女都要到半里外的小河里去挑水，供几百人吃用。这些默默无语的劳动者，在我心灵中留下不可磨灭的印象。我的《挑水妇》就是同情、歌颂这些劳动人民的作品。

初中时，我和高中一部分同学办了一个文学期刊《湖畔》。起这个名字，可能是受到英国“湖畔诗人”华兹华斯的影响。

《湖畔》曾发表过好些进步的作品，也团结了一部分爱好文学的同学。我在《湖畔》第二期发表过一篇小说《明天》。写的也是自己交不起学费的不幸遭遇。

初中二年级时，我不能不考虑自己的前途。想在理工方面谋出路，需要经过大学的教育，因为家里穷，供不起学费，肯定是没有希望了。对绘画，自己本来有很浓烈的兴趣，但考虑到绘画的工具，尤其是画油画，需要画布、画笔和颜料，也是无力购买的。想来想去，不得已，写点文学作品大概还有可能吧；不管纸张好不好，只要可以写字，总可以买得起，总可以写东西。这样一想，自己便悄悄下了决心。为了实现这一志愿，我拼命下苦功读书。同学们都起得很早，利用早晨在校园里读英语。我为了能精读小说，比他们还要早起一个钟头。独自一个人在琢磨人家的作品，对出色的章节，不惜时间反复推敲。那时，我就揣摩出人物和情节的关系，也猜度到文学作品动人的力量在哪里。除了小说，我写过许多新诗，有的还在上海泰东书店出版的《学生文艺丛刊》发表过。其中一本手抄诗集，还在毕业展览会上展出。此外，我也画过一些中国画，记得大多数是意笔画，裱制后也在毕业展览会展出。

由于家庭贫穷，根本没有上大学的希望，当时摆在我面前的只有一条出路——准备去当店员，决心自食其力养活自己。但我没有想到，在几个同学的鼓动和帮助下，我忽然离开伦城，离开家乡，搭上一只木船，在苍茫的暮霭中，扯起人生的风帆驶向省城——南中国的大都会广州。

三、我进了美术专校

广州，车水马龙，红灯绿酒，繁华热闹，它依然是富人的天堂，穷人的地狱。但是，革命的风暴狂飙席卷，使这个城市在二十年代和三十年代多次受到革命的洗礼，已成为革命的中心，成为多少革命青年正朝夕向往的英雄城。

刚从农村出来的穷青年，彷徨在这座繁华的都会，眼前是一片缭乱和迷惘。我住在惠爱东路小里弄里一个旧祠堂的破陋房子里，地面是湿漉漉的烂泥地，用木板间隔成一小间一小间，我就在这地方安身，住了一个多月。

有一天，在日报上看到了广州市立美术学校的招生广告。这诱人的广告，使我反复考虑，去不去报考？我想学画，可是家庭确实太穷了。连一块钱报名费都拿不出来，即使考取了，谁来负担我的费用呢？好些同来的同学，都鼓励我："去吧，郑文生（我的原名），去试一试也好，反正我们已来到广州，总不能老待在这里，总得找一条出路呵。"有几位家境较好，经济比较宽裕的同学，给我凑了一块钱报名费。于是我决心去应试一番。

我的入学考试成绩不错，作文、英语的成绩都很好，绘画考试题是"自由题"，当时只带了一块赭石，连绿的颜色都没有，这条件决定我只能画一幅丹枫之类的东西，由于一时感兴，遂竟画成一幅从枫树刚要起飞的喜鹊：

一棵大枫树上，抹着一层金色的阳光，一只喜鹊刚刚张开翅膀，正欲离开枝干，从树上俯冲下去……

考试结果，我作为第四名被取录。我在市美，是靠哥哥"凑会"来的钱供给的，这是客家地区一种流行的"经济互助"。每份五元、十元不等，这种办法，可以集中一点钱解决某一个人的紧急困难，比高利贷剥削要合理得多。

我靠哥哥的支持，勉勉强强读了一年。这一年，我在老师指导下成天描摹"古美人"。不但不能学习西洋画，连高奇峰、高剑父的作品也不能借鉴。学校一部分教师把这些有点创新的画派斥为"折衷派"。认为他们的作品全是不中不西的。不但不能在课室内公开向他们学习，任何时候都不允许模仿他们。其实，高剑父等人的作品是吸收了西洋画某些精华的。这种固执、保守的作风使我反感、失望，由于这种心境，我不但想学西洋画，甚至让我转到图案系也愿意。但始终未能取得学校的同意。整天坐在课室里呆板地描摹几千年前的古美人，离现实生活何止十万八千里。可是目前的现实却不能让人宁静，整个社会面对着农村破产的悲惨情景和风起云涌的革命斗争，面对着日本帝国主义的侵略，我再也抑制不住自己炽热的心。我觉得，我应该从“古美人”的圈子里冲出来，勇敢地去反映现实，去诉说我内心的不平，急不可耐希望采用别的武器去参加如火如荼的救亡运动和现实斗争。于是我饥不择食地拿起笔来写小说。《乌龟》《疯子》等，就是在这种心情下写出来的小说。

四、我的处女作《乌龟》

《乌龟》的基本情节和主题思想：

……我和一群孩子，在码头附近玩耍，忽然迎来了一个身材高大、面色沉郁的码头工人，小孩头看见了，他便领着大家，举着棍棒，一拥而上，连声叫嚷：“乌龟！乌龟！”

一天，我刚爬起来站在床沿上，妈妈正替我穿衣服，我向窗外一望，忽然大声叫嚷：“乌龟！乌龟！”妈妈吓了一跳，惊奇地问我：“你怎么这样无礼？”我指着窗外低头走路的一位工人，告诉妈妈：“看，他就是乌龟。”妈妈难过地对我说：“他是你的救命恩人！是陆伯伯！”她叹了一口气，同情地添了一句：“可怜的陆伯伯呵！”

有一次，我在门外玩蚂蚁。弄了一只苍蝇让蚂蚁抬来拖去，等快拖到洞口时，又把苍蝇拿得远远的，让蚂蚁再一次拖向洞口，真好玩呵……

就在这时候，突然有只手摸着我的头顶，还喊了一声：“孩子！”我吃了一惊，回头一看，原来是“乌龟”。

“孩子，你想听乌龟的故事吗？”

我这时正玩得来劲，回头一看，苍蝇已被蚂蚁拖进洞里了。我急得直跺脚，又哭又闹，向“乌龟”抬脚就踢……

有一次我问妈妈：“那个乌龟怎么会是我的救命恩人？”妈妈说了下面一件事：有一天，我和孩子们在码头附近游泳。玩得正高兴的时候，忽然从一处浅滩滑向一处深潭，喝了大量的河水，便迷晕了……妈妈说：“要不是陆伯伯当时潜入深水中把你救起来，你早没命了！”从此，不仅常听妈妈感激陆伯伯的话，我自己对这个“乌龟”也不那么讨厌了。

有一段时间，我们没见到陆伯伯。妈妈对我说：“怎么好久没见陆伯伯呢？是不是生病了，还是发生了什么事？”妈妈煮了点好吃的，叫我去陆伯伯家里看看。

我来到陆伯伯的家，看到他病倒在床上，脸上十分憔悴。只孤零零的一个人，住在非常破漏的房子里，境况十分凄凉。

我一连几次上陆伯伯家，慢慢对他改变了看法。我觉得“乌龟”为人正直、勤恳、善良。但他总好像有—肚子的话要倾诉似的。

有一天，他终于向我诉说了他不幸的遭遇，我听得似懂非懂：

陆伯伯忧国忧民，对旧社会一腔怒火，强烈的愤怒和对革命的追求，使他毅然离开了年青的妻子，参加了东征军。

在他和勇士们讨伐军阀的时候，他的在富商家里当保姆的妻子给财主强奸了。她受到凌辱，满腔悲愤，牙一咬，跑到林子里自杀了。

东征胜利后，陆伯伯回到广州，他向法院控告迫死他妻子的东家。但是，控告结果不但坏蛋没有得到惩办，自己反而被扣上莫须有的罪名，进了班房，判了两年徒刑。

刑满后，陆伯伯由于生活所迫，只好在码头上当苦力，他被人看作“乌龟”，受尽了人间的凌辱……陆伯伯的病越来越重，最后，终于含恨死去，埋在郊区的乱葬岗上。不久，妈妈带我来到郊区的乱葬岗。正是黄昏，夕阳西下，秋风萧索，陆伯伯的坟墓周围，乱草萋萋，秋风在啾啾哀鸣，我仿佛觉得一切都变了，—切都涂上了一层悲伤的色调，只有妈妈在吞声地啜泣。最后，妈妈领着我向陆伯伯深深鞠了一躬……

《乌龟》的情节大致就是如此。作品在《广州民国日报·东西南北》发表后，还被人改成话剧上演过。

《乌龟》是我一九三二年写的几篇小说中的一篇，也是我前期的代表作之一，它是我的创作道路的起点。

一九三四年（或一九三五年）初，在发表《乌龟》不久，我又在《东西南北》发表另一篇小说《疯子》，主题是控诉黑暗的旧社会，对一个农民的不幸遭遇表示深切的同情。

我之所以走上文学的道路，原因就是我很早就对新的社会制度有朦胧的理想，因此对剥削阶级的所作所为，怀着强烈的憎恨。同时，我对周围的农村生活十分熟悉，不仅熟悉邻居们的愿望和思想，连他们的痛苦和悲哀也了如指掌。特别是九一八事件以后，由于日本帝国主义的步步逼近，不仅农村破产更加恶化，亡国的威胁也日益加深。于是，心中有许多激情要迸发，有许多积愤要呐喊，有些不平的事要宣泄，描摹古美人既使我厌倦，我便急不可耐地拿起笔杆来倾诉心中满腔悲愤，正是这种种促使我走上文学道路。

五、在故乡佗城

我在市美学习一年，只是描摹古美人和花鸟虫鱼，远离现实生活，内心日益焦躁不安；再加上家庭困难，经济拮据，这种种使我无法在市美继续留下去。不得已，于一九三二年夏，我回到故乡，并侥幸地在龙川乡村师范找了一份工作——教绘画。那年暑假，本来曾约好市美同学梁荣芬同赴杭州，打算转学杭州艺专。可是，这只是一种空想而已。家庭这么穷，哪有条件把空想变成现实？摆在面前迫切的问题，是找工作，谋饭碗。

乡村师范的校长程本海是安徽人。他是著名教育家陶行知先生的学生。他对教育事业很有理想，且与人民的劳动观点和群众观点结合起来。他自己担课，还带领学生从事农业劳动。他固然很有学识，而他的品德和为人，更引起当地人民的敬重和称赞。可惜第二年春，乡村师范就关门停办了。一九三四年春，我便转到佗城小学教书。

这一期间，我写了一些散文诗。比较有印象的是《第一次颤栗》《牵牛花》。

《牵牛花》以象征的手法，以物喻人。我在作品中歌颂生命虽短促，却迎着晨光开放的牵牛花。

《第一次颤栗》也是一篇散文诗。两个天真烂漫的小姑娘，正在森林里跳舞，忽然一个恶魔从丛林中冲出来，把她们痛打一顿，打得她们莫名其妙。借此讽喻当时好人受欺凌，坏人当道的黑暗社会。

在佗城小学或民众教育馆工作期间，每年暑假，我都到广州找职业，有个同学曾介绍我到一家报馆当校对，但因无裙带关系，愿望还是落空。到秋天落叶满地时，我只能怀着失望的心情怅然回到家乡。

一九三六年春，我在龙川县民众教育馆工作期间，国民党军队有一个团驻在佗城。该团政治部有个"同志"，经常来借书，和我搞得很熟。后来，不仅从谈话中知道他是个革命者，而且，他还不时带来一些宣传革命统一战线的书刊。我从中选了些呼吁"停止内战，一致对外"的文章，赶刻蜡版，趁黑夜，与工友徐阿香悄悄油印了数十份，然后由阿香带到佗城几个地方去张贴并散发。

这时期，我开始把眼光注视整个革命形势的变化，并和一些活动的知识分子接触。除了和吕蒙、赖少其等同学通信外，我和吴有恒也开始建立通信联系。

六、在故乡的创作活动

在佗城工作时期，我写了不少诗歌、散文和小说。除上面提到的散文诗《牵牛花》《第一次颤栗》和小说《乌龟》《疯子》外，尚有小说《借贷》《车伕阿伙》《哥哥的脸》《沉落》《倒闭》《灾》和报告文学《年关杂写》等等。

如果《车伕阿伙》《哥哥的脸》还局限于反压迫，同情劳动人民的不幸遭遇，那么，《倒闭》《沉落》《借贷》《乌龟》《疯子》《灾》等作品，接触的却是比较重大的社会主题。这期间，我写的小说大都发表在《广州民国日报》的副刊《东西南北》上。有些诗则在《岭东民国日报》刊出。

我和《东西南北》的编辑从未见面，也未通过信，可我寄给《东西南北》的作品，从没有退稿，全都发表了。我所以走上文学道路并继续努力，与一个对文学作品有鉴别力的编辑是分不开的，我衷心地感谢他们。

七、炽热的革命年华

一九三六年七月，我离开佗城来到广州。

从一九三四年开始，为了找寻出路，我每年暑假都跑到广州。一方面因未上过大学，社会上又瞧不起低级职员，总不安心在这小城里工作；其次，有一小撮反动家伙背后说我是共产党，随时想陷害我，一有机会就造谣攻击，为此，我很想离开这个环境到另外一些地方去。可是两年暑假都找不到工作，以致耽误到九月过后才回到佗城，因而下半年便再找不到工作。可以说，出路一直未找到。我每年下半年都失业。这一次离佗城，我暗暗下了决心，不管遭遇怎样，我决不轻易回佗城了。我向中山大学地质系学生莫柱荪打听，结果，我决定住到中大宿舍。自七月到十二月，我在那里度过了最难忘的岁月。在那里，我参加过许多革命文学活动，写过许多矛头直指国民党反动派的杂文，参加了党所组织的革命活动，不仅印象深刻，而且还促进我的思想发生了质的飞跃。

一九三六年八月的一个晚上，我们四十多人在财厅前上海杂志公司楼上开了一个会。当时一个从日本回来的陈达人，站在国民党反动派的立场，在会上反复强调国民党那套思想统一，根本不提一致对外。在会上，展开了激烈的争论。会议虽然勉强成立了一个文艺团体，但大家都不把它当作一回事。因为我们（我只记得有李桦、楼栖、赖少其等）都得到第二天到白云山去参加一个会议的通知。

第二天，我们在白云山半山一个凉亭里开会。参加这次会议的有一百多人。我只记得杜埃、叶红（有一位姓袁的），别的人都忘记了。大概是广东文学界的一次联合会。会议提出的口号非常鲜明，就是号召大家一致对外，团结抗日。会上，成立了广东艺术界联合会，下设小说、诗歌、歌咏、戏剧等组。此后，各个小组开展活动，我主要参加小说组，有时也参加诗歌组。记得还有一个歌咏团。这些组织，团结了一大批进步青年。

当时，各种文艺思想，各种风格流派都非常活跃，但也非常复杂。各活动小组经常展开激烈的争论。例如，诗歌组就经常和一个写怪诗的柳木下（原名刘暮霞）发生争论，气氛相当活跃。参加这个组的成员很多，现在留在记忆里的，只有温流、黄宁婴、陈芦荻、李六石等。同时在社会上的斗争也相当尖锐复杂，各种思想，各派别的政治力量，都在互相拼搏，都在争取青年。有一天早晨，在中大食堂一张饭桌上，就发现了两种传单——共产党的和国民党蓝衣社的，针锋相对，斗争异常激烈。这在我们当中引起强烈的震动和反应。青年的大多数，都赞扬共产党的抗日主张，痛斥国民党的“先安内而后攘外”的反动谬论。这意味着斗争越来越激烈，越往前走，困难就越多，风险就越大了。

中山大学法学院院长郑彦棻是国民党的一个党棍，国民党右派的一个头目。此人阴险狡猾，他看许多学生越来越左倾，拥护共产党的青年越来越多，便想出各种花招拉拢学生。他们向学生许愿，法学院图书馆藏书很多，可以向学生开放。欢迎大家借阅，并答应购进一批新书。我们知道这是郑彦棻耍的鬼把戏，便将计就计，开了一大批“生活书店”“上海杂志公司”出版的新书目录。在这场斗争中，郑彦棻梦想拉拢青年并没有成功，相反，青年人倒看到了不少不易买到的进步书刊。

一九三六年夏，陈济棠已退走，蒋介石的势力到达广东。蒋介石的行营已迁到广州黄埔。有一天，那个行营主任刘健群来中大讲演。他竟公然叫嚷：“你们中山大学的共产党员们，我警告你们……”对共产党和青年学生的爱国运动咬牙切齿，简直到了刻骨的仇恨。

刘健群这一招，不但没有把我们吓倒，相反，倒激发我们同他们展开针锋相对斗争。许多学生对他的反动气焰忍受不住，纷纷退场。讲演开始时，有两千多听众；到末尾时，只剩下不足两百人。从这件事情上可以看出人心的向背。刘健群还在礼堂上谩骂时，我们就组织壁报，共几十个人分别反击，各自编写成十几个壁报，挂在礼堂两边墙壁。同刘健群的胡言乱语针锋相对，大杀他威风。第三天，香港《珠江日报》还发表了我们驳斥刘健群谬论的杂文。这对当时的反蒋斗争，是一个有力的鼓舞。

我们在建于山头的中大法学院礼堂里，开过一次震撼人心的会议。

记得是一个秋日黄昏，我们按时来到法学院草坪上。可是，都不让进去。据说，礼堂的电灯出了故障，正在修理。于是，我们就在门口草坪上，三三两两地闲聊或散步。当时我们蹲在草坪上闲谈，距我们不远的坪上，有一对男女青年也像我们一样等候开会，但他俩似谈得很亲密。与我们蹲在一起的刘仑说："如果要用象征派的手法来抒写这情景，可以说：罗曼斯在草地上跳舞。"这话给我留下深刻的印象。正因此，所以只记得刘仑参加了这次会议。至于别的人，全忘记了。

等太阳下山了，才有人通知，说礼堂的电灯修复了，请大家进去。可是里面的电灯并没有亮，引路人用手电把我们引进礼堂。等大家坐定了，又将大门关紧，然后，才开了电灯，眼前出现了万道霞光，舞台上面，高高悬挂着马、恩、列、斯的巨幅画像。大家都呆了，都非常激动。这时，我们才明白刚才不让大家进入会场的原因。这件事发生在蒋管区，是一件大胆的震动人心的壮举。

类似的会议，我们开过不少。有一次，我们在中山大学开了个追悼会，是悼念冯道先和其他几个被军阀陈济棠杀害的中大学生。这个丧心病狂的军阀，竟在撤离广州之前把一批在荔湾事件时被捕的革命青年捆入麻袋，抛进白鹅潭中……

追悼会会场庄严肃穆。两边的对联很有特色，大部分用广州话写成，只记得其中之一的起句：

右边是"丢那妈……"

左边是"冚家铲……"

追悼会开得非常激动，有人痛哭，有人怒骂，整个会场简直成了诅咒国民党罪行的控诉大会。

这个时期，我们经常到中大农场（今棠下村附近）来漫谈时局或传递长征消息。

八、怒向刀丛

一九三六年下半年，自蒋介石的反动势力潜入广东之后，我们再不能在《民国日报》发表我们的小说了。不得已我们只好把稿件投寄到香港去。

《珠江日报》是当时桂系的反蒋报纸，由于他们积极反蒋，我们便利用这个地盘，作为临时的战斗阵地。

这时候，为了战斗的需要，我暂时不太写小说，而把主要精力都投进抨击国民党的杂文上，当时杜埃、楼栖和我在香港报纸上都发表了许多杂文。有时我们不约而同地对一个事件发表连续性的杂文。例如，对于“七君子”被逮的事件上，他们（不知是杜埃还是楼栖）发表了一篇《痒》，我立即也写了一篇《抓》，接着他们（不是杜埃，就是楼栖）又写了一篇接上去。三个人虽然常常不见面，但在香港发表的杂文，却一篇接一篇，而且彼此有连续性，好像事先商量好了似的。

当然，我也还写了一些散文，在《黑暗》和中大中文系《文学生活》以及《市民日报》发表。在这段时间，除散文、诗歌等作品，更多的是写杂文。把矛头直接指向反动派，指向蒋介石，和他们的反动统治。正如杜埃同志说的：那时，我们恨不得第二天就把蒋介石搞垮台。这些行动表现了我们对敌斗争嫉恶如仇的决心，沸腾的热血在我们心中翻滚；从此，我们更直接用笔参加了爱国救亡活动和广州革命活动，以及广州革命的文学活动，这和党，和党领导的革命斗争是紧密地联结着的。

九、我和鲁迅

斗争形势越来越险恶，国民党便衣特务常到中大校部，用打电话到宿舍找人的花招，把要抓的人骗到理学院门口，然后硬架上汽车迅速载走。但是，特务始终不敢进入宿舍区。我们对此作了严密的防范，不管校部谁打电话进来，都不出去会见，如一定要会见，非让他们来宿舍不可，这一招使特务无法施展伎俩。

这半年来，我们一直注意着鲁迅先生，应该说，我们的革命文学活动，始终没有离开鲁迅。我们总是密切地注视着鲁迅的动向，把他当作我们斗争的旗帜。尤其在这革命更加复杂、更加艰苦的关头，盼望能得到他指导的愿望更加强烈了。正是在这时候，十月初，我怀着崇敬的心情，给鲁迅先生写了一封信。我向他简略地反映了广州反动势力的猖狂和与之斗争的形势，汇报了我正以杂文为武器参加了战斗。在这封信里，我还把散文《温热的手》寄去，希望得到鲁迅先生的指教。

信寄出去后，我天天盼望鲁迅先生的回信。但没有料想到，这位伟大的文学巨匠在收到我的信十天后，竟与世长辞了。鲁迅先生只在十月九日的日记上记上一句："得萧英信并稿。"噩耗传来，我们悲痛欲绝，天啊，我们心灵中的精神支柱仿佛失去了支点，都沉湎于悲痛之中。

我和杜埃、楼栖等参加了鲁迅先生追悼会。会堂设在文明路原中山大学礼堂里。许广平的妹妹许月平也参加了追悼会。杜埃在台上记录，发言者义愤填膺，声泪俱下，慷慨激昂，把追悼会变成对国民党反动派的控诉会。在礼堂的走廊上来回走动的便衣特务，本来打算破坏追悼会，却被礼堂里台下台上的愤激情绪所震惊，慑于群众的威力，他们始终不敢动手。

十、别了，广州

有一段时间，每逢星期六，我和赖少其等照例到惠爱西路（今中山六路）陈曙光（市美的同学）家里碰头。在她那里零零碎碎地交换些对于目前斗争形势的看法，讨论一些斗争策略，尤其引起我们警惕的，是"左"的口号问题，当时的托洛茨基分子常用极左词句，把一些热血青年诱上"破坏革命"的"罪恶之路"。我们这些青年最容易受"过左口号"的诱惑，为了避免上当，我们几乎每次相聚都谈及这类问题。鲁迅先生追悼会以后，形势更加紧张，特务盯梢、监视、逮捕等活动更加猖狂。

记得在十月的一个周末，我照例向陈曙光家里走去。在大东门，刚从校车跳下来，便遇见一位老乡，在政治上我很讨厌这个人，但他硬把我拉上一家茶楼，只喝一杯茶，因话不投机，十分无聊，勉强敷衍了半个钟头，遂告辞下楼。没料到，就是这半个钟头使我免于被捕。我赶到陈曙光家附近，就发现两个警察守在陈曙光家门口。想退退不得，只有硬着头皮，满不在乎地穿过小巷，临近她窗口，我斜眼一看，只见衣物凌乱，显然正在搜查。我走出小巷，雇了一辆黄包车赶回大东门，然后搭中大校车，赶回石牌，并把这消息告诉了莫柱荪。

第二天《黑暗》的编辑梁逸骑单车来，通知我说：陈曙光和几个市美同学已被捕，要我提高警惕。白色恐怖气氛日益严重，形势日益紧张，反动派天天捕人，据说我们这些人，已上了敌人的黑名单。于是赖少其与刘仑到惠州去了，另一批人则到九龙去了，我寂然蛰居中大，极少外出。既不能活动，也不能外出，向《珠江日报》投稿，也不似以前那样顺利……我深感到，长此下去不是办法，于是建议由赖少其与上海的吕蒙联系，我们准备离开广州。

十二月底，赖少其从惠州回来，我匆匆向中大学生李日华借了十元钱，便在白鹅潭上了一艘客轮。

动身前，有件令人悲痛的消息，诗人温流去世了。温流生前经常和我们一起参加革命文学活动。他的为人很使我钦佩。他是一个很有才华的青年诗人，出版过诗集《我们的堡》。他是由于鱼骨哽喉，在动手术前注射麻醉药致死的。他的死，使我们失去一位知心的好战友。因船票买好，我和赖少其都来不及参加他的追悼会，只留下向温流告别致哀的文章；而我和少其，也万事牵心，告别了生活战斗了多年的广州，怀着一股青春热血，茫然向陌生的上海寻找新的战壕……

别了，广州！好啊，上海。

一九八二年三月程贤章根据录音整理

特别声明

“粤派评论丛书”系广东省宣传文化发展专项资金资助项目。本丛书旨在壮大主流文艺阵地，增强文艺评论事业发展的动力，扩大广东文艺评论影响，助力岭南文化高地建设，为提升广东文化形象发挥重要的理论建构与支撑作用。

鉴于出版时间、项目规模、人力资源等因素制约，“粤派评论丛书·大家文存系列”在出版过程中与相关责任人未能一一取得联系。请有关人士见书后与我们联系，我们即奉上样书。

请通过电子邮箱联系我们：ghyclm@163.com。

“粤派评论丛书”编委会